SIRIAN - Verlag

D1669965

Unserem Schöpfer - in Ehrfurcht, Dankbarkeit

und Liebe gewidmet

Ekkehard Scheller, Christine Heideklang

Schach dem Candida!

SIRIAN - Verlag

Besuchen Sie uns im Internet:
www.NHZ-SIRIAN.de

Originalausgabe Mai 2001
Copyright 2001 SIRIAN-Verlag, Waischenfeld ° Bad Reichenhall
Umschlaggestaltung: Monika Pellkofer-Griesshammer, 95491 Ahorntal
Satz: Druckerei Dieter Schröder, Brohl-Lützing
Herstellung: Books on Demand GmbH
Printed in Germany
ISBN 3-8311-1884-1

Inhalt

II. Teil - Generelle Richtlinien

Die Krankheit
von heute
ist nur
die Überschreitung
der Naturgesetze
von gestern.

Aus Persien

Wie dieses Buch entstand

An einem Tag im September 1999 wurden die Weichen gestellt, die mein persönliches Leben und auch meine Therapie am Patienten entscheidend beeinflussen sollten. An diesem Tag hatte ich einen Termin bei dem versierten Dunkelfeldexperten Ekkehard Scheller, der basierend auf den Erkenntnissen von Professor Günter Enderlein in einem ganz besonderen Punkt zu neuen Erkenntnissen in der Therapie von Mykosen gelangt war. Seit etwa zwei Jahren wußte ich, daß etwas mit mir nicht stimmte. Es war nicht richtig zu greifen. Ich wurde meine schwarzen Schatten in den Augenwinkeln einfach nicht los. Sie deuteten auf ein belastetes Blut hin, auf zu wenig Sauerstoff und zu viele Schlacken und Gifte. Ich war schnell müde und erschöpft und bemerkte, daß ich immer vergeßlicher wurde. Und das trotz meiner disziplinierten basischen Vollwerternährung. Hatte der Krebs mich wieder eingeholt?

Ich ließ erneut eine Blutuntersuchung bei Bruno Haefeli in der Schweiz machen. (Hellfeldaufnahme mit einer besonderen Färbetechnik, die im getrockneten Blutausstrich nach Aufbringen einer bestimmten Lösung das Auskeimen von Pilzen aus den roten Blutkörperchen bzw. Candidabefall im Blut zeigt.) Tatsächlich, ich war erheblich abgerutscht und befand mich wieder in Krebsgefahr.

So besorgte ich mir als Therapeutin ein Dunkelfeldgerät, um mein eigenes Blut und das Blut meiner Patienten - seine Schwächen und Verbesserungen - genau verfolgen zu können. Nun konnte ich selbst in die Wunderwelt des lebenden Blutes schauen. Es war faszinierend, direkt in die Werkstatt des Lebens Einsicht zu nehmen.

Jetzt konnte ich jederzeit sehen, was sich in meinem Blut abspielte. Ich erkannte, wie sehr meine Erythrozyten (rote Blutkörperchen) von bakteriellen Kleinstformen (endobiontische bakterielle Entwicklungsformen nach Enderlein) befallen waren. Diese Kleinstformen entwickeln sich in den roten Blutkörperchen, schwächen sie und wölben die Membran der Erythrozyten als Ausstülpungen und Stacheln nach außen hin auf. Diese Erythrozyten nennt man Stechapfelformen. Bei stärkerer Entwicklung keimen aus diesen befallenen Blutkörperchen Fäden ins Blut aus. Nach entsprechender Zeit zerplatzen die befallenen Erythrozyten viel zu früh und setzen viele dieser unguten kleineren bakteriellen Formen frei, die wiederum andere Blutkörperchen befallen und so ihr Unwesen schwächend im Blut weitertreiben.

(Es gibt bereits gute Literatur über die Enderleinsche Bakteriencyklogenie, so daß wir auf diese Einzelheiten hier nicht ausführlich eingehen wollen. Besonders die Bücher von Franz Arnoul *Schlüssel des Lebens* und *Einführung in die Dunkelfelddiagnostik*, Semmelweis-Verlag, seien an dieser Stelle erwähnt.)

Auch zeigte das Blutbild im Dunkelfeld einen deutlichen Hinweis auf eine stärkere Leberbelastung. Bei der kleineren Übersicht (100fache Vergrößerung) waren ca. Zweidrittel der Blutzellen zusammengeklebt (Wabenform, Zitronen, Leberinseln). Es zeigten sich auffallend viele Leberinseln - sie sehen aus wie Schiffe - in deren Mitte die Erythrozyten bereits abgedunkelt erschienen, dem Zerfall nahe. Bei einer Leberbelastung werden dem Knochenmark zu wenig Aminosäuren (kleinste Eiweißbausteine) und Vitalstoffe zur Verfügung gestellt, so daß nur minderwertiges Blut gebildet werden kann, das schnell befallen wird. Die roten Blutkörperchen fallen durch ihr Klebeverhalten auf. Sie erscheinen nicht, wie es sein sollte, kreisrund, sondern verändern schnell ihre Form. Durch inneren Befall mit bakteriellen Wuchsformen gehen sie vorzeitig zugrunde, was ebenfalls im Dunkelfeld genau zu verfolgen ist.

Warum war mein Blut trotz sonst vernünftiger Lebensweise und bewußt vollwertiger, lebendiger Ernährung so schwach?

Aus meinem Schlafzimmerfenster sah ich auf einen Sendemast. Führende Forscher in aller Welt (siehe im Buch *Pilzerkrankungen ganzheitlich heilen*) beweisen, daß Elektrosmog das Milieu in unserem Körper erheblich schwächt und zur Übersäuerung beiträgt. Selbst geschwächt und betroffen, studierte ich die Erkenntnisse der Dunkelfeldtherapeuten. Beim Dunkelfeld sehen wir in das noch lebende Blut. Alles, was wir tun - unsere vernünftige oder unvernünftige Lebensweise wie auch die Therapie - schlägt sich in unserem Blut nieder. Wir sehen den Erfolg oder Mißerfolg.

So ist aus eigener Betroffenheit und den Erfahrungen am Patienten dieses Buch entstanden, das Wege aufzeigt, der zunehmenden Blutentgleisung entgegenzutreten.

Unser Dank gilt allen, die mit ihren Informationen und Erfahrungen mit dazu beigetragen haben, daß in diesem Buch so vielerlei praktische Hilfe vermittelt werden kann.

Christine Heideklang

I. Teil - Ein neuer Aspekt: Candida im Blut

Gesund, geschwächt oder krank? - das Blut zeigt es!

Es gibt mehrere Forscher, die als Biologen die Kleinstformen (Bakterien, Viren und deren Vorstufen) jahrzehntelang im Blut und Gewebe untersucht haben. Die heute bekanntesten Namen sind Prof. Dr. Günter Enderlein, Dr. Wilhelm von Brehmer und Bruno Haefeli. Diese haben etwas sehr Wichtiges entdeckt.

Unser Blut ist nicht steril. Durch Übersäuerung verschiebt sich das Milieu im Blutplasma mit seinem pH-Wert immer mehr in den alkalischen Bereich, was im strömenden Blut mit dem Vincent-Gerät der Firma Med-Tronic, Friesenheim, gemessen werden kann. Dabei nehmen nicht nur das Gewebe, sondern auch die roten Blutkörperchen als Speicherorgane für Säure immer mehr Säure in ihre Außenmembran auf, was sie mit der Zeit starrer werden läßt und bakteriellen Wuchsformen den Anreiz zur Entwicklung gibt. Nach Dr. Berthold Kern kommt es durch erhöhte Blutviskosität zu Durchblutungsstörungen bis hin zum Infarkt oder Schlaganfall. Er verhinderte diese „Säurekatastrophen des Körpers" mit der Zufuhr basischer Pufferstoffe. Je alkalischer (basischer) das Blutplasma und je mehr Säure die Erythrozyten speichern, um so mehr bakterielle Wuchsformen treten auf, die die Blutkörperchen auch von innen her schwächen und das Blutplasma dickflüssiger machen, was ganz allgemein zu Durchblutungsstörungen und Bluthochdruck führt. Prof. Günter Enderlein nannte diesen Zustand Stausucht „Endobiose".

Führen wir Natriumbicarbonat oder basische Mineralmischungen zu, so wird die Säure im Gewebe und in den roten Blutkörperchen abgepuffert und das Blut kommt wieder mehr in seinen neutralen gesunden Bereich um 7,35. Wir tun also mit einer Basenzufuhr genau das Richtige.

Allerdings sollten wir als Hilfe für den Stoffwechsel und das Blut auch die rechtsdrehende L(+)-Milchsäure zuführen, die sehr gut die negative linksdrehende D(-)-Milchsäure, die heute - ansteigend - bei immer mehr Patienten im Blut in größerer Menge zu finden ist, abpuffert und damit harnfähig macht. Die D(-)-Links-Milchsäure wirkt nach Prof. Zabel wie ein Toxin im Körper. Ich komme auf dieses wichtige Thema noch ausführlicher zu sprechen.

Aus diesem Grunde sind auch milchsaure Säfte, wie Rote-Bete-Saft mit rechtsdrehender Milchsäure (demeter) und besonders auch das Kombucha-Getränk sehr gut. Äußerst interessant sind in diesem Zusammenhang die Entdeckungen des deutschen Arztes Dr. Rudolf Sklenar, der sich über 30 Jahre lang intensiv mit der Krebskrankheit befaßt hat und ebenfalls zu dem Schluß gelangte, daß es ein Blutparasit ist, der das Krebsgeschehen vorbereitet. Mit der von ihm entwickelten Blutfärbemethode gelang es ihm ähnlich wie Dr. Wilhelm von Brehmer Präkanzerosen und Krebs eindeutig und früh zu diagnostizieren.

Je ernster eine Krankheit, je stärker ist der Blutbefall. Genau wie für Wilhelm von Brehmer waren auch für ihn die bakteriellen Wuchsformen, die die Blutkörperchen befallen und von innen aushöhlen, Wegbereiter ins Krebsgeschehen. In der ersten Stufe zeigten die roten Blutkörperchen körnchenartige Ausstülpungen. In der 2. Stufe arbeiteten sich aus den Erythrozyten Fäden heraus, was Dr. Sklenar „Stechapfelformen" nannte. Diese oft jahrelang bestehende Blutschwächung wertete dieser Arzt als Präcancerose (Tumorvorstadium). Über eine starke Zunahme der Stechapfelformen geht es dann in die dritte Stufe, bei der die Erythrozyten kleine Bläschen zeigen. Bei Tumorerkrankungen im fortgeschrittenen Stadium - die 4. Stufe - weisen die Erythrozyten einen erheblichen Substanzverlust auf. Sie haben große Löcher und wirken als Ringformen wie von innen ausgefressen. Das Endwerk der Blutparasiten ist nach Dr. Sklenar die völlige Zerstörung der Erythrozyten.

Als ganzheitlich denkender Arzt setzte Dr. Sklenar alles daran, den Blutparasiten den Nährboden - das Milieu - zu entziehen, was er mit einer allgemeinen Entschlackung und Entgiftung erreichte. So setzte er gegen den Befall des Blutes sehr erfolgreich - besonders auch bei Krebs - das Gärgetränk Kombucha wie auch den Preßsaft aus dem Kombuchapilz zur Regenerierung des Darmes und des Blutes ein. Kombucha enthält verschiedene den Stoffwechsel anregende organische Säuren, besonders auch die so wichtige rechtsdrehende Milchsäure und andere stark entgiftende Stoffe. (Kombuchapilze und Zubehör: Inke Barysch)   ⇨   Adresse im Anhang

Ein Parasit im Blut führt zur Krebsentwicklung

Aus den uns schützenden Symbionten (Kolloide aus pflanzlichem Eiweiß), die nach Prof. Günter Enderlein in einem gesunden Blut als flirrende Lichtpartikel wie ein Schneegestöber zu sehen sein sollten, entstehen - entsprechend dem Grad der Verschlechterung des Blutmilieus - parasitäre Wuchsformen. Diese befallen besonders die Blutzellen und entwickeln sich in ihnen als Endobionten parasitär. Die Wuchsformen sind zuerst noch sehr klein, verwandeln sich aber mit der Zeit bei Fortbestehen von Übersäuerung, Toxinbelastung, minderwertiger Nahrung und Wasser in immer größere Formen, bis sie zu Bakterien, später zu Pilzen und bei weiterer Verschlechterung des Milieus zu Egeln und Würmern werden.

Alles in der Natur unterliegt einem gewaltlosen Wandel,
der milieuabhängig ist.

Nach den Grundlagenforschungen von Prof. G. Enderlein können wir grundsätzlich von zwei Hauptsymbionten ausgehen, die ein ambivalentes Verhalten zeigen: in der niedervalenten Form helfen sie uns, in der hochvalenten Form erzeugen sie die Krankheit. Mucor racemosus regelt den flüssigen Anteil im Menschen; während Aspergillus niger für die verfestigten, verkalzifizierten Phasen zuständig ist.

Die Mucor-Entwicklung, je nach Schwere des Befalls, bringt Filite hervor. Es sind aus Eiweiß bestehende Fibrinfäden, die, wenn sie massiv auftreten, in dichten Netzen erscheinen, was zu Durchblutungsstörungen führt. Bei weiterer Verschlechterung des Milieus entstehen längliche, wurmartige bewegliche Formen. Aus dieser Reihe bildet sich bei anhaltender Milieuverschlechterung ein bewegliches Stäbchen, dem ein wesentlicher Anteil bei der Krebsentwicklung zugesprochen wird. Der Forscher Wilhelm von Brehmer nannte dieses Stäbchen Siphonospora Polymorpha; Prof. Enderlein gab ihm den Namen Leptotrichia buccalis. Es entwickelt sich als Parasit u.a. auch in den roten Blutkörperchen, in denen es sich regelrecht verbarrikadiert. Die Leptotrichia ist häufig erst am 2., 3. oder 4. Tag zu sehen

Der Aspergillus niger, der schwarze Schimmelpilz, der als Bakterienentwicklung im weit fortgeschrittenen Stadium den Tuberkulose-Erreger (Sclerotrix tuberculosis) hervorbringt, greift vorrangig Lungen, Haut und Knochen an. Seine Entwicklung spielt sich überwiegend im Bindegewebe und nicht so sehr im Blut ab. Im Blut erkennen wir einen verstärkten Aspergillus-niger-Befall an seinen schiefergrauen bis schwarzen Symplasten, die durch verstärkte Auflösung der Schimmelpilzformen entstehen. Oft gibt es Mischsymplasten, sogenannte „Schlacken", aus weißem Mucor und grau-schwarzem Niger.
Mit der Dunkelfeldmethode können wir also erkennen, wo wir stehen, und dann einer sich abzeichnenden Gefahr gezielt entgegenarbeiten. Das Erfreuliche ist: die höheren Entartungsformen sind mit einer entsprechenden Therapie mittels der niederen Formen (Iso-pathie) sehr gut wieder zurückzubringen.

Von Brehmer stellte in jahrelangen Beobachtungen im Vitalblut fest, daß das wurmartige Gebilde, das er Siphonospora polymorpha nannte, wenn es das Blut verläßt und ins Gewebe gelangt, Krebs verursacht. Es ist besonders zahlreich in Zahngranulomen und toten Zähnen anzutreffen und überschwemmt von dort den Körper. Von Brehmer erkannte den Zusammenhang von Arthrosen und Arthritis wie auch von Krebs mit Zahnherden (Granulomen). Er entwickelte das Präparat Arthrokehl A und U (verschreibungspflichtig) als eine Art Reiztherapie zur Bekämpfung der Siphonospora polymorpha.
Prof. Enderlein nannte - wie bereits erwähnt - die gleiche Erscheinung Leptotrichia buccalis, die auch er als Krebshinweis wertete.
Interessant ist, daß Wilhelm Reich in seinem Buch über den Krebs zu genau den gleichen Beobachtungen wie von Brehmer kommt. Er spricht von T-Bazillen (Todesbazillen), die

er jahrelang in großer Menge im Blut und Gewebe bei Krebspatienten beobachtete. Im Endstadium des Krebses konnte er in allen Ausscheidungen, im Blut und im Gewebe diese T-Bazillen in großer Zahl nachweisen. Er fand sie auch bei anderen schweren Erkrankungen. Wilhelm Reich, der sich jahrzehntelang mit der Erforschung der Orgonenergie befaßte, konnte zeigen, daß vermehrte Zufuhr der natürlichen Lebensenergie Orgon, die T-Bazillen zurückdrängt. Nach seiner Erkenntnis sind die roten Blutkörperchen „orgonotische Bläschen", also Träger des Orgons. Fehlt diese Lebenskraft durch totes Wasser, unlebendige Nahrung und Bewegungsmangel an frischer Luft, so werden die Blutkörperchen schwach und erst in diesem Zustand können sie befallen werden. (Der Harn als Blutflüssigkeit ohne die roten Blutkörperchen hat laut Wilheilm Reich noch 40 % Orgonenergie.)

Die Siphonospora polymorpha als Krebserreger

Von Brehmer gelang der wissenschaftliche Beweis, daß das von ihm beobachtete Stäbchen Krebs verursacht. Das Meerschweinchen mit einem konstanten Blut-pH-Wert von 6,8 pH, bekommt keinen Krebs. Er veränderte das Blut des Meerschweinchens in den alkalischen Bereich, den diese Stäbchenbakterien benötigen, und impfte seine Versuchstiere mit Siphonospora polymorpha-Bakterien. Und siehe da, was als unmöglich galt: die Meerschweinchen entwickelten Krebs. Durch vielseitige andere interessante wissenschaftliche Versuchsreihen konnte er seine Krebstheorie erhärten. Seine Forschungsergebnisse, welche die Siphonospora polymorpha als Krebserreger beschrieben, der sich aus Kleinstformen entwickelt, wurden 1935 vom Reichsgesundheitsministerium anerkannt, und der Blutparasit wurde als Krebserreger registriert. Daraufhin wurde er gedrängt, in die NSDAP einzutreten. Von Brehmer jedoch weigerte sich strikt. Er bekam große Repressalien. Seine Forschungen wurden unterdrückt; er durfte nicht mehr weiterarbeiten. Ein anderer befreundeter Forscher arbeitete mit den Erkenntnissen von Brehmers in der Stille weiter. Auch er konnte die Entwicklungsformen im Blut mit einem Mikroskop genau beobachten. Dieser Forscher entdeckte, daß die Entartung zur Siphonospora polymorpha mit einer hochwertigen Kombination von natürlichen (nicht synthetischen!) Aminosäuren wieder rückgängig gemacht werden kann.

Es ist die Leber, die aus unserer Nahrung vielseitiges und höchstwertiges Eiweiß benötigt, um eine gesunde, schlagkräftige Abwehr aufzubauen und um neue Blut- und Körperzellen zu bilden. Diese optimale Eiweißversorgung fehlt heute aufgrund des Humusmangels bei unserem Nahrungspflanzenanbau. (Je besser der Humus, je besser die Eiweiß- und Vitalstoffausbildung ganz allgemein.)

Kann die Leber zum Beispiel dem Knochenmark nicht genügend gutes Eiweiß zur Bildung der roten Blutkörperchen liefern, so werden die roten Blutzellen nur schwach ausgebildet. Sie kleben, leicht zusammen und der Sauerstoff kann nicht richtig transportiert werden. Diese Verklebungsneigung des Blutes ist sehr gut im Dunkelfeld zu sehen. Das geschwächte Blut wird zur Brutstätte des Endobionten, bis hin zur Entwicklung der unguten Stäbchen oder - worauf ich noch zu sprechen komme - von Candidabläschen und Candidanadeln, die auch immer häufiger im Dunkelfeld zu sehen sind.

Dieses geschwächte Milieu kann bereits jahrelang existieren. Der Mensch fühlt sich schlapp, müde und erschöpft, eben weil das Blut bereits befallen ist und von inneren parasitären Wuchsformen, den Endobionten, frühzeitig zerstört wird. Kommt dann ein größerer seelischer Schock, ein gestörter Bettplatz, verstärkte Strahlenbelastung, starke Überforderung oder ähnliches hinzu, kann sich das Milieu sehr verschlechtern und ein Krebsgeschehen in Gang setzen.

Um dem vorzubeugen, sollten wir bewußt alles tun, damit in uns gesünderes Blut entsteht. Vor allen Dingen sollten wir uns mehr um das wichtigste Lebensmittel, unser Wasser, kümmern, von dem in erster Linie die Qualität unseres Blutes abhängt. Trinken wir, wie üblich, nur totes energieloses Leitungs- oder Mineralwasser, so wird auch unser Körperwasser entsprechend sein. Je mehr „tot" ein Wasser oder unser Körperwasser ist, um so mehr bietet es den Nährboden für die Entwicklung parasitärer Wuchsformen. Nur ein reifes, lebendiges Quellwasser kann unserem Blut die rechte Kraft weitergeben, daß es sich vor negativer Endobiontenentwicklung jeglicher Art schützen kann. (Siehe in Teil 2, 1: *Wasser - unser Lebensmittel Nr. 1*) In einem solcherart energiegeladenen Blut können sich Entartungsformen (Viren, Bakterien, Pilze) nicht entwickeln.

Auch sollten wir versuchen, uns so oft wie möglich in frischer Luft zu bewegen und vertieft zu atmen. Dadurch entsteht eine enorme Entsäuerung und Kraftanhebung für unser Blut. Auch eine gut arbeitende Leber, die aus der Nahrung die richtigen Bausteine bekommt, ist für die Bildung eines gesünderen Blutes verantwortlich. Um aus geschwächten oder präcanzerösen Zuständen herauszukommen, können wir sehr viel tun.

Der oben erwähnte Forscher fand heraus, daß eine besondere Kombination von Aminosäuren (ProCombisan plus) wichtig ist. Er machte Versuche mit Petrischalen und den Aminosäuren und stellte fest, daß die Stäbchenbakterien dort zugrunde gingen bzw. sich nicht vermehren konnten, wo diese stark entgiftenden, das Blut regenerierenden Aminosäuren vorhanden waren. Diese besondere Kombination von Aminosäuren stärkt jede Zelle im Gewebe, die sich dann, ebenso wie die Blutzellen, gegen den Angriff der Stäbchen wehren können. (Bezug: Bio-Research)   ⇨ Adresse im Anhang

Deshalb bewährt sich auch die reichliche Zufuhr von Süßwassergrünalgen (Chlorella, Klamath-Algen, Spirulina) wie auch von Meeresalgen (weiße Kalkalge und Braunalge) so sehr, denn sie liefern uns u. a. beste Aminosäuren, die beim Aufbau der Blut- und Abwehrzellen helfen; andererseits bieten sie einen starken Schutz gegen Gifte und

Verstrahlungen aller Art, und besonders die einzigartige Chlorella-Alge hilft, den Körper von Schwermetallen zu befreien. (Spirulina, Chlorella, Meeresalgen: Arkanum Wahre Naturwaren)

Ein neuer Aspekt - Candida im Blut

Die vorstehend geschilderten Fakten sind den Dunkelfeldtherapeuten durchwegs bekannt. Nun möchte ich aber auf etwas Neues hinweisen, was noch einen Schritt weiterführt.

Wir als Behandler stellen fest, daß schwere Erkrankungen und damit einhergehend besorgniserregende Blutveränderungen gerade auch bei jüngeren Menschen ständig zunehmen. Diese Erkrankungen sind, wenn wir ehrlich sind, nicht mehr so leicht wie früher zu therapieren. Ich selbst erlebte es, daß es immer wieder therapieresistente Fälle gab, bei denen meine sonst so erfolgreiche Therapie nicht mehr „griff".

In dieser Stimmung mit dem Gefühl, daß auch mit mir nicht alles stimmte, suchte ich Ekkehard Scheller auf, einen begnadeten Therapeuten und Dunkelfeldexperten. Dieser öffnete mir die Augen für etwas sehr Wichtiges, daß sich in der Zukunft nicht nur für meine eigene Gesundung, sondern auch für die meiner „Patienten-Sorgenkinder" als voller Erfolg erweisen sollte.

Ekkehard Scheller zeigte mir in meinem Blut zwischen den roten Blutkörperchen Thrombozytenhaufen, die von Fibrinfäden durchzogen waren. Besonders am Rand dieser Thrombozytenhaufen waren kleine, schwach umrandete, kreisrunde Bläschen zu sehen. Sie sehen aus wie Erythrozyten, nur sehr viel kleiner und viel schwächer in der Außenumrandung. In der Dunkelfeldausbildung wurden sie als Thecite bezeichnet. Kollege Scheller ist der Meinung, daß diese runden Bläschen Candida albicans-Pilze darstellen. Er beobachtet diese Form seit etwa 1996 mit steigend zunehmender Tendenz. Scheller ist der Ansicht, daß dieser Candidabefall eine sehr ernstzunehmende Sache ist, die jeder sonst guten Therapie einen Riegel vorschiebt.

Er mühte sich zu anfangs vergeblich, diese gehäuft auftretenden Candida-Bläschen wieder zurückzudrängen. Mit der Zeit jedoch entstand ein gut greifendes Anti-Candida-Therapiekonzept, das er mir sofort bereitwillig anvertraute. Und nicht nur das, Ekkehard Scheller bat mich, ihm behilflich zu sein, seine Erkenntnisse zu Papier zu bringen, damit dieses Wissen schnell zu interessierten Therapeuten und Laien gelangen kann, um viel Not und Elend zu verhindern. Denn - und das habe ich frappierend selbst an mir erleben dürfen - seine Therapie greift sehr gut und bringt schon bald spürbare Verbesserungen. Besonders gefährlich ist seiner Meinung nach die Behandlung mit Nystatin. Nystatin wird aus dem Strahlenpilz Streptomyces noursei gewonnen, genau wie andere sehr erfolgreiche Antibiotika. Dieser Stoff scheint der Candidabelastung direkt Vorschub zu leisten.

Nystatin tötet zwar die Candida-Pilze im Darm ab, aber die Keime in seinem Inneren werden nicht mit abgetötet. Durch die Abtötung werden diese frei, die dann durch die Darmwand ins Blut und die Organe einwandern.

Generell wird von Dunkelfeldexperten angenommen, daß es Pilze im Vitalblut nicht gibt und nicht geben kann, weil ein belastetes, geschwächtes Blut meist einen alkalischen pH-Wert aufweist, wohingegen Pilze nur in einem sauren Milieu leben können.

Könnte es nicht sein, daß der Candidapilz durch ständige Säureausscheidung sich selbst sein saures Milieu schafft?

In dieser schwierigen Situation bekommen wir nun Schützenhilfe von unserem Kollegen Heinz Prahm, Rhauderfehn, der langjährige Blutforschungen in dieser Richtung betrieben hat. Er hat das Blut seiner Patienten auf einem Objektträger ausgestrichen und mit dem Hellfeld-Mikroskop angeschaut. Dabei stellte er fest, daß es in den Blutausstrichen immer mehr weiße Flecken kleinerer und größerer Art gibt, die er als Fibringerinnungsflecken bezeichnet, verursacht durch die Ansammlung von linksdrehender D(-)-Milchsäure. Nach seinen Erkenntnissen stammt diese Milchsäure von den Gärungserregern des Darmes. Diese oft sehr stark leuchtenden Säurenester behandelt er seit Jahren erfolgreich mit rechtsdrehender L(+)-Milchsäure (Lympholact oder Lactopurum bzw. Lactopurum-Injektionen von Pflüger) und kann an seinen Ausstrichen beweisen, daß sich die Säureansammlungen sehr schnell zurückbilden.

Da gerade Candida als Hefepilz eine starke Gärung verursacht und ebenfalls linksdrehende Milchsäure bildet, so kann es durchaus sein, daß die von Heinz Prahm beschriebenen Säurenester überwiegend von Candidabläschen erzeugt bzw. miterzeugt werden. Erfreulich ist es, daß wir auf diese Weise erfahren dürfen, daß konzentrierte rechtsdrehende L (+)-Milchsäure in der Lage ist, die Säureansammlungen im Körper in allen Systemen aufzulösen, womit direkt oder indirekt auch den Candidapilzen das ihnen zusagende Milieu entzogen wird. Die Rechts-Milchsäure wird basisch verstoffwechselt. Sie wirkt antibiotisch und puffert die toxische Links-Milchsäure ab, die dadurch problemlos ausgeschieden werden kann.

Interessierte Therapeuten können sich von der Firma Pflüger entsprechende Unterlagen zusenden lassen. In jedem Fall ist aufgrund der dankenswerten Forschungen des Kollegen Prahm der Lehrsatz, daß es Candida im Blut nicht geben kann, durch die fotografierten Säurefelder in Frage gestellt, wofür ihm ein großes Verdienst zukommt. (Info über Lactoprahm)

Bei einem Dunkelfeldtreffen der IG-DF Interessengemeinschaft für Dunkelfeldblutdiagnostik im November 2000 zeigten Franz und Dr. Cornelia Arnoul u.a. einen Blutausstrich eines Patienten, der an einer Autoimmunkrankheit litt. Frau Dr. Arnoul machte uns darauf aufmerksam, daß in diesem Blutausstrich auffallend viele Thecite zu sehen seien. Wenn bei einem solch schweren Krankheitsgeschehen diese Bläschenform auffallend vermehrt ist, dann heißt dies, daß diese sogenannten Thecite eine sehr negative Bedeutung haben müssen und durchaus Candidabläschen sein können.

Wir legen unsere Thesen und unsere Beobachtungen hier zur Prüfung vor, denn wir werden von der offiziellen Forschung gerade auf diesem für alle so wichtigen Gebiet allein gelassen. Während unsere Technik rasende Fortschritte macht - ob zu unser aller Wohl, steht auf einem anderen Blatt - hält die Schulmedizin an dem veralteten Dogma, daß die Zelle die kleinste Einheit ist und daß es keine Bakteriencyclogenien (Entwicklungsreihen) gibt, fest. Diese über 150 Jahre zurückliegenden Erkenntnisse verhindern eine freie Forschung und dadurch letztlich auch das Erkennen der tieferen Ursachen und Zusammenhänge von Gesundheit und Krankheit. Wahrhafte Heilung kann nur dann erfolgen, wenn wir an die Wurzel des Übels gelangen und wenn wir bereit sind, der Schöpfung abzulauschen, auf welche Weise sich alles Lebendige gegen Bedrohungen und Entgleisungen schützt. Hier allein sollten wir regulierend und unterstützend eingreifen und damit die Selbstheilungskräfte stärken, anstatt - wie es heute durch die sich immer mehr ausbreitende Hilflosigkeit auf dem offiziellen Heilsektor üblich ist - mit Antibiotika (gegen das Leben gerichtet) und Cortison (Cortison unterdrückt das Abwehrgeschehen) gerade die so wichtigen Selbstheilungskräfte aufs schwerste zu schädigen und zu behindern.

Auf jeden Fall hätten wir mit einer Anti-Candida-Therapie, wie nachstehend aufgeführt, nicht so viel Erfolg, wenn es Candida-Pilze im Blut oder auch in Organen und Gewebe nicht gäbe.

Als Betroffene fühlte ich in mir, daß Kollege Scheller recht hat. Von Bruno Haefeli aus der Schweiz, über dessen Pilzforschungen ich in meinen Knaur-Taschenbüchern *Mykosen* und *Pilzerkrankungen* berichte, wußte ich bereits, daß es Candida-Pilze im Blut gibt. Auf dem letzten Mykose-Kongreß in Stromberg sagte Kollege Witt aus München ausdrücklich, daß es seiner Meinung nach Candida-Pilze im Blut gibt. Er warnte uns, nur die Schimmelpilze aufzulösen. Er hätte sehr starke Verschlechterungen erlebt, wenn nicht gleichzeitig auch gegen die Candidapilze vorgegangen würde.

So habe ich mich nach meinem ersten Besuch bei Ekkehard Scheller strikt an seine Anti-Candida-Therapie, die er seit längerer Zeit erfolgreich einsetzt, gehalten und durfte auch für mich eine erstaunlich schnelle Kraftanhebung erleben. Während bei der ersten Untersuchung ein erheblicher Candidabefall zu sehen war, waren bei der zweiten Untersuchung nach ca. 5 Wochen ! nur noch sehr wenige vereinzelte Candidabläschen zu sehen. Ekkehard Scheller meinte auch, daß diese Bläschen bereits „leer" seien - er könnte in ihnen keine Sporen mehr sehen - und daß sie sich nicht mehr bewegen würden. Es seien nur noch Schemen, die bald ganz verschwinden würden. Ich solle nur nicht mit der Anti-Candida-Therapie aufhören, damit die Reste der Bläschen und auch ihre versteckten aggressiven Toxine restlos hinausgeschafft würden. Was mich weiterhin sehr wunderte, war für mich die sonstige Verbesserung meines Blutbildes. Die vorher sehr extrem geschwächten Blutkörperchen waren durchwegs rund, einzelnschwimmend und stabil. Keine verformten Blutkörperchen, Waben und Leberinseln mehr, so gut wie keine Stechapfel-formen. Auch die bakteriellen Wuchsformen der Mucor-Zyklode - Fäden, die aus den roten Blutkörperchen wie Würmer herauskamen -, waren nicht mehr auszumachen. Mir wurde ganz seltsam zu mute über diesen unerwarteten Erfolg.

Und das Schöne war: Ich sah ungeheure Mengen Symbionten (Spermite, Symprotite), das heißt, die kleinen Schutzkörperchen, die wahrhaft wie Schneegestöber herumwirbelten. Nach Günter Enderlein sollte ein gesundes Blut ein wahres Schneegestöber dieser uns schützenden Kleinstformen aufweisen.

Ich konnte es nicht fassen. Eine so schnelle Blutverbesserung hatte ich nicht erwartet. Allerdings habe ich, nachdem ich schwarz auf weiß sehen konnte, an welchem Abgrund ich erneut stand, sehr diszipliniert und konsequent die beschriebenen Antioxidantien (Chlor-ella, Spirulina, Vit. E, C, Meeresalgen für die Spurenelemente, Natron, Procombisan plus etc.) zugeführt und meine Leber mit guten Lebermitteln und zweimal täglich mit einem einstündigen Rizinusölwickel therapiert. (Rizinusölwickel siehe in *Teil 3, Wie gehen wir in der Praxis vor?* unter: *Was tun wir bei einem Entgiftungsstau?*)

Parallel zu der Verbesserung des Blutes stieg auch meine Kraft wieder an. Ich fühlte mich wie neu geboren, so als ob mir mein Leben, das bereits an einer gefährlichen Klippe stand, wiedergeschenkt wurde.

Da der Candidabefall des Blutes bei immer mehr Menschen zu finden ist und sich nur wenige mit der Behandlung dieser sehr ernsten neuen seuchenartigen Erkrankung aus-kennen, möchten wir in diesem Buch die vielfach bewährte Anti-Candidatherapie veröf-fentlichen. Es geht jetzt nicht mehr darum, wer als Forscher recht hat, sondern wessen Therapie zum Erfolg führt. Da die Gesundheit für jeden von uns und auch für die Menschen, die sich voller Vertrauen an uns als Therapeuten wenden, das höchste Gut ist, würden wir uns freuen, wenn auch andere Kollegen diese Therapie aufgreifen und uns von ihren Erfahrungen berichten würden.

Wir sind an einem Erfahrungsaustausch mit Kollegen interessiert und sind auch gern bereit, unsere Erfahrungen in Seminaren weiterzuvermitteln.

(Kontaktadresse für Seminare: Naturheilpraxis Scheller, Anschrift im Anhang)

Ein Interview mit Ekkehard Scheller

Nachdem ich mich selbst davon überzeugen konnte, daß Ekkehard Scheller tatsächlich den Schlüssel zu einer der schwersten Bedrohungen unserer Zeit gefunden hat, wollte ich mehr wissen.

C.H.: Wie sind Sie als Dunkelfeldtherapeut darauf gekommen, daß es Candidapilze im Blut gibt, denn allgemein hört man von Dunkelfeldtherapeuten nur, daß es Candida im Blut nicht gibt und geben kann?

E.Sch: Meine Frau und ich - wir beide sind Heilpraktiker - sind bei einem Dunkelfeldseminar bei Franz Arnoul gewesen. Auch Kollege Arnoul ging davon aus, daß Candida nicht im Blut, sondern nur im Darm auftritt.

Dann hatte ich in einem Buch über Mykosen Phasen-Kontrastaufnahmen von Bradford gesehen. Dort waren kleine Trauben, zum Teil zusammenhängend wie Weintrauben, abgebildet, die als Candidabefall beschrieben wurden.

Wir hatten diese im Dunkelfeld wesentlich klarer sichtbaren Bläschen auch in unserer Praxis schon gesehen, deuteten sie aber als Thecite aus der Mucorzyklode. Immer häufiger sahen meine Frau und ich diese kleinen Bläschen, die zusammenhingen und oft in großen Thrombozytenhaufen eingebunden waren. In meinem Inneren wußte ich plötzlich, daß dieses tatsächlich Candidapilze sind. Als ich mit einer gezielten Therapie gegen Candida begann, verschwanden diese Bläschen sowie die Thrombozytennester, und die zum Teil sehr schweren unterschiedlichen Erkrankungen unserer Patienten verbesserten sich entsprechend dem Rückgang des Candidabefalls.

C.H.: Wann war es, als Sie diese Bläschen zum ersten Mal sahen?

E.Sch.: Das war 1996. Ich holte meine Frau und zeigte ihr die Bläschen. „Schau, das sieht ja so aus, als ob es die Candidabläschen sind, wie Bradford sie fotografiert hat." In der ersten Zeit sahen wir die Bläschen noch sehr selten, dann aber immer häufiger. Heute sehen wir einen Candidabefall bei ca. 95 Prozent der Patienten mit unterschiedlichsten Erkrankungen.

So, wie es aussieht, schafft sich der Candida im Blut sein eigenes Milieu, das ja sauer sein muß, indem er durch ständige Aufnahme von Glucose Säure produziert, die durch seine Membran ins Blut übertritt. So hat er sich der Situation ideal angepaßt.

Zunehmend erleben wir ja Krankheiten, wo Haut und Schleimhäute regelrecht verätzt werden.

Nach Bruno Haefeli werden die verschiedenen Entartungsformen im Körper auch immer wieder schubweise aufgelöst. Das würde die Schübe bei Neurodermitis, Rheuma, Gicht, Mb. Crohn etc. erklären.

Durch den ständigen Raub von Blutzucker werden die Betroffenen immer wieder gezwungen, nach Süßem zu greifen, was letztlich den Candidabefall weiter vermehrt.

Noch neuere Entdeckungen in unserer Praxis gehen auf einen intrazellulären Candidabefall der roten Blutkörperchen hinaus, eine weitere von uns vermutete Mutation des Candida, wo der Candida in Form von starren gläsernen Stäbchen oder Nadeln mit einer kleinen Schlaufe oder Öse, ähnlich einer Stopfnadel, aus den Erythrozyten herauskommt, und zwar erst nach einigen Tagen der Blutbeobachtung. Diesen Befall finden wir heute bei schweren Erkrankungen (Krebs, Leukämie) in 5 bis 10 Prozent aller Fälle.*

Immer wieder kommen Patienten zu mir, die nach Dr. Hulda Clark mit Mitteln behandelt wurden, die die ausgetesteten verschiedenen Parasiten (Egel, Würmer) abtöten sollen. Das mag funktionieren, nur der Candida kümmert sich anscheinend nicht darum. Unserer Meinung nach ist es gerade der Candidabefall, der den Parasiten überhaupt erst den Nährboden bereitet. Wird der Candida im Körper abgebaut, sind merkwürdigerweise die anderen parasitären Formen nach Dr. Clark im allgemeinen nicht mehr vorhanden.

C.H.: Wie kommt es Ihrer Meinung nach zu einem Candidabefall des Blutes?

E.Sch.: Für mich ist die Ursache immer die gleiche: Antibiotika. Meiner Meinung nach ist das Auftreten von Candida im Blut die Antwort auf die Antibiotikabehandlung der letzten 50 Jahre. Der so hochgelobte Fortschritt ist zu einem gewaltigen Rückschlag geworden. Nehmen wir ein Beispiel. Ein Kind hat Scharlach oder eine Bronchitis und bekommt Antibiotika. Dies erscheint vordergründig berechtigt, um die Krankheitserreger abzutöten. Dabei wird nicht berücksichtigt, daß die so wichtigen Dambakterien ebenfalls mitabgetötet werden. Da Bakterien die Gegenspieler der Pilze sind, können sich letztere ungehindert ausbreiten. Antibiotikagaben fördern also direkt den Pilzbefall. (Auch Quecksilber aus den Amalgamfüllungen wirkt bakterizid auf die Darmflora und fördert dadurch den Pilzbefall.)

Antibiotikagaben in der Massentierhaltung bedeutet das gleiche für die Tiere. Auch hier werden immer mehr Antimykotika eingesetzt. Dadurch wird auch der Blutentartung der Tiere (BSE!) Vorschub geleistet.

Im Darm wird der Candidapilz auf diese Weise aus seiner normalen Symbiose von 10^2, das sind 100 Keime auf 1 g Stuhl, herausgedrängt und kann besonders bei der heute üblichen Zivilisationskost seine Keimzahl ins Unermeßliche vermehren. Bei 1000 Keimen auf 1 g Stuhl ist er bereits pathogen (krankheitsverursachend). Er überwuchert den Verdauungstrakt und gelangt früher oder später ins Blut. Als Blutmykose kann er alle Organe befallen. Dabei bevorzugt er die bereits geschwächten Organe.

---

*Dieses Interview fand im Herbst 1998 statt. Inzwischen (Herbst 2000) tauchen diese starren Nadeln bereits sehr häufig auch bereits bei Durchschnittspatienten auf, die noch nicht so schwere Krankheitsbilder aufweisen. Das Blut zeigt dabei meist einen starken endobiontischen Befall.

C.H.: Warum halten Sie Candida für so gefährlich?

E.Sch.: Die Toxine, die täglich in großer Menge gebildet werden, sind das Gefährliche. Als ätzende, stocksaure, zum Teil stark juckende Substanzen gelangen sie in die schwächsten Stellen des Körpers oder werden über diese ausgeschieden. Liegt zum Beispiel eine Disposition zu einer Hautschwäche vor, kommt es zu Neurodermitis oder Psoriasis, liegt eine Disposition zu einer Darmschwäche vor, kommt es entzündlichen Darmerkrankungen, wie Mb. Crohn und Colitis ulcerosa oder es kommt zu chronischem Durchfall. Dafür sind dann in erster Linie die Toxine des Pilzes verantwortlich, die über die Darmschleimhaut ausgeschieden werden.

Bei einem Fall, wo eine Disposition zu Diabetes vorlag, haben wir erlebt, daß der Pilz oder die Toxine die Langerhans-Inseln der Bauchspeicheldrüse so gelähmt haben, daß kein Insulin mehr produziert wurde. Durch eine gezielte Anti-Candida-Therapie wurden die Langerhans-Inseln jedoch wieder voll funktionsfähig, und die Zuckerkrankheit verschwand. Dabei kam es am Anfang zu starken Blutzuckerschwankungen als Zeichen dafür, daß die Langerhans-Inseln ihre Arbeit wieder aufnahmen.

Die ätzenden Stoffwechselausscheidungen der Candidapilze hinterlassen ihre Spuren. So kann man sich vorstellen, daß es zu einer chronischen Cystitis (Blasenentzündung) kommen kann, zu einer Konjunktivitis, zu Paradontose, Herpesbläschen, Mundschleimhauterkrankungen, Muskelschmerzen, Gingivitis, Laryngitis, Bronchitis bis zum Asthma u. ä. Wir können uns auch vorstellen, daß selbst Zysten in Leber, Niere oder Eierstöcken als Auffangbehälter mit diesen sauren Giften gefüllt sind.

C.H.: Erkrankungen mit Juckreiz oder Brennen nehmen immer mehr zu. Vermutlich hängt dieses auch mit den beschriebenen sauren Toxinen zuammen?

E.Sch.: Wir haben die Erfahrung gemacht, daß die Candidabelastung häufig mit einem Juckreiz beginnt bzw. einhergeht. So findet man Juckreiz im Analgebiet durch die ätzenden Ausscheidungen der Candidapilze im Darm, Juckreiz auf der Haut, der so ätzend sein kann, daß sich die Patienten blutig kratzen. Ebenso Scheidenjucken, juckende Augen, Nase etc. Es wird sogar von Jucken und Brennen im Inneren des Körpers berichtet. Andererseits gibt es auch Candida-Belastungen, die ohne Juckreiz einhergehen. Juckreiz kann auch ein Hinweis auf eine überlastete Leber sein, die schubweise Säuren und Gifte aus ihren Zellen freisetzt. Auch Quecksilber-Ausscheidungen können Juckreiz verursachen. In jedem Fall sollte bei juckenden Zuständen die Leber mitbehandelt werden.

In diesem Zusammenhang möchte ich ein Beispiel erwähnen: Ein 11jähriger Junge aus Ingolstadt erschien bei uns mit einem quälenden, bellenden Husten, der durch nichts zu stoppen war. Das Kind und die Eltern waren psychisch völlig am Ende. Der Junge wurde bis dato aufgrund einer Darmmykose mit Nystatin behandelt. Im Dunkelfeld zeigte sich eine sehr aggressive Blutmykose von Candida. Während der Behandlung verschwand in wenigen Wochen der schwere Husten. Die Eltern brachen die Therapie ab, weil sie glaubten, die Sache sei damit erledigt. Einige Zeit später standen die verzweifelten Eltern mit dem Jungen wieder in unserer Praxis. Das Kind litt jetzt an einem unerträglichen Jucken der Zunge und schabte und biß mit seinen Zähnen ständig auf seiner Zunge herum, um den unerträglichen Juckreiz zu lindern. Was war geschehen? Die Toxine des Candida hatten sich durch das zu frühe Absetzen der Therapie in der Zunge festgesetzt.

Zwei Tage später kam ein Anruf: „Unser Junge hat sich die Zunge abgebissen. Wir brachten ihn gleich in die Klinik, wo die Zunge wieder angenäht werden konnte." Zwei Wochen nach der erneut einsetzenden Anti-Candidabehandlung, zu der vor allem auch eine gezielte Ausleitung der Candida-Toxine gehört, verschwand der Juckreiz. Die Therapie wurde noch ca. 2 Monate fortgesetzt, bis im Dunkelfeld keine Blutmykose mehr vorlag. Auch eine durchgeführte Stuhlprobe zeigte dann ein normales Darmmilieu.

C.H.: Wie erklären Sie sich den Anstieg schwerer Hauterkrankungen besonders bei Kindern?

E.Sch.: Für mich ist es vollkommen klar. Ein Candidabefall spielt dabei immer eine Rolle, wobei die Dispostion in der Haut durch eine Schwermetallbelastung, meistens durch Amalgamplomben oder eine Kupferspirale der Mutter, entstanden ist. Die Katastrophe wird perfekt, wenn im Haus Kupferleitungen existieren und z.B. das Kind in der Badewanne bereits durch die Kupferionen des Leitungswassers seine Schübe bekommt. Die Schwermetallbelastung durch Kupfer führt je nach Veranlagung zur Degeneration der Haut, der Nägel oder der Haare.

Allein die Kupferspirale, die die Mutter hatte, reicht aus, daß sie die Kupferbelastung auf das Kind überträgt. Hat sie dazu noch Amalgam im Mund, reicht das aus, daß dem Kind eine Neurodermitis in die Wiege gelegt wird. Die ersten Antibiotika machen dann das Bild perfekt.

Auch die Amalgambelastung wird im allgemeinen noch immer unterschätzt. Das aus den Zahnfüllungen in ionisierter Form auf feinste Weise freiwerdende Quecksilber wird zum Beispiel mit dem Speichel hinuntergeschluckt und tötet auf diese Weise ähnlich den Antibiotikagaben auch unsere so wichtigen positiven Darmbakterien ab. Wir wissen, daß ungefähr 80 Prozent unseres Immunsystems im Darmbereich angesiedelt ist, das auf diese Weise eine enorme Schädigung und Schwächung erfährt.

Der Kreislauf beginnt immer mit Antibiotika bei banalen Infekten. Dadurch entsteht der Candidabefall mit Toxinausscheidung über die Haut = Neurodermitis oder Psoriasis. Dazu kommt schwächend die ständig zunehmende Satelliten- und Funkverstrahlung hinzu.

C.H.: Können Sie in Ihrer Praxis Heilerfolge bei diesen schweren Hauterkrankungen

verzeichnen, bei denen die Schulmedizin ja bis auf Cortisongaben meist hilflos ist?
E.Sch.: Diese Erkrankungen sind je nach Schweregrad auf einfachste und leichteste Art
zu heilen. Selbst Hauterscheinungen, die jahrzehntelang die Patienten gequält haben, konnten in unserer Praxis in einigen Monaten vollkommen ausgeheilt werden.

C.H. Was halten Sie von der Cortisonbehandlung?
E.Sch.: Ich finde es logisch, daß man auf diese Art behandelt, weil Cortison antientzündlich
und antiallergisch wirkt. Leider trifft man damit nicht die Ursache, denn die Ursache, der
Candida-Pilz, kann ungestört weiterarbeiten und seine ätzenden Gifte weitererzeugen.
Dadurch geraten die Patienten in eine Abhängigkeit. Cortison, jahrzehntelang genommen, bedeutet Mb. Cushing, das heißt Osteoporose.
Der Candidapilz, als eine der wichtigsten Ursachen, wird durch Cortison nicht verringert,
im Gegenteil, das Milieu, das immer toxischer wird, fördert seine Weiterentwicklung und
ermöglicht die parasitäre Entwicklung anderer mikrobieller Wuchsformen (Mucor-,
Aspergillus- und Penicillium-Cykloden). Im Dunkelfeld können wir die verschiedenen
Entartungsformen sehr gut verfolgen.

C.H.: Gibt es Gruppen in der Bevölkerung, die stärker befallen sind
als andere?
Am schlechtesten sind inzwischen die Blutbilder der Kinder. Vermutlich durch die Vorschädigung der Mütter (Amalgam!), die häufigen Antibiotikagaben sowie die meist übliche denaturierte, zuckerreiche Ernährung. Dieses tut mir am meisten weh, weil man es
den Kindern noch nicht ansieht, was sich da im Blut abspielt. Der Zusammenbruch kommt
später. Das Immunsystem der Kinder arbeitet noch auf Hochtouren und verdeckt so den
Befall.
Auffallend ist, daß Patienten, die naturheilkundlich und besonders auch durch homöopathische Mittel behandelt werden (klassische Homöopathie) oder die sich nach vegetarischen, vollwertigen Richtlinien ernähren, in der Regel weitaus bessere Blutbilder im Dunkelfeld aufweisen als diejenigen, die sich mit der heute üblichen vitalstoffarmen Zivilisationskost ernähren und allopathisch behandelt werden.
Auch ältere Menschen, die noch rüstig sind und die nie Antibiotika bekamen, haben
häufig noch ein erstaunlich stabiles Blutbild.
Ich denke da an eine 90jährige Frau aus Österreich, die von ihrer Tochter prophylaktisch
zur Untersuchung zu uns gebracht wurde. Ihr Leben lang war sie noch nie ernstlich krank,
so daß sie nie Antibiotika benötigte. Sie hatte ein hervorragendes, reines Blut.
Ein anderer Fall: Eine Frau aus Bayreuth kam mit 88 Jahren zu uns in einer relativ schlechten
Verfassung. Nachdem ihr Heilpraktiker, der sie viele Jahre betreute, gestorben war, wurde ihr zwei Jahre vorher zum ersten Mal in ihrem Leben aufgrund eines grippalen Infektes

ärztlicherseits Antibiotika gegeben. Bis dahin wurde sie nur mit Naturheilmitteln behandelt und war dabei in guter Verfassung. Im Dunkelfeld zeigte sich, daß sich durch diese einmalige Antibiotikagabe der Candida eingeschlichen hatte. Durch unsere übliche Darmmykose-Kapselkur (siehe im Rezeptteil) wurde der Candida zurückgebildet. Seitdem fühlt sie sich - jetzt über 90 - wieder gut.

C.H.: Hat unsere heutige moderne Zivilisationskost nicht auch etwas mit der Zunahme des Candidabefalls zu tun?
E.Sch.: Wenn der Mensch überwiegend, wie das heute allgemein üblich ist, säurebildende, vitalstoffarme, gärfreudige Nahrung zu sich nimmt, schafft er ein ideales Milieu zur weiteren Candida-Entwicklung. Dazu kommt, daß durch die moderne Masttier-Intensivhaltung Rinder, Schweine und Geflügel verstärkt mit Antibiotika behandelt werden. Zum Teil werden Antibiotika bereits vorbeugend ins Futter gegeben. Antibiotika ist jedoch der Auslöser für den Candidabefall bei Mensch und Tier. So ist es so weit, daß Candidakeime in tierischer Nahrung nachzuweisen sind. Auch hier ist es wieder das gleiche Spiel: Antibiotika und Antimykotika in der Massentierhaltung.

Aber es geht noch weiter. Bei einem diagnostizierten Pilzbefall des Darmes werden bei Mensch und Tier heute Antimykotika (besonders Nystatin) eingesetzt, die die Candidapilze im Darm erfolgreich abtöten. Der Pilz ist aber etwas schlauer als wir und setzt vorher seine Sporen oder Keime frei, die geduldig darauf warten, bis das Milieu wieder für sie stimmt, um erneut in die Pilzform auszukeimen. Das dauert beim Erwachsenen erfahrungsgemäß von einem halben bis zu einem Jahr, bei Kindern je nach Alter 1 - 3 Monate. In der Zeit wird der Candidapilz resistent gegen die Mittel, die ihn abtöten sollten. Er keimt nun ganz ungehindert in einer ganz anderen Aggressivität als vorher aus und erscheint nun dort, wo man ihn nicht erwartet: im Blut. Wird dann eine Stuhlprobe gemacht, so ist diese meist negativ. Es heißt dann, daß die Beschwerden, mit denen sich der Patient herumschlägt, nichts mehr mit einer Darmmykose zu tun haben. Häufig werden solche Patienten dann zum Psychiater geschickt.

C.H.: Es gibt doch viele Menschen, die sehr viel Fleisch und Kuhmilchprodukte verzehren und sich wohlfühlen?
E.Sch.: Die Frage ist immer: Schafft es das Immunsystem? Auch ich erlebe es, daß Leute, die sich ganz normal ernähren, keinerlei Probleme mit einem Candidabefall haben. Diese haben ein so starkes Immunsystem, daß dieses mit den Candidakeimen aus der Nahrungskette noch spielend fertig wird. Unser Ziel ist es, das Immunsystem bei jedem Patienten so zu stärken, daß es die parasitären Wuchsformen und besonders den so gefährlichen Candida selbst in den Griff bekommt. Da die Candidakeime in der Nah-

rungskette tierischer Herkunft bereits enthalten sind und diese ständig wieder auskeimenden Pilzformen sich in höchster Aggressivität und Resistenz in jedem lebenden Organismus weiterentwickeln können, wird die Chance, aus diesem Kreislauf herauszukommen, immer geringer.

C.H.: Wie stehen Sie zu Nystatingaben?
E.Sch.: Nystatin ist für mich zu einem der widerlichsten Medikamente der Welt geworden, weil es als harmlos eingestuft wird mit der Begründung, daß es vom Körper nicht aufgenommen wird. Dabei wird es, wie andere Antibiotika (Tetracyclin, Aureomycin, Viomycin) auch, aus dem Strahlenpilz Streptomyces noursei gewonnen.
Nystatin verändert das innere Milieu dermaßen, daß wir bei Patienten, besonders wenn sie mehrfach mit Nystatin behandelt wurden, katastrophale Verschlechterungen erlebt haben. Unsere Therapie dauert bei diesen Patienten um vieles länger.

C.H.: Wie lange dauert es nach Ihrer Erfahrung, bis jemand von einem Candidabefall wieder frei ist?
E.Sch.: Das natürliche Vorkommen von Candida albicans im Darm wird mit 10^2 angesetzt. Bei einer Darmmykose mit einer Keimzahl von zum Beispiel 10^6 (= 1 Million Keime auf 1 g Stuhl) rechnen wir mit einer Behandlungsdauer von 2 - 3 Monaten. Mit Nystatin behandelte Patienten benötigen die doppelte Zeit, mehrfach mit Nystatin Behandelte bis zu einem Jahr oder länger.
Für die Blutmykose rechnen wir 4 Monate, bei schwerem Befall bis zu einem Jahr.

C.H.: Man wird Ihnen den Vorwurf machen, nur noch Candida zu sehen und diesen überzubewerten?
E.Sch.: Wir erleben es, daß heute bei allen schweren Erkrankungen neben anderen Belastungen Candida immer sehr aktiv beteiligt ist. Während wir zu Beginn einer Behandlung die Candidanester im Blut in großer Anzahl finden, verringern sich diese im Laufe der Behandlung parallel zur Besserung des jeweiligen Krankheitsbildes.

Wir sehen die Candida-Bläschen in grauen Thrombyzytennestern, die zu einer enormen Größe anwachsen können und teilweise als vereinzelte Riesenthromben selbst bei Kindern im Dunkelfeld sichtbar sind. Die Candidabuds (Bläschen) sind meist im Randbereich sichtbar. Je größer die Thrombyzytenhaufen, je älter scheint der Candidabefall zu sein.

Natürlich behandeln wir nicht nur einseitig den Candida, sondern ebenso gezielt auch die entsprechenden Schwachstellen der jeweiligen Erkrankung. Eine Besserung ergibt sich jedoch erst dann, wenn die Candidabläschen und auch die Candidatoxine nicht mehr nachweisbar sind.

Ich möchte ein Beispiel aus unserer Praxis nennen: Eine Patientin kam zu uns mit einer ca. 4 - 5 cm dick aufgeschwollenen Unterlippe. Behandelt wurde sie mit Nystatin-Spray, wodurch der Candidapilz explodierte und seine Toxine speziell in die Lippe einlagerte. Im Dunkelfeld konnten wir einen schweren Candidabefall feststellen. Die Lippe juckte und wurde immer dicker. Unsere Behandlung brachte die Lippe langsam aber sicher wieder in den Normalzustand, aber noch innerhalb eines ganzen Jahres kam es immer wieder zu leichten Schwellungen, die bei der Patientin eine panische Angst auslösten bis schließlich alles zur Abheilung gelangte und das Blut von Candida frei wurde.

Es sieht so aus, daß der Körper in seiner Verzweiflung alle Möglichkeiten in Betracht zieht, um die aggressiven Toxine an einer Stelle einzulagern oder auszuscheiden. Aus diesem Grunde kann es zu einem offenen Bein kommen, weil dort bereits durch Durchblutungsstörungen eine Schwachstelle vorlag oder zu Fisteln, die die schweren Gifte nach außen schaffen. Wenn der Körper sich ein Ventil aufbaut, ist er durch nichts mehr zu stoppen, es sei denn, der Ausgang wird gewaltsam verschlossen. Die aggressiven Gifte bleiben dann im Inneren des Körpers. Dies kann zu schweren organischen Schäden führen, zu extrem hohen Leberwerten, die nicht zu erklären sind, zu Nierenversagen oder plötzlichem Herztod.

Interessant ist auch der Fall einer chronischen myeloischen Leukämie. Im Dunkelfeld konnten wir Massen von Nestern mit Candidabläschen sehen. Bereits nach einem Monat Therapie gingen die unnatürlich vermehrten Leukozyten deutlich zurück. Auffällig war, daß die Candidabläschen jetzt - im Gegensatz zum Beginn - wie leblos erschienen und die Nester wie verlassene Ameisenhaufen aussahen. Im Dunkelfeld konnten wir gut beobachten, wie die Leukozyten jetzt darangingen, die Nester wegzuräumen, was sie vorher anscheinend nicht konnten. Ich erkläre es mir so: Die Candidabläschen müssen sehr aggressive Gifte absondern, sichtbar an der Deformation der Erythrozyten, die um diese Nester herumschwimmen. Bei Candidabefall im unbehandelten Zustand habe ich auch nie Leukozyten, die ja als unsere Abwehrpolizei Krankheitserreger zu verdauen haben, bei den Thrombozytenhaufen gesehen. Dies geschah aber einige Zeit nach Einsetzen unserer Therapie. So, wie wir es erleben, werden durch die gezielte Anti-Candida-Therapie die Candidabläschen inaktiviert und erst in diesem Zustand sind die Leukozyten in der Lage, die Candidabläschen wegzuräumen.

C.H.: Bringen Sie die Zunahme psychischer Erkrankungen auch mit einem Candidabefall in Verbindung?

E.Sch.: Sogar hochgradig. Der Candidapilz selbst kann ohne weiteres das zentrale Nervensystem befallen, in dem sich auch Quecksilber, Aluminium und andere Schwermetalle einlagern (siehe Alzheimer, MS). Außerdem belasten die aggressiven Toxine je nach erzeugter Menge das vegetative Nervensystem. Auch die wichtigen Steuerungsdrüsen, wie Epiphyse, Hypophyse und Schilddrüse, werden schwer gestört, was zu Schlafstörungen, Depressionen, Migräne und anderen Befindlichkeitsstörungen führen kann.

Bei Angstzuständen sehen wir im Dunkelfeld eine schwere Blutbelastung und sich stauenden giftigen Müll, der nicht ausgeschieden werden kann. Dieses belastete Blut erzeugt Angst. Die Seele spürt, daß eine schwere Lebensbedrohung vorliegt.

„In einem gesunden Körper wohnt ein gesunder Geist." Ein gesundes von parasitären Entwicklungsformen freies Blut erzeugt Wohlgefühl und Kraft. Deshalb ist es heute so wichtig, daß sich die Leute ihr Blut im Dunkelfeld anschauen lassen, eine entsprechende gute Therapie bekommen und dann auch entschieden etwas an ihrer Lebensweise ändern.

Gerade bei Depressionen oder auch den Hyperkinesien der Kinder erleben wir es, daß häufig eine Besserung eintritt, nur weil wir vorrangig etwas gegen die Candidabelastung unternehmen.

C.H.: Genügt demnach Ihrer Meinung nach eine alleinige Candidabehandlung?

E.Sch.: Nein, aber das richtet sich nach der Art der Erkrankung. Generell stellen wir fest, daß eine erhöhte Candidabelastung meist mit einer erhöhten Schwermetallbelastung verbunden ist, die wir gleichzeitig therapieren.

Wenn es nur die typischen Candidastörungen des Darmes sind, genügt die an anderer Stelle beschriebene Darmpilzkur. Ansonsten forschen wir nach schwächenden Umwelteinflüssen, wie Narbenstörfeldern, Belastungen aus dem Zahnbereich, Übersäuerung, Ernährungsfehlern, Strahlungseinflüssen (Elektrosmog, Funk, Erdstrahlen etc.)

Im Dunkelfeld sehen wir ja auch noch andere parasitäre Entgleisungen, die wir entsprechend behandeln.

C.H.: Sie erwähnten gerade Narben als Störfelder?

E.Sch.: Beim Austesten stellen wir bei Narben immer wieder fest, daß keine Energie durch die Akupunkturmeridiane fließt, wenn diese bei einer Operation durchtrennt wurden.

Wir haben dafür ein Beispiel, eine junge Lehrerin, die vor der Scheidung stand, ihren Beruf verloren hatte und unter fünfjährigen Dauerschmerzen in der Blinddarmgegend litt. Sie beschrieb die Schmerzen wie ein Messer, das ständig umgedreht würde. Als junges Mädchen hatte sie einen Blinddarmdurchbruch, was die Operation erforderlich machte. Die sich kurz darauf einstellenden Schmerzen wurden mit Verwachsungen erklärt und dreimal im Abstand von mehreren Jahren operiert. Die Schmerzen blieben und wurden unerträglich. Der letzte medizinische Vorschlag war: Durchtrennung des Nerven, was zur Lähmung in dem Bereich geführt hätte. Eine Narbenentstörung über den Orgonstrahler, wie in Teil 2, 7, beschrieben, brachte nach der ersten Anwendung eine Woche Beschwerdefreiheit, nach der 2. Anwendung einen Monat und nach der dritten Anwendung wurde eine dauerhafte vollkommene Schmerzbefreiung ohne jede andere Therapie erreicht.

Diese Frau hatte zum Beispiel keinen Candidabefall und keine sonstigen Schwächen, da sie immer gesund war. Bis heute - und das ist über ein Jahr her - ist diese Frau völlig beschwerdefrei. Seit vielen Jahren werden in unserer Praxis alle Narben, die sich nach Testung als Störfelder zeigen, auf diese einfache und für den Patienten angenehme Weise erfolgreich entstört.

C.H.: Wie erklären Sie sich die Erschöpfungszustände, die ja auch immer mehr zunehmen?

E.Sch.: Auf den Candida bezogen, wird bei einer Blutmykose von den Candidabläschen Glucose, das heißt der Blutzucker, der uns Energie liefern soll, verbraucht. Dadurch gerät der Mensch in eine Unterzuckerung und wird schwach und müde. Er greift vermehrt zu gärfreudigen isolierten Kohlehydraten (Süßigkeiten, Kuchen, Obst, Alkohol, Limo, Cola u. ä.), was im Moment zwar mehr Energie gibt, aber andererseits die Candidabläschen enorm vermehrt, wodurch entsprechend mehr Toxine gebildet werden, was wiederum die Abwehr überlastet und mit der Zeit schwächt. Auf diese Weise wird heute gehäuft immer mehr auch ein viraler Befall erzeugt. Ich denke da an das Eppstein-Barr-Virus, welches das Pfeiffersche Drüsenfieber erzeugt, oder an andere Herpesformen. In solch einem Milieu finden wir auch vermehrt bakterielle Entartungsformen, die das Milieu weiterhin verschlechtern und den Boden für Krebs vorbereiten.

C.H.: Mb. Crohn und Colitis ulcerosa, haben Sie mit diesen schweren Erkrankungen Erfahrungen?

E.Sch.: Ja, sehr viel, da viele Patienten gerade mit diesen Erkrankungen zu uns kommen. Durch die Praxiserfahrung ist mir klargeworden, daß gerade bei diesen entzündlichen Durchfallerkrankungen der Darm die Ausscheidung der verätzenden Candida-Toxine übernommen hat. Bei all diesen Erkrankungen fiel uns immer eine extreme Candidabelastung im Blut auf. Diese Patienten wurden vorher mit Antibiotika bzw. aufgrund einer Darmmykose mit Antimykotika behandelt. Das Vertrackte ist bei diesen Fällen, daß kein pathogener Befall des Darmes mehr vorliegt, sondern die noch wenig bekannte Blutmykose, deren ätzende Toxine über die Darmschleimhaut entgiftet werden.

Gerade bei diesen Erkrankungen machen wir mit einer besonderen Methode auch eine Ausleitung der verschiedenen Gifte, insbesondere des Cortisons, womit diese Krankheiten häufig behandelt werden. Ohne diese Ausleitung wirkt Cortison nach der letzten Gabe noch 10 Jahre schwächend weiter. Wir haben bisher jedem Patienten, der mit dieser

Krankheit zu uns kam, zur Ausheilung verhelfen können.

Auch die sogenannten unheilbaren Hauterkrankungen Neurodermitis, Psoriasis etc., wo die aggressiven Gifte über die Haut nach außen abgegeben werden, sind bisher alle zur Abheilung gelangt.

C.H.: Ordnen Sie die rheumatischen Beschwerden mit ihren Schmerzzuständen im Muskel-Gelenkbereich auch einer Candidabelastung zu?

E.Sch.: Wir haben bei jedem Rheumatiker Candida festgestellt. Wenn auch hier wieder eine Disposition vorliegt - häufig spielt dabei eine paratuberkulöse Belastung nach Enderlein eine Rolle - lagern sich die Candidatoxine und andere Gifte und Säuren in den Gelenken oder im Bindegewebe ab. Wenn der pH-Wert im Morgen-Urin bei meist auch noch schlechter Ernährungslage unter 6,2 pH absinkt, ist die Harnsäure nicht mehr löslich, sondern wird in kristalliner Form im Körper eingelagert. Die Harnsäurekristalle können zum Beispiel wie Schmirgelpapier die Knorpelschicht in den Gelenken wegscheuern, was als Abnutzung bezeichnet wird, oder zu entzündlichen Reizungen in den Gelenken führen. Jede Entzündung ist ein Reinigungsbestreben des Körpers. Hört jedoch der Nachschub der ätzenden sauren Gifte nicht mehr auf, so kommt es zu einer chronischen Dauerentzündung und Schädigung des überforderten Gebietes. Die pH-Wert-Regulierung durch entsprechende Entsäuerungsmaßnahmen - wie ausführlich im Therapieteil beschrieben - ist gerade bei rheumatischen Belastungen eine der Grundvoraussetzungen. Dazu kommt noch, daß gerade Rheumatiker häufig auf einer Wasserader liegen. Also auch eine Bettplatzuntersuchung sollte vorgenommen werden.

C.H.: Wie sehen Ihre Erfolge bei Tinnitus (Ohrgeräuschen) aus?

E.Sch.: Teils, teils. Manchmal hatten wir gute Erfolge mit Mucokehl D 5-Injektionen, hinter das Ohr gesetzt.

Wir erreichen hier häufig auf Umwegen die Heilung. Bei einem Patienten, der sich mit einem Tinnitus vorstellte, zeigte sich zuerst kein Erfolg. Erst durch Untersuchung der Reflexzonen am Fuß kam die Wende. Es war aber nicht die Behandlung der Ohrreflexzone am 4. und 5. Zeh bzw. am großen Zeh, wie man es logischerweise erwarten könnte, sondern die Behandlung der Leistenzone, die - was allgemein noch wenig bekannt ist - ebenfalls dem Ohr zugeordnet ist.

Ich befasse mich seit mehr als zwanzig Jahren mit der Fußreflexzonentherapie und anderen reflektorischen Verbindungen im Körper. Immer wieder hat sich mir der Zusammenhang des Beckens mit dem Kopf gezeigt. Soweit ich weiß, ist dieser Zusammenhang bisher in der Literatur noch nicht beschrieben worden.

Das Becken spiegelt den Kopf wieder

	Reflexzone am Fuß
- Nase	Penis
- Nasenöffnung	Vagina
- Augen	Eierstöcke/Hoden
- Stirnhöhle	Gebärmutter/Prostata
- Mund	Anus
- Schlucken	Peristaltik
- Ohren/Kiefergelenk	Hüften/Hüftgelenk
- Leisten	hinter den Ohren bis zum Kehlkopf
- Dünndarm	Gehirn
- Dickdarm	Schläfen
- Nabel	Fontanelle (der wichtigste Akupunktur-Punkt Bai Hui)
- Blinddarm	rechte Schläfe

Bei einer Migräne hinter den Augen sucht man zum Beispiel an den Fußreflexzonen der Eierstöcke nach verborgenen Störfeldern. Wird diese Zone behandelt, verschwindet die Migräne hinter den Augen.

Unser Körper und auch unsere Seele haben noch viele Projektionsfelder.

Bei unserem Patienten mit Tinnitus fanden wir in der Leistenzone am Fuß eine schmerzhafte, sulzige Stelle. Der Patient wurde vor einigen Jahren an einem Leistenbruch operiert. Kurze Zeit später stellte sich der Tinnitus ein. Durch Behandlung der Fußreflexzone der Leiste und eine dreimalige Narbenentstörung über den Orgonstrahler wurde der Patient von seinem Tinnitus befreit. Und das haben wir des öfteren erlebt.

C.H. Und wie steht es mit Migräne oder Kopfschmerzen?

Migräne hat außerordentlich gute Heilungschancen, gleichgültig wie viele Jahre diese Migräne bereits vorliegt. Häufig entsteht eine Migräne durch ein hormonelles Ungleichgewicht der Hypophyse. Durch Behandlung der Hypophysenreflexzone in der Mitte der Großzehe ist solch eine Migräne meist sehr schnell heilbar. Wir konnten zum Beispiel eine Frau von ihrer Migräne befreien, an der sie bereits seit 50 Jahren litt. Bei dieser Frau war die Reflexzone der Hypophyse groß und hart wie ein Kieselstein. Sie wurde damals 3 Monate lang behandelt. Es kam zu einer vollkommenen Ausheilung.

Auch Störungen im Beckenbereich sind bei vielen Frauen für eine Migräne verantwortlich. Ich bin, wie gesagt, auf diese Zusammenhänge durch meine jahrelange Erfahrung mit der Fußreflexzonentherapie gestoßen. Stirnmigräne entspricht zum Beispiel einer Störung im Uterus (Myom etc.), die sich reklektorisch auch in der Uteruszone an der Innenseite des Fußes zeigt. Ich gebe seit Jahren hierüber Ausbildungsseminare. (Info über Naturheilpraxis Scheller)

Migräne hinter dem rechten oder linken Auge entspricht der rechten oder linken Eierstockzone an der äußeren Ferse. An diese Augenmigräne bin ich erst herangekommen, nachdem ich durch eine Reflexzonenbehandlung am Fuß eine alte chronische Eierstockentzündung zur Abheilung bringen konnte.

Die Migräne in der Stirnhöhle: Sie manifestiert sich als tiefsitzender Stirnschmerz. Die Stirn wiederum entspricht der Gebärmutter- bzw. der Prostatazone, die wir auch an der rechten und linken Innenseite der Ferse unter dem Knöchel (Malleolus) wiederfinden. Durch Behandlung der gestörten Unterleibszone konnten wir wiederholt eine solche Migräne auflösen und gänzlich zur Ausheilung bringen.

Die pochende Schläfenmigräne ist häufig mit dem auf- oder absteigenden Dickdarm verbunden, je nachdem, auf welcher Seite des Fußes wir die schmerzhaft gestörte Zone finden, oder sie hat etwas mit einer Blinddarmnarbe zu tun. Die Blinddarmzone spiegelt sich in der rechten Schläfe wieder. Bei einer Blinddarmoperation entsteht ein Störfeld, das sich auf den Kopf, und zwar in dieser bestimmten Zone auswirken kann. Häufig wird bei der Operation auch der Gallenblasenmeridian durchtrennt, so daß zu wenig Energie in den Kopfbereich gelangt.

Es kann natürlich auch sein, daß durch Candidanester im Darm sich reflektorisch Kopfschmerzen widerspiegeln. Wenn die gesamte Becken- und untere Bauchzone dem Kopf entspricht, dann ist es verständlich, daß Darm- bzw. Unterleibsstörungen auch Störungen im Kopf auslösen können.

Gestern kam zum Beispiel eine junge Frau im Migräneanfall zu mir. Das Dunkelfeld zeigte ein außerordentlich schlechtes Blutbild und einen starken Candidabefall. Über Anregung der entsprechenden Fußreflexzonen, Ohrakupunktur und Energieausgleich konnte ich sie schmerzfrei nach Hause schicken.

C.H.: Immer häufiger tritt auch der kreisrunde Haarausfall auf. Wie sehen Ihre Erfahrungen hierbei aus?

E.Sch.: Auch wir sehen den kreisrunden Haarausfall des öfteren in der Praxis. Er tritt bei sehr starkem Candidabefall auf. Vermutlich setzt sich dieser Parasit hierbei in den Haarwurzeln fest. Mit einer Entsäuerung und einer guten Candidatherapie sind allen Patienten, die damit zu uns kamen, die Haare wieder voll nachgewachsen. Unsere Patienten sind dafür ein Beweis. Auch vermehrter Haarausfall geht immer mit einem verstärkten Candidabefall des Blutes, allgemeiner Übersäuerung und einer Schwermetallbelastung (Kupferintoxikation* durch Amalgamplomben oder Kupferwasserleitungen bzw. Kupferspiralen in der Gebärmutter) einher.

Bei Haarausfall, zu dünnen Haaren etc. haben wir generell sehr gute Erfolge mit einer ein- bis zweimal pro Woche durchgeführten einstündigen Kräuter-Öl-Shampoo-Packung der Apostel-Kräuter GmbH, Kredenbach. Bereits nach einer Anwendung verlor eine Patientin, der die Haare vorher büschelweise ausgingen, keine Haare mehr. Die Rizinusöl-Kräuter-Packung scheint die Kopfhaut sehr zu entgiften und dadurch verstärkt den Haarwuchs anzuregen.

C.H.: Wie sieht Ihre Therapie bei Candida aus?

E.Sch.: Der Pilz sollte unbedingt so zurückgebildet werden, wie er in der Darmflora vorkommen muß. (Siehe im Therapieteil 3, 8: *Blut-Candidamykose*)

> *Ich möchte dringlichst davon abraten, Mittel einzusetzen, die Pilze im Körper abtöten, weil die Pilze, bevor sie absterben, im Todeskampf ihre Keime ausstoßen, die ungefähr ein halbes bis ein Jahr später wieder auskeimen, genetisch umprogrammiert werden und dann resistent sind gegen die verwendeten Mittel.*

Laut amerikanischen Untersuchungen nehmen Pilze sehr viel Schwermetalle auf, die im Fall einer Abtötung massiv freigesetzt werden.

So sollten bei einer Candidabehandlung die Schwermetalle unbedingt berücksichtigt werden, das heißt, begleitend ausgeleitet werden. (Siehe Teil 2, 8: *Schwermetallausleitung*)

Ebenso müssen die Candidatoxine gründlich und über einen längeren Zeitraum ausgeleitet werden, da diese sonst ähnliche Krankheiten im Körper verursachen, wie der Pilz selbst.

Für die Candidabehandlung haben wir inzwischen ein Standardrezept erarbeitet, das im Therapieteil (Teil 3) beschrieben wird.

Candida kann absolut *alle* Organe befallen. Bei einer Blutmykose kann es soweit kommen, daß der Mensch vollkommen damit durchsetzt ist.

---

*Kupferintoxikation = Degeneration der Haare, der Nägel oder der Haut - siehe „Neurodermitis - Psoriasis"

Zunahme der Candidabelastung durch Mobilfunk?

Die Candidabläschen im Blut (nach Kollege Scheller) sind erst ab 1996 zunehmend zu erkennen und werden - größter Wahrscheinlichkeit nach - durch die Elektrosmogverstrahlung des steigenden Mobilfunk-Netzausbaus mitverursacht.

Im Knaur-Taschenbuch *Mykosen* (Christine Heideklang) wird von einem Versuch berichtet, der belegt, daß Wasser, in das sehr schwacher Strom einer ausgedienten Batterie geleitet wurde, nach 2 Stunden bitter-säuerlich schmeckte. Zu diesem Thema wären dringend Forschungen nötig. (Siehe dazu auch in Teil 2, 6: *Fördert Elektrosmog den Pilzbefall?*)

Auch die Bäume haben im allgemeinen immer weniger Blätter und sterben weiter ungebremst vor sich hin, ohne daß man in den Medien darüber noch etwas verlauten hört. Wir können heute - was früher nie der Fall war - durch fast jede Baumkrone den blauen Himmel hindurchschimmern sehen. So, wie es aussieht, haben die Bäume nur noch ca. 30 Prozent der Blätter im Vergleich zu früher. Die Ursache ist nach einschlägiger Meinung der Elektrosmogwarner der harte technische Wellensalat, der die Bäume und uns alle besonders in der Nacht trifft, wenn die Dämpfung der Sonne nicht mehr da ist. Wir haben diesen sehr lauten Senderlärm von ausländischen Sendern in den Bäumen mit dem Esmog-Handy der Firma Endotronic, Siggen/Allgäu, hörbar gemacht und auf Tonband aufgenommen. (Näheres dazu im Knaur-Taschenbuch *Pilzerkrankungen ganzheitlich heilen* S. 75 - 107 im Kapitel über Elektrosmog und seine verheerenden Folgen)

Neu: Candida in den roten Blutkörperchen

In der letzten Zeit (Herbst 2000) sehen wir immer mehr eine außerordentlich aggressive Form des Candidabefalls im Dunkelfeld. Diese Form war vor 2 Jahren nur sehr selten bei Krebs- und Leukämiepatienten zu sehen.

Bei längerer Beobachtung des Blutes kommen - im Gegensatz zu früher - je nach Schwere des Befalls nach einigen Tagen weißlich schimmernde, starre Stäbchen aus den Erythrozyten, die wir der Candidaentwicklung zuordnen. Sie können 1 bis zu 5 mal so lang wie ein Erythrozyt sein und haben häufig eine Öse, ähnlich einer sehr dicken Stopfnadel. Sie sind noch tagelang im Plasma, sich starr bewegend, zu sehen.

Zu dem Einwand mancher Dunkelfeldexperten, „*Candida im Blut könne es nicht geben, da das Blut alkalisch sei,*" geben wir folgendes zu bedenken:

1927 haben die Forscher ASCOLI und INDOVINA eine erhöhte Glykolyse (Gärung) in den Erythrozyten Krebskranker nachgewiesen haben, was später durch zahlreiche Autoren bestätigt wurde. (Siehe *KREBS - Problem ohne Ausweg?*, P. G. SEEGER)

W. KUHLMEY stellte 1958 manometrisch fest, daß bei normalen Erythrozyten Glykolysewerte um 50-90 Gamma Milchsäure/ml Blut/h vorliegen. Gesunde Erythrozyten stellen also auch Milchsäure her. In den Erythrozyten Krebskranker wurden jedoch 190-200 Gamma - das heißt die 4fache Menge - gefunden.

Bei seinen Untersuchungen über Insulin entwickelte KUHLMEY (1955) das gärungssenkende Prinzip Polyerga, ein Polypeptid, mit dem bisher erstaunlich gute Erfolge erzielt wurden.

Gemäß dem PASTEURschen Gesetz wird durch eine Hemmung der Glykolyse (Gärung) das Übergewicht der (Sauerstoff)Atmung der Zellen (Erythrozyten) verstärkt. Nach SEEGER und SCHACHT ist nach introperitonealer Verimpfung von Krebszellen in gesunde Tiere schon nach wenigen Stunden ein Abfall der Sauerstoffbindungsfähigkeit der Erythrozyten infolge Inhibierung und Zerstörung des Hämoglobins nachweisbar, wodurch die Gärung überwiegt.

Krebs entsteht im Gewebe, also an einem weitentfernten Platz. Wie kommt es dann dazu, daß auch die Erythrozyten (die roten Blutkörperchen) vermehrt saurer werden? Vermutlich durch die sauren Ausscheidungen der Candidabläschen und die linksdrehende Milchsäure, die Krebszellen bei ihrem Gärungsstoffwechsel ständig herstellen. Auffallend ist heute der starke Anstieg von Krebserkrankungen, auch bei jüngeren Menschen. Wie wir durch P. G. SEEGER wissen, entwickelt sich das Krebsgeschehen unbemerkt über viele Jahre. Bis ein Knötchen von 1 cm Durchmesser zum Beispiel beim Lungentumor erreicht ist, vergehen nach SEEGER 10,8 Jahre. Bis dahin sind 30 Zellverdoppelungen im Rhythmus von 130 Tagen abgelaufen, und es haben sich bereits 1 Milliarde Krebszellen gebildet. Dieses Stadium bezeichnen wir als Präcanzerose. In dieser Zeit werden also völlig unerkannt und unbemerkt Krebszellen gebildet, die ihre linksdrehende Milchsäure herstellen.

II. Teil - Generelle Richtlinien,

um heute trotz ansteigender Umweltbelastung weitestgehend gesund und frei von Candida zu bleiben:

1. Basenbetonte Nahrung und lebendiges Wasser

Wir sollten unseren Speiseplan so zusammenstellen, daß die Säurebildung in unserem Körper weitgehend vermindert wird. Insbesondere tierisches Eiweiß erzeugt viel Säure. Dazu kommt, daß durch die moderne Intensivhaltung Fleisch und Milchprodukte durch Antibiotikamißbrauch Candidakeime aufweisen können. Vermutlich werden aus diesem Grund Milchprodukte von immer mehr Menschen nicht mehr vertragen.

Durch ansteigende Umweltbelastung und Verstrahlung ist es heutzutage besonders wichtig, daß unsere Nahrung so viele Vitamine und Vitalstoffe (Antioxidantien) wie nur möglich enthält. Je mehr optimaler Humus (Kompost) und biologische Rundumversorgung den Pflanzen geboten wird, um so mehr wertvolle Aminosäuren, Vitamine, Spurenelemente etc. können sie bilden bzw. aufnehmen.

Wie ich in meinem Buch *Mykosen* sehr ausführlich darlege, kommt es auch auf die Wahl des richtigen Speiseöls an. „Distelöl und Sonnenblumenöl können krank machen" (siehe S. 64). Öle mit hochungesättigten Fettsäuren erzeugen durch ihre Bindungsfreudigkeit freie Radikale, die uns unnötig Antioxidantien (Selen, Vit. E) rauben. Olivenöl 1. Pressung, extra vergine, ist immer noch das beste Öl. Auch Palmfett, Sesamöl und Kürbiskernöl können verwendet werden.

Wer auf Süßes noch nicht ganz verzichten kann oder Kinder hat, findet im gleichen Buch Anregungen (S. 244), um „Gesunde Leckereien für Kinder" herzustellen, die reich an Antioxidantien sind. Dazu können noch luftgetrocknetes Maronenmehl und Maronen-Chips aus dem Tessin verwendet werden, die leicht süßlich und milde schmecken. (Vertrieb Ursula Schaller) Das Maronenmehl schmeckt auch sehr fein, wenn es reichlich in den Waffeln verwendet wird. Wir benötigen dann weniger Brotgetreide. Maronen sollen laut Hildegard von Bingen sehr leberstärkend sein.

Welche Nahrungsmittel fördern direkt die Candida-Entwicklung?

Schwer candidabelastete Patienten zeigen uns am besten, welche Nahrungsmittel und Getränke den Candidabefall vermehren. Jede Vermehrung geht mit einem Anstieg des Säure- und Giftpegels einher, den diese Patienten nicht mehr verkraften. Durch die Not getrieben, sind viele zu einer sehr einfachen gemüsereichen Ernährung mit Buchweizen und Hirse gekommen, bei der sie sich wohl fühlen.

So verstärken Getreideprodukte, besonders wenn sie gesüßt sind, sehr den Candida-befall. Besonders negativ wirkt die Mischung von Getreide und rohem oder gekochtem Obst (Obstkuchen, Müsli), da Kohlehydrate zusammen mit Obstsäuren besonders leicht in Gärung geraten.

Ideales Futter für den Candidapilz sind ferner:
Weißmehlprodukte, Kuchen, Gebäck, Schokolade, Süßigkeiten aller Art, Eis, saure Milchprodukte, besonders wenn gesüßt oder zusammen mit Getreide, Obst, Obstsäfte aller Art (besonders auch Apfelsaft), Wein, Bier, Alkohol.

Ganz besonders pilzfördernd sind Bananen, Äpfel, Weintrauben, Trockenfrüchte, Pflaumen, Birnen, so auch das rohe Getreidemüsli mit Obst und Trockenfrüchten. Besser wäre es, das Getreide zu kochen oder als Waffeln zu verbacken. (Siehe Rezepte für Waffeln sowie den Antipilzdiät-Plan im Buch *Pilzerkrankungen ganzheitlich heilen*)

Obst in gekochtem, erhitztem Zustand ist immer säurebildend, d. h. auch die Obstsäfte, die durch Erhitzen konserviert werden. Eine extreme „Säurebombe" sind erhitzte Tomaten und deren Produkte!

Blähungen - Gärung

Damit keine Gärung und damit Candidafutter entsteht, sollte Obst in einer halben Stunde verdaut sein, konzentriertes Obst, wie Bananen oder Trockenfrüchte, in 1 Stunde. Es hängt ganz von der individuellen Verdauungskraft ab, ob diese zügige Aufschließung noch gelingt.

Wird Obst als Nachtisch oder zu den normalen Mahlzeiten gegessen, wo diese zügige Verdauung nicht möglich ist, gerät die ganze Mahlzeit in Gärung. Es entstehen Fuselalkohol, linksdrehende D(-)-Milchsäure etc. Auch unkonzentriertes Essen von Obst zum Beispiel beim Fernsehen ist nicht günstig, da die Verdauungsenzyme nicht genügend zum Fließen kommen und auch hierdurch Gärung entsteht.

Besonders ungünstig ist der beliebte Obstsalat, meist noch mit Honig oder Rosinen gesüßt, der die Verdauungskraft total überfordert. Rosinen wohnt eine solche Gärkraft inne, daß Rosinenwasser (Rosinen in Wasser ausziehen lassen) anstatt Backpulver oder Hefe zum Backen verwendet werden kann.

Obst sollte nur nüchtern und hierbei nicht mehrere Sorten durcheinander - eine Stunde vor dem Essen oder 3 bis 4 Stunden nach dem Essen - verzehrt werden.

Frisches Brot bläht immer, spez. frisches Vollkornbrot. Es sollte nicht in Plastiktüten im Kühlschrank aufbewahrt werden, es muß „atmen" können. Brot sollte altbacken sein. Als besonders verträglich hat sich Dinkelbrot erwiesen oder die täglich selbst zubereiteten Waffeln.

Auch wenn wir viele liebgewordene Dinge häufig meiden müssen, so gibt es wieder neue „Freuden" zu entdecken, wie die Avocado, die lecker als Brotaufstrich mit Kristallsalz und Knoblauch zubereitet werden kann, die traumhaft gut schmeckende Kokosmilch aus Thailand (nur im Tetrapack, nicht in Metalldosen im Asienladen), die likörglasweise gut eingespeichelt werden sollte. Auch Mandelmilch oder Mandelmus ist eine sättigende, leicht süßlich schmeckende Köstlichkeit. Wer Brot nicht verträgt, kann auch auf selbstgebackene Waffeln ausweichen. Um den Mehlanteil so gering wie möglich zu halten, zum Beispiel Buchweizen und Vollreis oder Dinkel und Vollreis zu gleichen Teilen in eigener Getreidemühle frisch vermahlen, mit Wasser, Kristallsalz, Kümmel, Fenchel, Koriander, rohen und/oder getrockneten Kräutern und Maronenmehl verrühren. Durch das Maronenmehl oder auch geriebene Möhren schmecken die Waffeln mehr kuchenähnlich.

Wer einen süßlich schmeckenden Brei am Morgen bevorzugt, kann sich aus 2 bis 3 Eßlöffeln Maronenmehl einen leckeren Brei oder eine Suppe kochen. (Ständig rühren!) Mit Kokosmilch oder Sahne verfeinern und Mandelmus dazugeben. Die Maronen haben in früheren Jahrhunderten immer wieder Menschen vor dem Hungertod bewahrt. Sie sind, wie die Kartoffel, sehr kalium- und magnesiumreich und hochbasisch.

(Luftgetrocknetes Maronenmehl, Maronen-Knusperflocken, Kokosmilch, bestes Mandelmus: Ursula Schaller - Anschrift siehe im Anhang)

Wer Kuhmilcherzeugnisse einschließlich Butter meiden will oder muß, findet in den rein pflanzlichen iBi-Brotaufstrichen eine gute Alternative, die über Versand zu beziehen sind. Es ist eine Sonnenblumencreme mit verschiedenen Geschmacksrichtungen, u. a. Meerrettich, Bärlauch, Italiano (italienischer Salat) oder die lecker schmeckende iBi-näise ohne Ei als vegetarische Mayonaise für Kartoffelsalat oder Salate ganz allgemein. Weiter gibt es Frischkräuterversand bzw. in Öl eingelegte Kräuter (Pesto, Petersilie, Bärlauch), alles aus konktrolliert biologischem Anbau. (Versand: GUT ZUM LEBEN GmbH)

Rohe oder gekochte Gemüse können - wie vertragen - reichlich gegessen werden. Besonders sättigend und gut schmeckend ist sehr klein geschnittenes Gemüse, das mit Zwiebeln vorsichtig gedünstet wird. Zwiebeln sind besonders positiv für den Aufbau der Darmflora.

Ebenso Salate mit Knoblauch, Oliven, Gomasio (Sesamsaat), Bärlauchpesto etc. Frische Gemüsesuppen mit Olivenöl und Kristallsalz gewürzt oder, wenn vertragen, mit Shoyu (Sojasauce, Tamari).

Papaya als Frucht und, wenn es keine Schwächung beim Muskeltest erzeugt, ein roher oder gekochter Apfel zwischendurch. Sehr süß und saftig ist ein Salat aus roh geriebener rote Bete, evtl. mit etwas geriebenen Apfel vermischt, und Olivenöl (1. Pressung, extra virgine). Als Grippe- und Seuchenschutz sollten wir diesen Salat im Winter so oft wie möglich zu uns nehmen.

Antioxidantien als Wächter der Gesundheit

Unsere moderne Forschung hat wesentliche Erkenntnisse über den Verlauf der hochkomplizierten Entgiftungs- und Stoffwechselvorgänge in unserem Körper gewonnen, die zur Lüftung des Geheimnisses von Gesundheit und Krankheit beitragen. Den als Antioxidantien* bezeichneten Elementen und Vitaminen fällt dabei eine Schlüsselstellung zu. Diese Stoffe sorgen für unsere gesamte Entgiftung und sind der bedeutendste Schutz vor Entgleisungen aller Art.

Unser gesamter Stoffwechsel läuft in seinem komplizierten Geschehen in allen Teilen über Oxidation (Verbrennung) von Sauerstoff ab. Ebenso werden alle Nahrungsstoffe, die wir zu uns nehmen, mit Sauerstoff „verbrannt". Dabei entstehen auch ungute, aggressive Sauerstoffverbindungen, die sogenannten freien Radikale**.

Wie man heute weiß, werden alle krankhaften Veränderungen in uns von diesen sehr bindungsfreudigen freien Radikalen verursacht. Freie Radikale sind aggressive, reaktive Sauerstoffverbindungen, die als normale Zwischenprodukte bei der ständig ablaufenden Sauerstoffoxidation anfallen. Werden sie jedoch überschießend zuviel hergestellt, zerstören sie äußerst reaktionsschnell und radikal umliegende Fette und Eiweiße. Sie zerstören, oft in Kettenreaktionen, die Membranen (Außenhaut) unserer Zellen, ebenso die kollagenen und elastischen Fasern wie auch den wichtigen Säurespeicher in unserem Bindegewebe, die Hyaluronsäure. Sie machen selbst vor dem Inneren unserer Zellen nicht halt und zerstören die Nukleinsäuren, unser Zellkerneiweiß (DNS), was dem Krebsgeschehen den Boden bereitet.

Auch durch zuviel Sonnenbestrahlung (UV-Licht), ionisierende Strahlen (radioaktive Strahlung) und Elektrosmog (Mobilfunk, Arbeit am Computer!) entstehen in uns heute verstärkt freie Radikale, die zu Massenzerstörung von Zellen und Gewebe führen, wenn Antioxidantien die oxidativen Prozesse nicht stoppen bzw. verhindern würden. So wird die Zufuhr genügender Antioxidantien immer mehr zum Dreh- und Angelpunkt unserer Gesundheit.

Die vier stärksten Antioxidantien hat die Wissenschaft bisher in folgenden Stoffen erkannt: Vitamin C, Vitamin A bzw. die Vitamin-A-Vorstufe beta-Carotin, Vitamin E und Selen. Neuere Erkenntnisse besagen, daß noch weitere Stoffe dazugehören, wie zum Beispiel Zink, Nicotinamid, Glutathion, Cystein, Vitamin B 1 und B 2, Vitamin B 6, die Anthozyane und noch viele Stoffe mehr.

---

* Antioxidantien: Stoffe, die die Oxidation verhindern und so die Bestandteile der Zellen vor freien Radikalen schützen. Oxidation = chemische Vereinigung eines Stoffes mit Sauerstoff.
** freie Radikale: Atome und Moleküle, die ein freies, ungepaartes Elektron besitzen und deshalb besonders reaktionsfähig sind.

Auf der anderen Seite bedienen sich unsere Abwehrzellen (Phagozyten) zur Vernichtung von Erregern aller Art der freien Radikale, mit denen sie Fremdkeime vernichten. Hier haben die freien Radikale ihren Sinn und ihre Aufgabe im oxidativen System. Beim oxidativen System gibt es zwei Seiten: eine oxidative (Radikale erzeugende) und eine antioxidative (Radikale unschädlichmachende) Seite. Im gesunden Zustand sind beide Seiten im Gleichgewicht. Überwiegt die oxidative Seite, spricht man vom „oxidativen Streß"

Vitalstoffgehalt von Obst und Gemüse erheblich gesunken

Durch ansteigende Umweltbelastungen brauchen wir heute sehr viele Antioxidantien, auf der anderen Seite ist die Vitalstoffdichte unserer Lebensmittel im konventionellen Anbau in den letzten 10 Jahren erschreckend gesunken. Einige Beispiele laut Krebs-informationsdienst, Heidelberg:

> Gesunken ist unter anderem:
> der Vitamin C-Gehalt der Äpfel um 80 Prozent,
> das Magnesium der Karotten um die Hälfte, Spi-
> nat enthält 68 Prozent weniger Magnesium und
> 59 Prozent weniger Vitamin B 6. Bananen erlitten
> einen Folsäureverlust von 84 Prozent und haben
> 92 Prozent weniger Vitamin B 6.

Diese Zahlen sprechen für sich. Nur so ist das Ansteigen schwerer Krankheiten und zu früher Alterung, wie wir es heute erleben, zu erklären. So wird die tägliche Zufuhr von Antioxidantien zu einem Eckstein unserer Gesundheit.

Der Vitalstoffmangel in unseren Nahrungspflanzen im konventionellen Anbau resultiert aus der einseitigen Mineraldüngung. Es wird unterlassen, dem Boden die ihm entnommenen Stoffe durch Humusgaben, Korallalgenkalk, Steinmehl etc. wieder zurückzuführen. Durch falsche Düngung (einseitige Mineraldüngung) und damit sauren Boden können in Europa die Nahrungspflanzen das wenige Selen des Bodens nicht mehr aufnehmen. (Siehe sehr ausführlich über die Wichtigkeit des Selens im Buch *Mykosen*) Nur ein reichlich mit Humus versorgter Boden, der einen pH-Wert um 7 aufweist, ermöglicht die Selenaufnahme für die Pflanzen. Selen wiederum ist ein Hauptantioxidans, ohne das die Entgiftung in uns nicht greifen kann. Deswegen wäre es so wichtig, wie dies uns unser Nachbarland Dänemark vormacht, sich um eine optimale Humusversorgung unserer Böden zu kümmern, damit wir nicht einst bei vollen Töpfen durch Vitalstoffmangel verhungern. (Auskunft über Humuspflege der Böden gibt: Dr. rer. nat. Gotthard Stielow)

Welche Faktoren vermindern die notwendigen Antioxidantien?

1. Streß, chemische Gifte und Verstrahlung aller Art

2. Unsere Böden und Nahrungspflanzen sind durch nicht optimale Düngung (Humusmangel) und „sauren" Regen inzwischen an wichtigen Vitalstoffen stark verarmt. Durch Bodenübersäuerung werden auch immer mehr Schwermetalle für die Pflanzen löslich, wie Aluminium (Alzheimer!, Multiple Sklerose), Cadmium etc. Der ansteigende Pestizideinsatz kommt im konventionellen Anbau sehr erschwerend hinzu.

3. Industrielle Bearbeitung, Fertigmischungen, Tiefkühlkost, Konserven, Konservierungsmittel, GEN-Technik, Ausmahlung des wertvollen Keimes und der Eiweißschicht beim Brotgetreide, unnatürliche Mikrowellengarung (verändert das so wichtige Eiweiß), radioaktive Bestrahlung zur Haltbarmachung und damit Zerstörung der gesunden Zellschwingung

Juice Plus+

Durch Humusschwund, ausgelaugte Böden und Ernte im noch unreifen Zustand ist der Vitalstoffgehalt unserer Nahrungsmittel, wie bereits dargelegt, in den letzten Jahrzehnten um ein Erhebliches gesunken. Nur Pflanzen, die auf optimal gepflegten Humusböden wachsen dürfen, können reichlich die so wichtigen Antioxidantien erzeugen.

Der Vitamingehalt von Obst und Gemüse ist nur im vollreifen Zustand bei sofortigem Verbrauch auf dem höchsten Stand. Längere Lager- und Beförderungzeiten verringern den Vitalstoffgehalt erheblich. Dazu kommt die Belastung mit Pestiziden. Ich zitiere aus dem Buch *Vom Lebendigen in den Lebensmitteln* (S.86) von Manfred Hoffmann:

> *„Pestizide sind lebenszerstörende, hochreaktive Substanzen. Im Körper erweisen sie sich als Radikalenbildner und exzessive Vitaminfresser. Als fettlösliche Langzeitspeichergifte verändern sie das menschliche Immunsystem, die Fruchtbarkeit, Hirn- und Nervensystem und steigern das Risiko für Arterienverkalkung und Krebs.“*

Selbst pestizidfrei angebaute Nahrung aus biologischem Anbau reicht heute ganz eindeutig nicht mehr aus, um die täglich anfallenden freien Radikale in uns unschädlich zu machen. Dazu sind die Umweltgifte und auch die freie Radikale erzeugende Rundumverstrahlung (Mobilfunk!) zu sehr angestiegen. Besonders, wenn wir daran gehen, Candida-Pilze, Erreger aller Art, Schwermetalle und/oder rheumatische Ablagerungen, sprich Mülldepots, in uns zu reinigen, benötigen wir als Begleitschutz viel mehr Antioxidantien, als unsere Nahrung liefern kann.

Inzwischen hat sich in Langzeitstudien gezeigt, daß die Gabe weniger Einzelstoffe (Vitamine, Spurenelemente) keine großen Wirkungen gezeigt hat. Vielmehr ist es gerade die natürliche Ganzheit der pflanzlichen Mikronährstoffe, wie sie in ihrer sich ergänzenden Vielfalt nur die Natur selbst hervorbringen kann, die die uns schützenden schlagkräftigen antioxidativen Wirkungen erzeugt.

Nach diesen Gesichtspunkten hat eine bio-logisch denkende Firma in Amerika - resultierend aus ihren langjährigen Erfahrungen mit Nahrungsmittelergänzungen für die Raumfahrt - *Juice plus+* als Vitalstoffanreicherung für jedermann auf den Markt gebracht.

Folgende, sich in ihren Vitalstoffen ergänzende naturbelassene Obstsorten, wurden gewählt:
Äpfel, Orangen, Preiselbeeren, Pfirsiche, Ananas, Pflaumen, Papayas.

Als Gemüse:
Karotten, Petersilie, rote Bete, Brokkoli/Grünkohl, Wirsing/Weißkohl, Spinat, Tomaten.
Dazu die Acerola-Kirsche, eine Grünalge und
Lactobazillus Acidophilus zur Darmflorastärkung

Erntefrisches Obst und Gemüse aus kontrolliert-ökologischem Anbau in sonnenreichen Küstengebieten Amerikas (Amerika hat die selenreichsten Böden!) wird im Frischezustand mit einem geschützten Verfahren schonend bei maximal 34° C getrocknet. Durch den starken Wasserentzug ist das Pulver auch ohne Konservierungsstoffe haltbar. Wird Wasser hinzugeben, entfalten die Stoffe sofort ihre vielseitigen Wirkungen, weshalb geraten wird, die Kapseln mit viel Wasser zu nehmen. Weiter werden Natrium und Fruchtzucker (Diabetiker!) entfernt.

Auffallend ist auch der Enzymreichtum von *Juice plus+*. Die Enzyme, die bekanntlich Stoffwechselfunktionen „ankurbeln", sind durch das besonders schonende Herstellungsverfahren in lebendiger Form bioverfügbar. (Enzyme werden bereits bei Temperaturen ab 40° C zerstört.)

Wie eine deutsche Studie belegt, kommt es zu einem deutlichen Anstieg der Antioxidantien im Blutserum, zum Beispiel von Vitamin C, Vitamin E und alpha- und beta-Carotin bei gleichzeitiger Senkung der zellzerstörenden freien Radikale.

Statistisch signifikant verbesserten sich zahlreiche Immunfunktionen und besonders auch das Allgemeinbefinden älterer Menschen. (Freie Radikale verursachen Alterungsvorgänge!) Gerade bei älteren Menschen wissen wir, daß sie durch verringerte Nahrungsaufnahme zu wenig Antioxidantien zu sich nehmen. Eine 90jährige Frau, die so schwach war, daß sie kaum mehr laufen konnte und daran dachte, in ein Heim zu gehen, kann dank *Juice plus+* wieder ihren Haushalt versorgen und fühlt sich gesundheitlich viel wohler. Generell sollten ältere Menschen auf eine ausreichende Zufuhr von Antioxidantien und gutem Wasser achten. Damit kann eine ganz andere Lebensqualität erreicht werden. Die heute oft als selbstverständlich angesehene Hilflosigkeit im Alter müßte nicht sein. Sie ist weitgehend auf einen Mangel an schlagkräftigen Entgiftungsstoffen (Antioxidantien) und unser unlebendiges Trinkwasser zurückzuführen.

Aber auch Kinder, deren Blut im Dunkelfeld häufig stark belastet ist, sollten zur Stärkung gegen Elektrosmog eine Antioxidantien-Anreicherung durch die Kinderkautabletten erhalten. Hierbei ist der Fruchtzucker nicht entfernt worden, so daß sie gerne genommen werden.

Wasser - unser Lebensmittel Nr. 1

Der Körper eines Kleinkindes besteht zu ca. 80, der ältere Mensch zu 53 Prozent aus Wasser. So ist das Element Wasser eines der wichtigsten und bedeutendsten Bestandteile des Menschen.

Gerade Wasser sollte unser wichtigstes Lebensmittel sein, ein Mittel zum Leben oder ein Vermittler des Lebens. Wie wir nachstehend hören, ist genau dieses in der Natur angelegt, nur wir haben uns über die Weisheit Dessen, Der die Natur so genial geschaffen hat, hinweggesetzt und haben es fertiggebracht, einem unserer wichtigsten Lebensmittel das Leben zu nehmen und daraus ein totes Mittel, sprich totes Wasser im biophysikalischen* Sinne zu machen, das seine wichtigen lebenvermittelnden Impulse nicht mehr erfüllen kann.

Ein Wasser, das unserer Gesundheit dient, sollte ein natürliches, voll ausgereiftes Wasser sein, wie es uns gute, natürliche Quellen schenken. Ein solches Quellwasser konnte sich während vieler Jahre - Forscher sprechen von 150 Jahren - energetisch mit den Informationen des Erdreichs sättigen und voll „ausreifen". Vorher als Regentropfen hat es bereits die Informationen der Sonne, der Wolken, der Sterne, des Grases, auf das es fiel, aufgenommen.

Ein reifes Quellwasser enthält einen Großteil der 84 Elemente der Erde in feinster kolloidaler Form, doch das wichtigste sind die unzähligen Informationen (gespeicherte elektromagnetische Schwingungen), die ein gesundes Wasser aufweist.

Wie ist es dem Wasser möglich, Informationen zu speichern?

Gesundes Wasser hat eine lebendige Kristallstruktur. Es ist praktisch ein flüssiger Kristall mit einer eigenen Geometrie. Denken wir an die Eisblumen im Winter auf gefrorenen Scheiben oder an Schneeflocken. Nur die Kristallstruktur kann, wie wir es vom Quarzkristall (Microchip) unseres Computers her kennen, unvorstellbar viele Informationen speichern und über elektromagnetische Schwingungen weiter"strahlen".

Jedes lebendige Wassermolekül besteht aus einer geometrischen Form, einem räumlichen Tetraeder, wobei 4 Tetraeder eine Pyramide bilden. Von den Pyramiden wissen wir, daß es durch sie zu einer enormen Krafterzeugung kommt. In jedem einzelnen Wassermolekül H_2O sind 1 Milliarde Biophotonen nachweisbar. Diese Biophotonen ermöglichen es, daß jedes Molekül Wasser seine eigene Charakteristik hat. So ist es auch zu erklären,

---

* biophysikalisch: Die Biophysik beschäftigt sich mit der Messung feinster (niederfrequenter) elektromagnetischer Schwingungen, d.h. mit Messung der Energie, die eine lebendige Substanz abstrahlt. Je mehr „Leben" eine Substanz hat, um so mehr Energie strahlt sie ab.

daß trotz ähnlicher Kristallstruktur keine Schneeflocke der anderen gleicht. *Solange Wasser sein Gerüst, seine geometrische Struktur noch besitzt - wir nennen es dann ein lebendiges Wasser -, ist es ein Informationsträger höchsten Grades.*

Leider wird diese so wichtige Struktur durch unsere üblichen gradlinigen Rohrleitungen zerstört, so daß wir in unseren Haushalten nur noch ein strukturzerstörtes totes Wasser haben, das zudem immer mehr schadstoffbelastet ist. Biophysikalisch ist meßbar, daß ein vormals lebendiges Wasser nach 80 m Rohrdurchlauf seine Struktur und damit seine energetische Kraft verliert. Allerdings bleiben mindestens 4 Prozent Struktur immer erhalten, ohne die kein Leben möglich wäre.

Wasser ist ein Di-Pol; es hat zwei gegensätzliche Pole, einmal den Gravitationspol (Schwerkraft) und zum anderen den Levitationspol (Aufwärtsbewegung). Während im ungesättigten, noch unreifen Zustand der Gravitationspol das Wasser immer tiefer in das Erdreich einsinken läßt, oft tausende Meter tief, läßt der Levitationspol, sobald das Wasser seinen vollen Sättigungsgrad an Informationen, wie sie unser Schöpfer als Lebensvermittler für Mensch und Tier vorgesehen hat, erreicht hat, selbiges wieder nach oben steigen, selbst auf die höchsten Berge hinauf, wo es als natürliche Quelle zutage tritt.
Jedes einzelne Element der Erde hat ein eigenes natürliches elektromagnetisches Schwingungsmuster, das beim Zusammentreffen mit Wasser von diesem als Information gespeichert wird.
Wir benötigen das Wasser also nicht nur als Reinigungsmedium oder Flüssigkeitsspender im physikalischen Sinne zum Verdünnen unserer harnpflichtigen Substanzen, sondern in erster Linie als Informationsträger, als Übermittler gespeicherter Energie. Je mehr sich ein Wasser im Erdreich sättigen, das heißt, je mehr verschiedene Informationen es aufnehmen konnte, ein um so größeres Frequenzspektrum hat es und um so mehr Frequenzbereiche kann es auch in unserem Körper berühren und anregen.
Denn all unsere Organe und Zellverbände schwingen auf einer ganz bestimmten Wellenlänge. Wird diese jeweilige körpereigene Schwingung von außen her von der gleichen Schwingung berührt, entsteht Resonanz, Anregung, - es kommt etwas in Bewegung. Das ist ein völlig neues, sehr wichtiges Erkennen für jeden, der gesund bleiben oder werden möchte.
Auf diese Weise werden die Schwingung eines lebendigen Wassers mit der Schwingung zum Beispiel der Leberzellen zu einer Einheit. Sie verschmelzen. Die Energien beider Schwingungswellen potenzieren sich. Dadurch wird nicht nur Leben erhalten, sondern es wird neue Energie, neues Leben geschaffen. Das erzeugt eine starke Kraftanhebung in uns, die uns ein Hochgefühl, Leichtigkeit und Freude vermittelt.
So können wir Krankheit als einen Mangel an Energie, als Mangel an anregenden Informationen verstehen.

Unsere Zellen und Systeme werden heute durch unser totes Leitungswasser und dadurch mangelnde Resonanz nicht mehr genügend angeregt, wodurch es zu Blockaden und Unterfunktionen kommt. Und nicht nur das, sie werden durch naturfremde harte technische Wellen (Elektrosmog) von allen Seiten bombardiert und irritiert, und besonders durch die gepulsten Mobilfunkwellen können die eigenen Zellschwingungen gestört und zerstört werden. (Siehe Teil 2, 6: *Fördert Elektrosmog den Pilzbefall?*)

Dazu ist auch noch der Dipolcharakter des Wasser zu beachten, denn auch wir als Wasserwesen unterliegen dem Gesetz von Gravitation und Levitation. Führen wir uns rundum lebendiges Wasser und energiereiche natürliche Nahrung zu, und bewegen wir uns ausreichend, um genügend natürlichen Sauerstoff und Lebenskraft aufzunehmen, so befinden wir uns in der Levitation. Wir fühlen uns kraftvoll und unternehmungslustig, wie innerlich erhoben.

Wissen wir aber von diesen Dingen zu wenig und ernähren wir uns mit toter Zivilisationskost, totem Wasser und atmen wir nur oberflächlich, dann zeigt sich auch in unserem Körperwasser die Gravitation. Wir werden müde und schwer. Es drückt uns zu Boden oder auf ein Krankenlager. Es kann zu Wasseransammlungen in den Beinen kommen, weil das Wasser mit seiner Schwerkraft nach unten zieht. Im Dunkelfeldmikroskop zeigt sich ein solches Blut licht- und kraftlos, überwuchert mit bakteriellen Wuchsformen.

Das Geheimnis der Heilquellen

Je reichhaltiger die Informationen einer Quelle, um so größer ist ihre Anregungskraft, ihre sogenannte Heilkraft. Je mehr verschiedene Freqenzbereiche in einem Quellwasser gespeichert sind, um so mehr Leiden können zum Beispiel durch eine Heilquelle gebessert werden. Solch eine Heilung kann ganz schlagartig erfolgen, so daß die Menschen früher von Wunderheilungen sprachen, weil sie sich die Zusammenhänge - die in ihrer Genialität tatsächlich wunderbar sind - nicht erklären konnten. Entsprechende Untersuchungen haben gezeigt, daß besonders die heiligen Quellen, wie Lourdes, Fatima, St. Damiano in Assisi, wie auch die St. Leonhardsquelle bei Rosenberg (diese letztere kann über den Getränkegroßhandel bezogen werden) alle aufgrund ihrer exrem hohen kristallinen Struktur ein außerordentlich hohes, positives Frequenzspektrum und damit eine starke Lebenskraft vermittelnde Energie haben.

In der Natur sind solche gesunden Quellen noch an manchen Orten zu finden, und es lohnt sich, dieses kostbare Naß in Glasbehältern für daheim abzufüllen. Wobei Untersuchungen zeigten, daß ein Wasser, das bei Vollmond abgefüllt ist, den besten Strukturwert und damit die höchste Kraft aufweist. (Untersuchungen: Institute of Biophysical Research) Wir wissen, daß Viktor Schauberger zum Beispiel seine schweren Holzstämme nur in

Vollmondnächten in den kleinen Bächen zu Tal bringen konnte. Dieses war nur durch die auf ein ungewöhnliches Maß angestiegene Wasserdichte möglich.

Unser Körper ist dringend auf die elektromagnetischen Schwingungen eines gesunden Wassers angewiesen, wie auch auf die Schwingungen gesunder Pflanzen und Bäume, der Erde, des Meeres, des Kosmos, der Sonne. Diese so wichtigen natürlichen elektromagtetischen Schwingungen werden heute durch die ständig zunehmende harte technische Strahlung verfremdet und zerstört. Entsprechend zeigt sich der Gesundheitszustand von Menschen, Tieren und Pflanzen.

Wir denken bisher noch zu sehr in stofflichen Begriffen. Die besten Vitalstoffe nützen nicht viel, wenn die elektromagnetischen Resonanzen nicht mehr ablaufen können, die diese Stoffe segensreich handhaben und an ihren Platz bringen. Der Geist hat die Materie geschaffen und nicht umgekehrt. Geistige (energetische) Impulse - das Licht (Biophotonen) in unseren Zellen - steuern und lenken alles Lebendige.

Quellwasser ist - wenn kein verunreinigtes Oberflächenwasser dazukommen konnte - in seiner Energie und Struktur so stark, daß es von Natur aus keimfrei ist. Wo die heile starke Schöpfungsenergie ist, können sich Bakterien und Pilze nicht behaupten.

Ein solches Wasser ist auch schadstofffrei und mineralarm und bedarf keines Zusatzes zur Keimfreimachung.

Gutes Wasser ist mehr als H_2O, mehr als tote Materie; es ist ein lebendiger Organismus, der bestrebt ist, stets seinen dichtesten und damit energiereichsten Punkt zu erreichen, der bei 4° C liegt. Bei dieser Temperatur kann es seine dichteste Struktur und gleichzeitig seine größte Energie aufbauen. Gute Quellen treten mit 4° C zutage. Die Dichte und Energie nimmt in Vollmondnächten noch erheblich zu.

Stellen wir solch ein lebendiges Wasser in einen warmen Raum, so bewegt sich das Wasser in der Flasche ständig aus der oberen wärmeren Zone nach unten und kühlt sich so selbst. Als intelligentes Wesen hält es sich selbst frisch und damit keimfrei. Geben wir einem solchen Wasser Kohlensäure zur Keimfreimachung hinzu, so zerstören wir seine Struktur und damit seine Lebendigkeit. Es baut sich ein Druck auf. Das Wasser kann sich nicht mehr bewegen. Das vormals gute Quellwasser ist zu einem toten und durch die Kohlensäure dazu noch sauren Wasser geworden.

Leider werden heute die Quellen der Mineralwässer überwiegend hochgepumpt, wodurch auch unreifes Wasser nach oben gelangt, das noch nicht die Kraft hat, sich selbst keimfrei zu halten, so daß Kohlensäure zugesetzt werden muß.

Wie aufwendige biophysikalische Messungen ergeben haben, weist das Wasser jeder natürlich zutage tretenden Quelle je nach Grad des Untergrundes sehr viele lebensnotwendige Elemente als Ionen auf. Diese Anteile sind so gering, daß sie mit der üblichen biochemischen Analytik meist nicht nachweisbar sind. Die Elemente (Mineralien und Spurenelemente) liegen dabei in ionisierter (kolloidaler) Form vor. Ionisierte Mineralien sind hydratisiert; sie sind komplett von Wasser umgeben, wodurch sie die Zellmembranen mühelos passieren können. Nur in ionisierter Form erfüllen Mineralien wichtige Stoffwechselaufgaben. Diese Mineralien belasten den Körper nicht. Sobald aber die Struktur des Wassers, wie heute üblich, zerstört wird, verlieren die Elemente ihre Wasserumhüllung und verändern ihr Verhalten. Jetzt trifft z. B. das Calcium mit Hydrogencarbonat zusammen. Es entsteht die belastende Verbindung Calciumbicarbonat = Kalk. Dieser Kalk ist eine wesentliche Mitursache für alle Verhärtungen in Gefäßen, Geweben, Sehnen, Bändern, wie auch für Steinbildungen im Körper. So sollten wir darauf achten, uns möglichst nur strukturstarkes, mineralarmes Wasser zuzuführen.

Mediziner warnen bereits vor der Verwendung toter Mineralwässer, weil sie unsere Gesundheit mehr belasten als daß sie ihr dienen.

Wie können wir unsere Wasserqualität verbessern?

Die elektromagnetische Ladung des Wassers, d. h. seine Kristallstruktur, wird durch längere Rohrleitungen, durch Kohlensäurezusatz, Ozonbestrahlung, Pumpen, Destillieren etc. zerstört. Die Ozonbestrahlung soll bereits bei ca. 80 Prozent aller Mineralwässer durchgeführt werden. Dieser Eingriff zerstört die Molekularstruktur des Wassers. Laut biophysikalischen Forschungen ist ein ozonbehandeltes Wasser zerstört und bleibt auch zerstört. Es kann sich nicht mehr regenerieren.

Auch das Abfüllen in Plastikflaschen zerstört durch seine unnatürlichen dissonanten elektromagnetischen Schwingungen ein gutes Wasser meßbar in nur 10 Minuten. Weißes Glas (geschmolzener Quarzsand) ist immer noch der beste Behälter für Wasser.

Um unsere Gesundheit zu erhalten oder wiederzuerlangen, sollte ein gutes Trinkwasser auch möglichst chemisch rein sein, denn selbst Spuren von Nitrat, Pestiziden oder Schwermetallen bauen ein negatives Schwingungsfeld auf, das uns belastet und mit der Zeit krank macht. Dies erreichen wir durch ein Umkehrosmosegerät. (Erprobtes, preiswertes Umkehrosmosegerät- Info: Naturheilpraxis Scheller). Ein solches Wasser ist jedoch noch tot und sollte mit einer guten Wasserbelebung wieder in die Kristallstruktur gebracht werden.

Wir haben die Schwingungen dieser Gifte nicht von Natur aus in uns. Sie werden heute vermehrt von außen zugeführt, ohne daß wir mit ihnen in Resonanz treten können. So werden solche Gifte und Belastungsstoffe im Körper in regelrechten „Mülldeponien" abgelagert, bis ein Sumpf entsteht, in dem sich Erreger tummeln, was ernstesten Entgleisungen bis hin zum Krebs den Boden bereitet.

Was können wir tun, um einem gereinigten Wasser zu einer besseren Struktur zu verhelfen?

Auch hier zeigen uns die Forschungen der Biophysik den Weg. Alle Quarzkristalle sind Energiesammler in höchstem Maße und geben diese an ihre Umgebung ab. Sie wirken wie kleine Batterien für genau die Energie (Piezoelektrizität), die das Wasser braucht, um sein geometrisches Gerüst, seine Struktur aufzubauen. So können wir gereinigtes Wasser in einen Glaskrug geben, in den verschiedene kleine Quarzkristalle, wie Bergkristall, Rosenquarz, Turmalinquarz, Amethyst, Aventurin, Citrulin etc., gelegt sind.

Wenn das Wasser über Nacht in diesem Krug steht, kann es eine gute Kristallstruktur aufbauen. Denn je länger die Kristalle mit ihrer Energie auf das Wasser einwirken können, um so stabiler wird die damit aufgebaute Wasserstruktur. Einmal im Monat sollten die Kristalle in die Sonne oder besser noch in einer Vollmondnacht ins Freie gelegt werden. Dann baut sich ihr starkes elektromagnetisches Feld (Piezoelektrizität) voll wieder auf.

Um unseren Körper zu reinigen, benötigen wir 2 bis 2 1/2 Liter lebendiges Wasser pro Tag als Lösungsmittel, denn alle Getränke (Kaffee, Kakao, Tee, Bier, Wein, Milch, Reismilch, Säfte, Limo etc.), die wir sonst zu uns nehmen, sind nicht in der Lage, Stoffwechselschlacken aufzunehmen, da sie selbst eine gesättigte Lösung darstellen. Wir waschen ja unsere Wäsche auch nicht in Kaffee oder Rotwein.

Inzwischen habe ich ein im Verhältnis preiswertes Wasserbelebungssystem entdecken dürfen, dessen damit belebtes Wasser im kinesiologischen Test eine sehr hohe Qualität anzeigt. Bei einer Patientin, die dieses Wasser schon längere Zeit trinkt, fiel mir das starke Schneegestöber - die gesunden, uns schützenden Kleinstformen - in ihrem Blut auf.

Es handelt sich um die Regenerationskonverter der Firma Aquamedicus. Der Trichter oder die Haus-Trinkwasserbelebungsgeräte sind so aufgebaut, daß tatsächlich eine deutlich spürbare Verbesserung von Leitungswasser erreicht wird, die man schmecken kann. Unser Leitungswasser ist weitgehend von Schadstoffen (Nitrat, Blei, Cadmium, Medikamentengiften) befreit. Durch die Biophysik wissen wir jedoch, daß die Schwingungen der entfernten Schadstoffe weiterhin im Wasser vorhanden sind und mit ihren Informationen genauso schaden können wie die entfernten materiellen Stoffe. Diese noch viel zu wenig beachteten negativen Schadstoffschwingungen werden durch die Regenerationskonverter vollständig gelöscht.

Das Verhalten der Mineralien wird durch die Belebung auffallend verändert. Sehr hartes Wasser wird weich, so daß die Geräte nicht mehr verkalken. Ein verkalktes Bügeleisen gab gleich bei der ersten Berührung mit dem Wasser seine Kalkablagerungen heraus. Ein so behandeltes Leitungswasser schmeckt weich und angenehm. Es verbessert den Geschmack noch, wenn es mehrere Tage, Wochen oder Monate steht und gleicht immer mehr einem weichen Quellwasser.

Der einfache Getränkefilter aus Plastik ist zum Beispiel doppelwandig aufgebaut. Der Hohlraum ist mit 74 Elementen (Gold, Edelsteine, Quarzkristalle etc.) gefüllt und dazu schwimmt alles in einem außerordentlich starken hochschwingenden Wasser. Auf diese Weise werden - genau wie in der Natur - dem Wassser alle Informationen zur Verfügung gestellt, die es braucht, um eine hohe Kristallstruktur aufzubauen.

Aber auch die Granderbelebung, wie ich sie in meinen Knaur-Gesundheitsbüchern vorstelle, bringt die lebendige Lichtschwingung und Ordnungskraft ins Wasser.

Die St. Leonhardsquelle und die Aqua Luna-Quelle

Fasziniert von dem Geheimnis Wasser, habe ich mich mit dem Besitzer der St. Leonhardsquelle in Stephanskirchen bei Rosenheim in Verbindung gesetzt.

Wie spektroskopische Untersuchungen wissenschaftlich nachweisen konnten, erhalten wir in der St. Leonhardsquelle tatsächlich ein sehr hochwertig strukturiertes Quellwasser. Forschungen stellen dieses Wasser in seiner Qualität neben die Quellen von Lourdes, Fatima und San Damiano, Assisi. Es gibt in Stephanskirchen zwei gute Quellen. Beide Quellen, die St. Leonhardsquelle und die energiereichere Aqua Luna-Quelle, sind über den Getränkegroßhandel zu beziehen. (Die Aqua Luna-Quelle stärkt auffallend das Limbische System, die Gefühlsebene, was sich bei Depressionen als günstig gezeigt hat. Sonst sind beide Quellen sehr ähnlich.)

Ich fragte, ob die Wasserstruktur durch einen längeren Transport leiden könnte. Auch darüber sind Forschungen angestellt. Das Wasser ist so stabil, daß selbst eine einwöchige Bestrahlung mit stärkstem Elektrosmog dem Quellwasser nichts anhaben konnte. So wird auch jeder, der sich durch das Trinken dieses hochwertigen Wassers seine Wasserstruktur wieder ins Gesunde aufgebaut hat, gegen die zunehmende Rundumverstrahlung entsprechend geschützt sein.

Mit beiden Quellen wurden erstaunliche gesundheitliche Verbesserungen erlebt. Eine 85jährige Frau sollte zum Beispiel an ihrem Kropf operiert werden. Sie lehnte dieses ab und begann damit, die St. Leonhardsquelle zu trinken. Nach einem Jahr war ihr Kropf verschwunden. Eine 35jährige Frau quälte sich von Jugend an mit schweren Blasen- und Harnleiterentzündungen. Ihre Blase konnte nur noch 125 ml Wasser fassen. Ständig Antibiotika und ständig Schmerzen. Auch sie trank von der St. Leonhardsquelle und verlor nach und nach all ihre Probleme. Nach ca. einem Jahr war sie gesund. Ihre Blase konnte wieder 800 ml fassen. Ein anderer litt an Bandscheibenproblemen, die dringend operiert werden sollten und an ekzemartigen Händen, die sich immer wieder schälten. (Entgiftung über die Handflächen). Auch er verlor all seine Probleme ohne Operation.

Unser Gehirn besteht zu 95 Prozent aus Wasser. Das Ludwig Boltzmann-Institut stellte fest, daß beide Quellen ungewöhnlich hohe Resonanzzahlen gerade im Bereich der Gehirnsteuerfrequenzen aufweisen. Beide wirken sehr positiv auf die Epiphyse, Hypophyse und die Basalkerne (Parkinson!).

Während die St. Leonhardsquelle fünf positive Resonanzwerte aufweist, die den Hypothalamus steuern, wirkt die zweite Quelle, Aqua luna, neben den vorerwähnten Frequenzen mit 6 positiven Resonanzwerten besonders auf das limbische System (Depressionen!) ein. Dadurch werden interessante Heilungsmöglichkeiten bei mannigfaltigen Störungen des Gehirns ermöglicht, zum Beispiel bei Mißstimmungen aller Art, Migräne, MS, Kopfdruck, Durchblutungsstörungen, Schwindelzustände, Ängsten und Depressionen etc. Auch bei Alzheimer und Parkinson wurden gute Besserungen erzielt.

Beide Quellen weisen neben der ausgesprochenen Gehirnwirkung positive Resonanzwerte im Bereich des endokrinen Systems (Hormone) auf. Des weiteren Resonanzwerte der Bronchien, Lungenfunktion, mehrerer Bereiche der Wirbelsäule, der Bandscheiben, Hüftgelenke, Fußgelenke und vieles mehr sowie mehrere Resonanzzahlen für das periphere und zentrale Nervensystem.

Das Wasser wirkt immunstärkend, entzündungshemmend und hat eine ausgesprochen stärkende Wirkung bei Nervenstörungen. Bei Depressionen und Ängsten hellt es auch sehr gut die Psyche auf. Depressionen sind ja meist durch Übergiftung des Körpers entstanden. Die Seele fühlt die Gefahr und meldet sich mit Mißempfindungen und Ängsten. „Gesundheit ist Freisein von Giften." Das wird durch das lebendige Wasser erreicht, weil endlich die gestauten Mülldeponien abtransportiert und Stoffwechselblockaden wieder in Gang kommen können, und weil uns das hochstrukturierte Wasser auch Lebenskraft, sprich Biophotonen (Licht), bringt und damit nicht nur unseren Körper, sondern auch unsere Seele stärken kann.

Alle Stauungsprobleme, wie Asthma, Wasserstau, Venenschmerzen, Kopfschmerzen, Migräne, Nierengries, Harnausscheidungsschwächen, sprechen besonders gut auf das Wasser an. Bei Augenproblemen wurden gute Erfolge mit Augenspülungen erzielt.

Auch soll es nach den Erfahrungen verschiedener Zahnärzte, die die Quelle zur Amalgamentgiftung empfehlen, sehr gut Schwermetalle, die sich durch die Behandlung im Blut befinden, zur Ausscheidung bringen. (Fest eingelagerte Schwermetalle müssen erst durch andere Maßnahmen ins Blut/Lymphe gebracht werden. Siehe im Thema *Schwermetallausleitung*)

Die Quelle hat auch eine ausgesprochen diuretische Wirkung. Auch Cholesterin und Harnstoff werden vermehrt ausgeschieden. Bei Adipositas kommt es sehr häufig zu einer bedeutenden Gewichtsabnahme.

Wenn wir beginnen, uns dieses hochwertige Wasser zuzuführen, sollten wir in den ersten Tagen sehr vorsichtig sein und nur 25 Prozent der Heilquelle in ein Trinkgefäß geben und mit anderem Wasser auffüllen. Wie vertragen, sollte langsam gesteigert werden, bis wir zu ca 2 Litern am Tag gelangen. Wird zu Beginn zuviel von dem hochwertigen Wasser getrunken, kann es zu Stauungen (Kopfschmerzen) oder Durchfall kommen, weil zuviel gereinigt wird. Auch unsere langjährig lädierten Ausscheidungsorgane müssen sich ja erst wieder kräftigen. So ist jeder gut beraten, der das Wasser langsam steigert. Nach 2 bis 3 Wochen werden meist schon 2 Liter gut vertragen.

Kristallsalz - das beste Salz der Erde!

Salz, ganz gleich ob aus den heutigen Meeren oder aus millionenjahrealten Meersalzvorkommen im Schoße der Erde, ist von Natur aus immer Vollsalz, das heißt, das natürlich vorkommende Salz besteht - genau wie unsere Blutflüssigkeit, die in ihrem Aufbau dem Meerwasser sehr ähnlich ist - aus allen 84 Elementen, aus denen alles auf der Erde aufgebaut ist. Für unsere vielfältigen komplizierten Stoffwechselvorgänge benötigen wir alle 84 Elemente, wie sie uns Vollsalz in geradezu idealer Weise liefert. Dieses Vollsalz ist ein Gesundheitsgarant ersten Ranges, - das weiße Gold, um das früher Kriege geführt wurden.

Leider werden uns seit etwa 100 Jahren nur noch die 2 Hauptelemente - Natrium und Chlorid (NaCl) - als isolierter Auszug (Kochsalz) angeboten. Genau wie wir es mit dem weißen raffinierten Zucker und dem ausgemahlenen Mehl erleben, führt die Zufuhr des chemisch isolierten Natriumchlorids langfristig zu Störungen im physiologischen Ablauf unseres auf das volle Spektrum aller 84 Elemente angelegten Körpers. (Ein Meerwasserfisch kann zum Beispiel in einer reinen Kochsalzlösung nur 5 Minuten überleben.)

Jedes dieser 84 Elemente sendet bestimmte elektromagnetische Schwingungen ab, die durch Resonanz in unserem Körper entsprechende Stoffwechselfunktionen anregen.

Mediziner haben inzwischen alte Salzstollen zu Heilzwecken eingesetzt. Besonders Asthmakranke und an Bronchitis Leidende wissen es: ein Aufenthalt am Meer oder in einem Salzstollen bessert das Leiden oder heilt es sogar für immer. Es ist nicht die reine Luft, die dieses bewirkt, sondern es sind die elektromagnetischen Schwingungen der 84 natürlichen Elemente, die verstärkt geschwächte Funktionen wieder in Gang bringen. So hat man Versuche mit Leberkranken gemacht. Nach 2 Stunden Aufenthalt in einem Salzbergwerk waren die erhöhten Leberwerte bereits wesentlich erniedrigt. Die wohltuenden Salzkristalllampen sind ein kleiner Ersatz für einen Salzheilstollen. Durch Erwärmung der Glühbirne bauen sie ein sehr günstig wirkendes Ionenfeld auf, das der Biophysiker messen kann. Dieses Ionenfeld übt besonders auf die Bronchien (Asthma!) eine wohltuende Wirkung aus.

Denken wir an die Erfolge Psoriasis-Kranker am Toten Meer. Dieses natürliche Vollsalz, das zudem ein Übermaß an Sonnenernergie gespeichert hat, setzt gestörte Funktionen wieder in Gang.

Immer mehr wird uns gezeigt, daß die Gesundheit im Grunde ganz einfach zu erreichen ist. Wir müßten nur in der natürlichen Ordnung verbleiben, denn ein größerer Geist, als wir es sind, hat alles wunderbar bedacht und zu unserem Schutz angelegt. Jedes Aus-der-Ordnung-Treten, wie wir es jetzt erleben, bringt uns Niedergang, Siechtum und Not.

Was macht der Körper mit dem isolierten Natriumchlorid (Kochsalz)? Er muß es verdünnen, es hydratisieren, das heißt in Wasser „einpacken". Falls nicht genug gutes Wasser getrunken wird, ist der Körper gezwungen, das Wasser aus seinen eigenen Zellen herauszuziehen, was zur Austrocknung, Faltenbildung und Alterung führt.

Durch ein Zuviel an isoliertem Kochsalz entstehen im Körper wasserhaltige Gewebe, regelrechte Wasserdepots, die zur Müllhalde auch für andere Gifte werden. Wenn der Körper diese Wasserdepots nicht mehr aufbauen kann, fängt er an, das Natriumchlorid zu kristallisieren und es an Eiweiß zu binden. (Hierfür ist besonders Kuhmilcheiweiß günstig, das inzwischen beim kinesiologischen Test bei 80 Prozent aller Patienten eine Unverträglichkeit anzeigt.) Auf diese Weise entstehen dann vermehrt kristalline Eiweißverbindungen, die wir im Dunkelfeld, nicht nur bei Rheumatikern, sehr gut sehen können. Diese Kristalle, die rheumatische Schmerzen und Durchblutungsstörungen verursachen, führen mit der Zeit zu Steinbildungen und Verhärtungen aller Art.

Nur ein Vollsalz, das das volle Spektrum aller 84 Elemente - in ähnlicher Zusammensetzung wie unser Blut - zuzüglich der Kristallstruktur aufweist, dient unserem Körper auf optimale Weise.

Engagierten Forschern haben wir es zu verdanken, das uns inzwischen solch ein wertvolles Kristallsalz für den Haushalt zur Verfügung steht. Es sollte nach Möglichkeit nach dem Kochen an die Speisen gegeben werden. Dieses kostbare Salz wird im Handabbau (ohne Sprengungen!) aus Steinsalzlagern, das es in dünnen kristallinen Schichten durchzieht, herausgekratzt und ist in Kilo-Packungungen in feiner oder grober Struktur zu haben. (Bezug: Landkaufhaus Mayer, 83313 Siegsdorf)

Natürliches Salz ganz allgemein ist durch Austrocknung der Meere (Urmeere) entstanden, wodurch sich ein hoher Anteil von Sonnenenergie in jedem Salzmolekül speichern konnte. So führen wir uns durch Aufnahme eines naturbelassenen Vollsalzes indirekt auch Sonnenenergie (Biophotonen) und damit Lebenskraft zu. Diese konzentrierte Sonnenenergie ist am besten in der Lage, die Kristallstruktur unseres Körperwassers zu regenerieren und uns die so wichtigen uns schützenden Mikroorganismen, die flirrenden Lichtpartikel, die ein gesunder Mensch in seinem Blut in großer Anzahl, wie ein Schneegestöber aufweisen sollte, wieder aufzubauen.

Aus dem groben Kristallsalz - es sind richtig große Brocken, wie wir sie von den Salzlampen her kennen - bereitet man eine Sole, von der täglich ein bis zwei Teelöffel innerlich, mit gutem Wasser verdünnt, eingenommen werden können. Auf diese Weise werden die im Kristallsalz gespeicherten Biophotonen als Energielieferanten freigesetzt. *Kristallsalzsole ist praktisch flüssiges Sonnenlicht.* Aus der Sonne ist alles Leben hervorgegangen und von ihr wird auch alles Leben erhalten.
Außerdem sind im Kristallsalz alle 84 Elemente der Schöpfung in genau der Zusammensetzung vorhanden, aus denen wir selbst auch bestehen. So regen wir mit der Sole preiswert und sehr effektiv alle Abläufe und Stoffwechselvorgänge in uns an und stärken gleichzeitig die Kristallstruktur unseres Körperwassers.
Wer sich Quellwasser in Flaschen nicht leisten kann, der kann mit ein wenig Kristallsalzsole eine sehr gute Belebung und Wertanreicherung seines Trinkwassers erreichen.
Auch die Zufuhr der Sole sollte nur langsam gesteigert werden, da sehr viel in Gang gesetzt werden kann.

Warum ist die Kristallstruktur so wichtig?
Durch höchste Pressung im Erdinnern entsteht zum Beispiel aus Kohle ein Diamant. So sind auch die Quarzkristalle oder Salzkristalle durch höchste Kompression in ihrer hohen Qualität entstanden. Die Kristallform ist von Natur aus ein Energiesammler und Energievermittler. Auch Wasser, gesundes, lebendiges Wasser hat eine flüssige Kristallstruktur und ebenso sollten wir diese als „Wasserwesen" haben, wenn wir gesund sein wollen.
Bei Kristallsalz - entgegen dem Steinsalz - liegen die meisten Elemente in kolloidaler (ionisierter) Form vor, so daß sie leicht die Zellmembranen durchdringen können. Eine damit hergestellte Sole löst zum Beispiel die Kalkablagerungen im Wasserkocher. Ebenso verschwinden die unschönen Zahnstein-Kalkablagerungen.

Kristallsalz stärkt unsere Gesundheit
Kristallsalz bringt Licht (Biophotonen) für unsere Zellen. Wir sollten es so viel wie möglich einsetzen.
So ist es sehr gut zum Zähneputzen zu verwenden. Es gibt nichts, was das Zahnfleisch und den Mundraum besser reinigt, desinfiziert, Belag, Bakterien und Pilze entfernt und dabei noch die volle Lebenskraft vermittelt. Auch ein gelegentliches „Ölschlürfen" mit Salzsole tut dem Mundraum sehr gut.
Bei Stirnhöhlen- und Lungenproblemen (Asthma!) wird das Inhalieren mit dieser Sole als

sehr wohltuend empfunden. Sehr positiv wirkt ein erhitztes (trockenes) Kristallsalzsäckchen (Landkaufhaus Mayer) auf Gebiete mit Unterfunktionen gelegt. (Z.B. bei hartnäckigen Schmerzen, Bronchitis, Asthma etc.) Darauf eine heiße Wärmflasche geben.

Die Sole ist auch ganz besonders zum Baden geeignet, um die Kristallstruktur unseres Blutes und der Lymphe aufzubauen. Dadurch wird das „Schneegestöber", die uns schützenden Kleinstformen des Endobionten, in unserem Blut sehr erhöht. (Siehe Teil 2, 4: *Entsäuernde Wannenbäder*)

Hauterkrankungen (Psoriasis, Neurodermitis) können innerlich und äußerlich (zuerst sehr schwach dosiert) mit Kristallsalzsole behandelt werden. Verschlechterungen sind in den ersten 14 Tagen möglich. Zu trockne Haut wird zuerst noch trockner. Spätestens nach 14 Tagen ist die Haut, wie die Erfahrungen zeigen, dann in Ordnung. Auch Falten, die auf eine Austrocknung der unteren Zellschichten basieren, können sich mit innerer und äußerer Behandlung wieder revitalisieren. Auch in der Küche sollten wir nur noch das wertvolle Kristallsalz verwenden, das nach Möglichkeit nicht mit erhitzt werden sollte.

Vitalisierung im Salzheilstollen

Ein ganz großes Erlebnis: 2 Stunden Liegekur in 800 m Tiefe im Salzheilstollen in Berchtesgaden in einer malerischen Grotte mit einem kleinen See, in dem ein beleuchteter Springbrunnen - manchmal von sanfter Musik begleitet - plätschert. Dieses ist nicht nur ein besonderes Erlebnis für die Seele, sondern es stärkt ungemein die körperlichen Funktionen, die durch die äußere Rundumverstrahlung bei vielen Menschen bereits geschwächt und eingeschränkt sind. Dabei ist es ganz gleich, wie die Krankheit oder Unpäßlichkeit heißt. Die im Salz gespeicherte Sonnenenergie und die Schwingungen aller 84 Elemente blenden die Schäden aus, die uns unsere heutige Umwelt bereitet. Am effektivsten sind tägliche Anwendungen über längere Zeit, am besten mit einem Urlaub in diesem von Gott gesegneten Land verbunden.

2. Der Säure-Basen-Haushalt nach Friedrich F. Sander

Eine der Hauptursachen nahezu aller Krankheiten und seelischen Mißempfindungen ist die Übersäuerung des Körpers durch säurebildende Nahrung, Bewegungsmangel, negative, säureerzeugende Darmbakterien, Streß, Angst, Kummer, Aufregungen etc.

Besonders der ansteigende Elektrosmog (Mobilfunk) scheint unsere Körperflüssigkeiten anzusäuern, so daß sich Candidapilze und andere parasitäre Wuchsformen auch immer mehr im Blut zeigen.

Die Übersäuerung verändert das gesunde Milieu in unserem Körper und ist eine der tiefsten Ursachen dafür, daß sich Erreger aller Art bis hin zu Pilzen und Parasiten überhaupt in uns entwickeln können.

Säurekrankheiten, wozu auch die Mykosen, Krebs, Diabetes, Osteoporose, Depressionen, Erschöpfung, Hauterkrankungen, Steinerkrankungen, Durchblutungsstörungen bis zu Herzinfarkt und Schlaganfall gehören, nehmen erschreckend zu. Im Gegensatz zu früher sieht der Irisdiagnostiker immer mehr extrem übersäuerte weißleuchtende Fasern und Gebiete in der Iris.

Fehlen dem Körper basische Pufferstoffe, so beginnt er diese vermehrt aus den Zähnen, Knochen, Sehnen und Bändern abzuziehen, wodurch es immer leichter zu Karies, Zerrungen, Bänderrissen und Knochenbrüchen kommt. Sobald wir unserem Körper genügend basische Pufferstoffe liefern, wird dieser Raubbau gestoppt. Somit beugen wir mit der Entsäuerung auch der Osteoporose, den Gelenkserkrankungen und dem Zahnverfall vor.

Die Entsäuerung mit Natron ist bereits ein altes Wissen. Manche wissen es noch von ihren Großeltern, daß sie Unpäßlichkeiten, wie einen Kater nach einer Zechpartie, Kopfschmerzen, Sodbrennen, rheumatische Schmerzen, Herzdruck, Flimmern vor den Augen etc. durch eine Natrongabe beheben können.

In das komplizierte Geschehen des Säure-Basen-Haushaltes hat Friedrich F. Sander als Arzt und Biochemiker in jahrzehntelanger Forschung Licht ins Dunkel gebracht. Er fand heraus, daß besonders die Gärungsbakterien im Darm - heute kommen noch erschwerend die Candidapilze dazu - ungeheure Mengen von Säuren erzeugen, die ins Blut übertreten. Das Blut, das bestrebt ist, seinen leicht alkalischen (basischen) pH-Wert um 7,4 aufrechtzuerhalten, schiebt die Säuren ins Bindegewebe ab, um, sobald genügend basische Pufferstoffe angeboten werden, diese Säuren zu neutralisieren und über die Nieren abfließen zu lassen. Nur haben wir heute - leider - allgemein mit immer mehr säureliefernden Komponenten zu tun, so daß diese Lager meist nicht mehr geräumt werden können. Der Säurepegel steigt ständig und verbraucht mit der Zeit unser so wichtiges Natriumbikarbonatdepot, die Alkalireserve, im Körper, wodurch es zu einer inneren Milieuveränderung kommt, der mit der Zeit Störungen und Krankheiten folgen.

Verändert sich das Milieu, wird den Endobionten der Anreiz zur negativen Veränderung in höhere pathogene Wuchsformen gegeben. Die Vermehrung dieser unguten Kleinstformen bis zu Bakterien, Viren, Pilzen, Egeln etc. legt dann den Boden für die verschiedensten Entgleisungen und Krankheiten. Gelingt es, durch einschneidende Maßnahmen, wie hier beschrieben, das gestörte Milieu wieder zur Norm zurückzuführen, verlieren die negativen Entwicklungsformen ihren Lebensraum. „Die Mikrobe ist nichts, das Milieu ist alles", soll Louis Pasteur noch auf seinem Sterbebett erkannt haben. Aus diesem Grunde ist die Milieubereinigung eine der effektivsten Maßnahmen und sollte heute die Grundlage jeder Therapie sein.

Der Magen als Regler des Säure-Basen-Haushaltes

Unser Magen ist ein sehr wichtiger Regulator des Säure-Basen-Haushaltes, was allgemein noch zu wenig erkannt wird.

Bei jeder Salzsäureherstellung wird gleichzeitig eine größere Menge Natriumbikarbonat gebildet. Die sauren Valenzen Wasserstoff und Chlor werden zu Salzsäure (HCl) zusammengefügt und die dabei frei werdenden basischen Elemente bilden das Natriumbikarbonat, auch Natron genannt.

Friedrich Sander stufte die Natriumbikarbonatbereitstellung als die Hauptaufgabe des Magens ein, da die sauren Magensäfte nur eine weniger wichtige Eiweißvorverdauung des Nahrungsbreis zuwegebringen.

Die vollständige Nahrungsverdauung leisten die drei sogenannten alkalophilen Verdauungsdrüsen: die Bauchspeicheldrüse, die Leber mit ihrem fettverdauenden Gallensaft und die Dünndarmdrüsen des Zwölffingerdarmes, die ihre Arbeit nur dann ordnungsgemäß erfüllen können, wenn ihnen reichlich Natriumbikarbonat bereitgestellt wird. Jede dieser drei Drüsen muß täglich ca. 1 1/2 Liter eines hochbasischen Sekretes von 8,3 pH herstellen. Sander sprach von 30 Gramm Natron täglich, das allein für die Verdauungsarbeit zur Verfügung stehen muß. Je weniger Natron aus der Salzsäureproduktion, z.B. bei einem subaziden Magen, frei wird, um so minderwertiger und gestörter ist die Nahrungsaufspaltung durch die nachgeschalteten alkalophilen Drüsen. Die nur im basischen Milieu greifenden Verdauungsenzyme funktionieren nicht mehr oder nur mangelhaft. Die Nahrung wird nur noch fehlerhaft aufgeschlossen, was sofort Gärungsbakterien und Candidapilze in großer Zahl auf den Plan ruft. Die pH-Wert-Messung des Stuhls zeigt häufig einen zu sauren Stuhl an. (Papierstreifen zuerst unter Leitungswasser halten und dann in den Stuhl drücken.) Der gesunde Stuhl sollte bei 7 pH liegen, 6,5 pH und tiefer deutet bereits auf einen zu sauren Gärungsstuhl hin. Ein zu basischer Stuhl, der meist auch unangenehm riecht, zeigt Eiweißfäulnis an.

Was sagt uns nun Sodbrennen oder ein Magengeschwür?

Es zeigt an, daß ein starker Magen außerhalb der Mahlzeiten versucht, Salzsäure abzuspalten, um dem Körper Natriumbikarbonat zur Abpufferung seiner sauren Valenzen zur Verfügung zu stellen. Da kein Speisebrei im Magen ist, reizt die im nüchternen Magen hergestellte Magensäure bei entsprechender nervlicher Disposition die Schleimhaut so, daß eine Gastritis oder ein Magengeschwür entsteht.

Wie können wir nach Sander diese unangenehmen Leiden auf einfachste Weise verhindern? Indem wir dem Körper freiwillig das zuführen, was er sich auf die vorbeschriebene Weise zu beschaffen sucht. Durch regelmäßige Natronzufuhr bzw. eine entsprechende Basenmischung vor dem Essen bzw. bei gereizter, entzündeter Schleimhaut nach dem Essen, braucht der Körper keine Salzsäure mehr zur Unzeit abzuspalten.

Im Magen verbindet sich das Chlor der Salzsäure (Cl) mit den Natrium-Ionen (Na) zu Kochsalz (NaCl), das nun gefahrlos über die Nieren ausgeschieden werden kann. Die Natronzufuhr entfernt somit die sogenannte Depotsalzsäure, die die Magenschleimhautreizung verursachte.

Bei diesen Patienten sieht der Irisdiagnostiker die erste Zone (Magenring) sehr weiß leuchten. Es sind die Patienten mit einem starken hyperaziden Magen, die, solange die Salzsäureproduktion noch möglich ist, im allgemeinen bis auf ihr Sodbrennen und ihre Magenschleimhautreizungen gesundheitlich stabil sind. Sobald es aber später zur Einschränkung der Magensäureproduktion und damit zur Einschränkung der Natronerzeugung kommt, beginnen auch hier die säurebedingten rheumatischen Schmerzen, die Durchblutungsstörungen etc.

Allein durch die zweimalige Zufuhr von einem Teelöffel Natron sind wiederholt Störungen bei der Nahrungsaufschließung (Blähungen, Völlegefühl, Aufstoßen, Magendruck) verschwunden. So haben wir mit dieser einfachen Maßnahme auch einen wichtigen Schlüssel für eine bessere Nahrungsaufschließung in der Hand.

Wie erkennen wir eine eingeschränkte Alkalireserve?

Ein ausgeglichener gesunder Säure-Basen-Haushalt ist daran zu erkennen, daß bei wiederholten Harn-pH-Wert-Messungen diese sich noch im Rhythmus der Mahlzeiten vom vorher sauren in den basischen Bereich erheben können.

Eineinhalb bis zwei Stunden nach jeder Mahlzeit sollte eine Basenflut einsetzen, wenn der Körper noch über eine ausreichende Alkalireserve verfügt. Zeigt sich dieser Anstieg vom sauren in den basischen Bereich nicht mehr, so befinden wir uns bereits in einer versteckten (latenten) Azidose, der wir unbedingt mit Zufuhr des so wichtigen Natriumbikarbonats begegnen sollten.

Durch die allgemeinen Lebensumstände unserer modernen Zeit hat kaum noch jemand einen ausgeglichenen Säure-Basen-Haushalt. Die zunehmende heimliche Übersäuerung ist heute eine der Hauptursachen für die Zunahme schwerer Krankheiten und psychischer Entgleisungen.

Sander fand heraus, daß morgens und abends so viel Natron zugeführt werden sollte (meist 3/4 bis 1 Teelöffel), daß der pH-Wert des Harnes ständig um 7,4 liegt. Sobald der pH-Wert unter 6,8 sinkt, wird zum Beispiel die nächtliche Entsäuerung unserer Gewebe eingestellt. So sei besonders die abendliche Abpufferung nötig, damit uns Gewebesäuren über Nacht verlassen können. Gleichzeitig werden dadurch auch die Nieren entlastet, indem sie weniger basische Ionen aus dem Vorharn rückresorbieren müssen.

Patienten, die nur noch wenig Magensäure bilden können, sollten vor jeder Mahlzeit, also dreimal täglich, einen entsprechenden Basentrunk zu sich nehmen, damit wenigstens die nachfolgende Verdauungsarbeit ungestört ablaufen kann.

Ein Harn-pH-Wert, der ständig bei 7 liegt

Es gibt immer mehr auch den Fall, daß der Harn-pH-Wert - ohne Zufuhr von Entsäuerungssalz - ständig bei 7 liegt. Irrtümlich wird angenommen, daß hierbei der Säure-Basen-Haushalt noch in Ordnung ist. Leider ist genau das Gegenteil der Fall. Durch sehr starke Übersäuerung und starke Verringerung der Alkalireserve ist der Körper gezwungen, sich mit einer Gegenregulation zu helfen.

Er darf auf keinen Fall weitere basische Ionen - insbesondere Natrium - verlieren. Um die Nieren nicht zu verätzen - die Nieren können nur Säuren bis zu einem pH-Wert von 4,5 ausscheiden -, bindet er die sauren Valenzen an das basische Stoffwechselzwischenprodukt Ammoniak aus dem Harnstoffwechsel. Ammoniak ist ein Nervengift und schädigt langfristig die Nieren.

Wer ständig einen pH-Wert von 7 aufweist, sollte sich am Anfang sehr vorsichtig mit basischen Pufferstoffen „einschaukeln". Zuerst 1/4 Teelöffel morgens und abends und abwarten, wie die Umstellung vertragen wird. Dann langsam steigern. Bei Unwohlsein ein paar Tage aussetzen und es erneut versuchen, bis der Körper es wieder gelernt hat, mit dem ihm fehlenden Natrium umzugehen.

Anders ist es bei einem akuten Krebsgeschehen. Durch das Durchlässigwerden der Membranen von Krebszellen und ihre elektrische Umpolung treten nach P.G. SEEGER vermehrt basische Ionen (Kalium, Calcium, Magnesium) ins Blut über. Dr. SEEGER gab hier verstärkt den hochbasischen Rote-Bete-Frischsaft oder Most zur Auffüllung der verlorengegangenen basischen Ionen.

In diesem Fall sollte kein Natron genommen werden bzw. genau ausgetestet werden, ob und wieviel Natron benötigt wird.

Am Beispiel der Gicht

Gelingt die Entschlackung des Bindegewebes nicht zwischen den Mahlzeiten oder in der Nacht, so sammeln sich Harnsäureschlacken im Gewebe an. Es entstehen rheumatoide Erkrankungen bis zur Gicht. Gicht ist laut Sander keine Krankheit noch eine spezielle Disposition, sondern es handelt sich hierbei um einen lange bestehenden Mangel an basischen Pufferstoffen, der vererbt sein kann durch Übersäuerung der Mutter. Die Harnsäure - sie entstammt dem Eiweißstoffwechsel und der Darmgärung - ist von allen Stoffwechselsäuren am schwersten löslich. Sie kann nur bei einem Harn-pH-Wert von über 6,2 ausgeschieden werden.

Durch Zufuhr von Natron, frisch ausgekochter Gemüsebrühe als Basentrunk, Brennesselspinat oder -kapseln, entsäuernde Tees (Vollmers Grüner Hafertee, Teufelskrallentee, ORGON 7 x 7 Kräutertee) und eine vitaminreiche basenbetonte Vollwertkost (besonders Vollreis, mit etwas Natron gekocht, wirkt sehr reinigend) können die gespeicherten Gewebssäuren bei intakter Nierenleistung mit der Zeit wieder abgebaut werden.

Bei einem Freund verschwand zum Beispiel bereits nach 14 Tagen ein dicker weißer Gichtknoten von ca 8 mm Durchmesser am Daumen allein durch eine basenbetonte Vollwerternährung, wie sie im Knaur-Taschenbuch *Candida* beschrieben ist. Der Betreffende machte dazu täglich morgens einen längeren Waldlauf, bei dem auch viel Säuren über die Lunge abgeatmet und (basischer) Sauerstoff aufgenommen wird. Auch über das starke Schwitzen konnten ihn viele saure Stoffwechselschlacken verlassen.

Des weiteren wurde bei einem Patienten eine im Röntgenbild sichtbare Kalkablagerung, die bereits zu einer starken Bewegungseinschränkung des Armes führte, in wenigen Wochen über die alleinige Zufuhr von Natron aufgelöst.

Leider gelingt die Auflösung von Kalkablagerungen nicht immer so einfach. Wie in Teil 2, 4: *Fördert Elektrosmog den Pilzbefall?* dargelegt, haben wir es durch technische Rundumverstrahlung dahin gebracht, daß die natürlichen elektromagnetischen Impulse besonders durch die ansteigende Mobilfunkverstrahlung immer mehr lahmgelegt und blockiert werden. Die menschliche Zelle benötigt, um gesund zu funktionieren, die natürlichen Steuerimpulse (Magnetfelder) von außen.

Hier hat sich die Quantron-Magnetfeldtherapie bestens bewährt. Durch Erzeugung der immer mehr fehlenden elektromagnetischen Schwingungen (Magnetfelder) werden lahmgelegte Stoffwechselvorgange wieder angeregt. Dadurch kann der Körper u. a. verhärtend abgelagerte Mineralien wieder in Lösung bringen, das heißt, sie gehen in die für uns allein verwertbare Form der Ionen über. (Siehe Näheres dazu in Teil 2, 4 *QRS-Magnetfeldtherapie*)

Wie erkennt man eine Übersäuerung?

Eine Übersäuerung des Körpers geht meist mit nervlichen Symptomen einher. Der Nervus Sympathikus regiert die Streßphase, welcher eine saure Stoffwechsellage zugrundeliegt, so daß es vielen Betroffenen nicht möglich ist, sich zu entspannen und innerlich ruhig zu werden. Ein ständiger Säureüberschuß reizt den Sympathikus zu Erregungen. Der Schlaf kann gestört sein. Auch die Schilddrüse wird überreizt, und es kann zu Schilddrüsenstörungen kommen. Aber auch Antriebslosigkeit, gedrückte Stimmung bis zu Depressionen stellen sich ein.

Im Dunkelfeldmikroskop sind je nach dem Grad der Übersäuerung befallene Blutkörperchen und Fibrinansammlungen (Filiteanhäufungen) zu sehen. Die Fibrinansammlungen, die vermutlich durch zuviel Säure im Blut entstanden sind - siehe die Blutaufnahmen der leuchtend weißen Felder von Heinz Prahm - behindern den Blutfluß und führen in größerem Umfang zu Durchblutungsstörungen und Thrombosen.

Durch Säurespeicherung und den vermutlich dadurch verursachten Befall mit bakteriellen Entartungsformen verlieren die roten Blutkörperchen ihre Verformbarkeit und bleiben in den feinsten Blutgefäßen, den Kapillaren, stecken. Die Herzarbeit wird erschwert; die Leber schafft die Entgiftung des Blutes nicht mehr zügig genug. Es kommt rückwirkend zu Blutstauungen in Hämorrhoiden und Beinvenen. Der Blutdruck steigt durch das zu dicke Blut und den Anstieg des Kohlendioxidpegels. Letzterer steigt besonders durch Bewegungs- und damit Sauerstoffmangel und das Kohlendioxyd, das die Candidapilze als Gas herstellen. (Denken wir an die Blähungen im Bauchraum).

Gefährlich wird es, wenn lebensnotwendige Kapillaren verstopfen. Laut Berthold Kern (Herzspezialist) ist die Übersäuerung die häufigste Ursache für Schlaganfall und Herzinfarkt, die er als „Säurekatastrophen" bezeichnet.

Der geschulte Therapeut erkennt einen übersäuerten Patienten auf den ersten Blick an seinen geröteten Wangen, der roten Nase, der geröteten Sklera (wir sehen in der weißen Sklera des Auges die Kapillaren rot aufleuchten, wenn übersäuerte Erythrozyten in ihnen steckengeblieben sind) oder an einem geröteten Rand der Augenlider. Die roten Wangen findet man auch häufig bei Vegetariern, die Rohkost, insbesondere Obst, nicht richtig aufschließen können, so daß es bei ihnen ebenfalls zur Übersäuerung und erhöhter Alkoholproduktion im Blut kommt. Der Stuhl ist dabei ungeformt und riecht häufig säuerlich.

Reinigungsreaktionen

Es ist möglich, daß sich bei Beginn der Zufuhr basischer Pufferstoffe Durchfall einstellt, vermutlich weil durch die Verbesserung des Blutmilieus sehr viele negative Keime ihren Lebensraum verlieren und die dabei entstehenden Gifte über die Darmschleimhaut nach außen entsorgt werden. In diesem Fall verhelfen Heilerde oder Kohletabletten meist schnell zu einem festeren Stuhl, da sie hervorragend Säure und Gifte binden. Bei wem der Durchfall nicht aufhört, dessen Organismus scheint Natriumbikarbonat nicht mehr handhaben zu können. In diesem Fall tun die natriumfreien Neukönigsförder Mineraltabletten gute Dienste.

Es kann auch sein, daß ein ungebundener Gärungsstuhl nach der Natroneinnahme zum ersten Mal fest geformt erscheint und im Wasser untergeht. Ein anderer Patient berichtete, daß sich nach 14 Tagen Natroneinnahme eine Ischialgie einstellte. Hierbei war der Stuhl auch ab und zu breiig säuerlich, trotz ausreichender Natronzufuhr. Beginnt der Körper überstürzt zuviel Säureschlacken aus seinen Depots zu lösen, so kann es sein, daß diese zur schnelleren Ausscheidung auch über die Magen- und Darmschleimhaut nach außen befördert werden. Da die Säure die Darmschleimhaut reizt, wird sie sehr schnell weiterbefördert, was trotz Natronzufuhr zu dem dünnen, säuerlich riechenden Stuhl führt.

Ein Patient berichtete von einer Art Muskelkater im ganzen Körper. Auch dieses Phänomen gehört zur Bindegewebsreinigung durch das endlich reichlich angebotene Natron. Einem anderen bereitete die Umstellung Kopfschmerzen, da durch die Milieuumstellung zuviel „Müll" im Blut anfällt. Besonders, wenn die Gefäße bereits verengt sind, ist es ratsam, in der ersten Zeit die eiweißauflösenden Wobenzym-Dragees oder Bromelain-Kapseln dazuzunehmen. Diese Enzymkombination löst, ähnlich wie die Enzyme unserer Bauchspeicheldrüse, verstärkt Eiweiß und Erregermüll auf.

In jedem Fall sollten reichlich Kräutertee, Gemüsebrühe und gutes, möglichst lebendiges, reifes Quellwasser getrunken werden.

Mit der rechtsdrehenden Milchsäure gegen Übersäuerung

Eine weitere Komponente zur Entsäuerung bietet die rechtsdrehende L(+)-Milchsäure, die nach Prof. WERNER ZABEL in der Lage ist, sich mit der linksdrehenden D(-)-Milchsäure zu verbinden und diese unschädlich zu machen. ZABEL schreibt in seinem Buch: *Die interne Krebstherapie und die Ernährung des Krebskranken:*

„Jede linksdrehende Milchsäure wird im Körper als Toxin bewertet und so schnell wie möglich durch Ankoppelung der gleichen Menge rechtsdrehender Milchsäure in ein sogenanntes Razemat umgewandelt. Dieses Razemat hat keine Toxinwirkung mehr und kann aus dem Körper ohne Schwierigkeiten ausgeführt werden"

Prof. ZABEL führt aus, daß gerade Krebskranke immer einen erheblichen Mangel an rechtsdrehender Milchsäure haben. Normalerweise wird in unserem Körper durch gesunde Muskeltätigkeit ständig rechtsdrehende Milchsäure erzeugt, die für ein gesundes Blut und Bindegewebe unerläßlich ist. Beim Krebskranken ist der Abbau der Benztraubensäure im Kohlehydratabbau und im Zitratzyklus (Zellatmung) gestört. Es entsteht nach P. G. SEEGER linksdrehende Milchsäure. (Nach SEEGER verbessert besonders die Zufuhr von Vitamin B 1 die Störung im Benztraubensäureabbau und sollte bei Krebskranken unbedingt zugeführt werden.)

Zu genau den gleichen Beobachtungen kommt Kollege Heinz Prahm aufgrund seiner Erfahrungen mit dem „Milchsäure-Blut-Gerinnungs-Test". Bei diesem Test zeigt sich, daß bei schweren rheumatischen Erkrankungen und auch bei Krebs meist eine sehr starke Belastung mit linksdrehender Milchsäure zu sehen ist. In seinem Blut-Gerinnungstest sind die durch Säure geronnenen Bluteiweißverklumpungen als weißleuchtende Flecken sehr beeindruckend zu erkennen.

Gleichermaßen erlebt Ekkehard Scheller, daß besonders die Dunkelfeldblutbilder von Krebs- oder auch Rheumapatienten sehr große Candidanester mit erheblicher Säure-produktion aufweisen. Scheller findet bei seinen Patienten inzwischen kaum mehr ein candidafreies Blut, so daß wir als Behandler unseren Patienten generell auch die basisch wirkende rechtsdrehende Milchsäure verordnen sollten.

Linksdrehende Milchsäure muß entweder vom Körper an basische Pufferstoffe, wie Calcium, gebunden werden, damit sie den Körper verlassen kann, oder sie lagert sich zusammen mit Harnsäure in den Gelenken bzw. mit Cholesterin in Gefäßen ab.

Kollege Prahm hat gerade auch bei diesen Krankheitsbildern (Rheuma ganz allgemein, Venen- bzw. Gefäßleiden) sehr gute Erfolge mit seiner Milchsäuretherapie. Auch akute Schmerzzustände weisen immer auf ein Zuviel an linksdrehender Milchsäure hin, die mit Lactopurum D 4, verdünnt mit Traumeel und Coenzyme comp. (Heel) s. c. ins Gewebe gesetzt, erfolgreich zu therapieren sind. (Info: Lactophram)

3. Ein gut funktionierendes Abwehrsystem ist von eminenter Wichtigkeit

Unser Abwehrsystem hat die Aufgabe, uns vor Krankheiten zu schützen und störende Stoffe (Säuren, Stoffwechselabfallprodukte, Bakterien-, Viren- und Pilzgifte sowie chemische Gifte) aus uns herauszuschaffen. Um seine verschiedenen Abwehrzellen und Abwehrkörper bilden zu können, benötigt unser Immunsystem ausreichend Vitamine, Mineralstoffe, Spurenelemente, sehr viel gutes Eiweiß, Lezithin und besonders auch Sauerstoff. Je mehr Sauerstoff anwesend ist, um so schlagkräftiger ist die Abwehr. Denn, wie bereits erwähnt, vernichten unsere Leukozyten Bakterien, Pilze und Toxine durch Erzeugung von Sauerstoffradikalen. Die Abwehrzellen nehmen die körperfremden Keime in sich auf und zerstören sie durch ihre schlagkräftigen freien Radikale.

Ist unser Abwehrsystem intakt, so sind wir jeder Infektion gewachsen. Krankheitserreger aller Art können sich in uns nicht übermäßig vermehren. Das großartige Netzwerk unserer Abwehr vernichtet alle Störenfriede und stellt das Gleichgewicht der inneren Ordnung wieder her.

Warum Antibiotika und Nystatin so gefährlich sind

Antibiotikagaben dezimieren nicht nur schädliche, sondern auch nützliche Bakterien im Körper, und somit auch die so außerordentlich wichtige Schutzbarriere, die aus unseren positiven Darmbakterien gebildet wird. Auf den freien Darmflächen können sich uns schadende Bakterien und Pilze ausbreiten, insbesondere Clostridien und Candida albicans, der mit seinen giftigen, ätzend sauren Stoffwechselprodukten unseren Organismus schwer belastet.

Physiologische Darmbakterien sind generell die Gegenspieler der Pilze. So rächt es sich bitter, wenn wir es zulassen, daß die Wächter unserer Gesundheit, unsere positiven, uns in starkem Maße schützenden Darmbakterien, abgetötet werden, denn gerade sie sind es, die eine Fremdbesiedlung mit negativen Keimen und Pilzen verhindern.

Laut dem Schweizer Pilzforscher Bruno Haefeli sind Antibiotika, Korticosteroide und Sulfonamide Pilzwuchs- und Pilzreizstoffe, die zwar kurzfristig eine Entzündung hemmen, die dabei beteiligten Pilze jedoch direkt zur Vermehrung „anheizen". Ein erneuter Entzündungsschub ist dann meist das Ergebnis dieser Medikation.

Die Biologin Dr. Hulda Regehr Clark beschreibt in ihrem Buch, Heilung ist möglich, daß penicillinartige Antibiotika die für uns nützlichen Streptococci lactis und Staphylococci epidermidis abtöten. Diese können mit noch so viel Acidophilus-Kultur nicht ersetzt werden.

Sie beschreibt einen Tierversuch, der uns zu denken geben sollte. Bei Mäusen sind eine

Million Salmonella-Bakterien notwendig, um eine Infektion auszulösen. Nach Gabe von Streptomycin, einem Antibiotikum, waren hierfür nur noch zehn Bakterien erforderlich! (Das so viel und unkritisch eingesetzte Nystatin wird aus Streptomyces noursai gewonnen, der ebenfalls zur Streptomycingruppe gehört.)

Der Darm des Menschen ist nach Antibiotikagaben in ähnlicher Weise geschädigt, so daß sich auch kleinste Mengen von Salmonellen und Shigellen, aber auch Pilze vermehren können, weil die bioziden Abwehrstoffe (Antagonismus) der reduzierten Darmflora fehlen.

Antibiotikagaben führen heute auch sehr häufig zu einer unnatürlichen Selektion von Darmbakterien und zur Resistenz von Erregern, die man eigentlich ausräumen will.

Etwas sehr Ungutes hat sich jetzt erst gezeigt: durch Nystatin oder andere Antimykotika setzen die Candidapilze im Darm im Todeskampf ihre Keime frei, die so klein sind, daß sie die Darmschleimhaut passieren können und ein halbes bis ein Jahr später im Blut auskeimen. So züchten wir uns durch Nystatin direkt einen Candidabefall im Blut. Insgesamt genug Aspekte, um sich nach Alternativen umzuschauen.

Biologische Keimhemmung mit Rezepturen aus Ozoniden und Bitterstoffen

Inzwischen gibt es diese Alternative: Eine Mischung aus ozoniertem Oliven- und Rizinusöl, die mit ätherischen Ölen angereichert ist. Während durch Antibiotikagaben schwer abzubauende Fremdstoffe im Gewebe entstehen, werden die Ozonide und Peracetale dieser Mischungen vollständig abgebaut, so daß keinerlei Fremdstoffe im Körper zurückbleiben. Die Ozonide sind nicht mutagen; die Mitochondrien werden nicht geschädigt. (Ozon selbst ist in den Rezepturen selbstverständlich nicht enthalten. Es wäre viel zu aggressiv.)

In der Medizin wurde ozoniertes Olivenöl bereits seit 1910 bis 1950 erfolgreich in den USA zur Keimhemmung bei Operationen eingesetzt. Nachdem in den fünfziger Jahren Antibiotika aufkamen, verlor sich das Interesse an diesem natürlichen breitbandig wirkenden Hemmstoff.

Es gibt drei Ausführungen der Rezepturen:

A) = ozoniertes Rizinus-Oliven-Öl ohne ätherische Öle (für Homöopathen)
B) = die Ölmischung plus Minze und Storchenschnabel-Öl
     = sehr stark desinfizierend. Vorsicht bei Allergikern.
C) = hierbei ist Nelken-, Wermut- und Walnußöl zugesetzt, ähnlich
     wie bei der Parasitenkur nach Dr. Clark, jedoch viel stärker wirksam
     und dabei noch preiswerter.
     Sie wird auch von Allergikern meist gut vertragen.

Die Rezepturen können in jeder Apotheke hergestellt werden. Anfragen sind an die Einhorn-Apotheke in Erlangen zu richten. (Adresse im Anhang)

Die Ozonverbindung, wie sie in den Rezepturen vorliegt, übertrifft bei vielen Erregern die Desinfektionskraft von Antibiotika. Die gute Benetzung der Schleimhaut ist für den Erfolg entscheidend.

Die Rezeptur B) wirkt zum Beispiel hemmend auf Bakterien, wie den Staphylococcus aureus, Escherichia coli, Salmonellen, Micrococcus varians, wie auch auf Hefen, wie Candida albicans, Candida tropicalis etc. und auf pathogene Hautpilze wie Trichoderma, Trichophyton rubrum, Trichophyton mentagrophytes (Fußpilz) wie auch auf Schimmelpilze (Aspergillus niger).

Zur Beseitigung von Pilzen und Parasiten im Körper wurde die noch stärker wirkende Rezeptur C mit je 10 Prozent Wermutöl, Nelkenöl und Walnußöl entwickelt, ideal zum Betupfen von Herpesbläschen, Fußpilz, Mücken- und Zeckenstichen (nach Herausdrehen der Zecke mit einer Zeckenzange).

Die Anwendung dieser Rezepturen gehört in die Hand eines damit vertrauten Arztes oder Heilpraktikers. (Info über die Dosierung, Anwendung, Eigenschaften, Indikationen, Toxikologie, Erfahrungen etc. für alle Heilberufe über Dr. Gerhard Steidl, Allersberg)

Die drei Rezepturen sind apothekenpflichtige Rezepturarzneimittel, die in jeder Apotheke hergestellt werden können. Die für die Rezeptur benötigten Rohstoffe erhält die Apotheke von der Einhorn-Apotheke in Erlangen.

4. Bindegewebe und Lymphe - die große Schutzbarriere

Das kaum beachtete Bindegewebe mit seinen Lymphknoten und Lymphwegen zählt ebenfalls zum Abwehrsystem. Es entscheidet darüber, ob wir uns beweglich, jung und gesund fühlen oder steif, alt und krank. Über das Bindegewebe und die das Bindegewebe durchziehenden Lymphwege läuft die Versorgung aller Körperzellen mit Nahrungsstoffen ab, wie auch die Entsorgung von Stoffwechselschlacken.

Es heißt, der Mensch um fünfzig bestehe in seinem Bindegewebe bereits zu 50 Prozent aus Säuren und Giften. Diese Mülldeponie in uns erstickt unsere Kraft, unsere Lebensfreude. Sie verhindert mit der Zeit auch die Versorgung (Ernährung und Schlackenabtransport) unserer Organe, die dadurch krank werden.

Ein verschlacktes Bindegewebe bietet Viren, Bakterien und Pilzen das ideale Milieu zur Vermehrung, die uns zuzüglich noch mit ihren belastenden Stoffwechselausscheidungen überschwemmen. Es kommt zu Spannungen, Druck, Verkrampfungen und Schmerzen. Ebenso werden Ängste, Mißempfindungen bis hin zu Depressionen erzeugt. „Gesundheit ist Freisein von Giften."

Unser Bindegewebe ist der Puffer, der ständig bemüht ist, den Blut-pH-Wert immer auf der annähernd selben Höhe um 7,4 pH zu halten. Fällt zuviel Säure im Blut an, wird diese, falls nicht genug basische Pufferstoffe aus der Alkalireserve zur Verfügung stehen, zur Zwischenlagerung ins Bindegewebe „abgeschoben". Die kollagenen Fasern unseres Bindegewebes können ungeheure Mengen von Giften und Säuren speichern. Um nicht selbst durch Überfüllung krank zu werden, muß das Bindegewebe immer wieder seine gesammelten Säuren abgeben können. Könnte es seine Speicher durch vermehrte Zufuhr von Basen, durch körperliche Bewegung und damit verstärkte Atmung (Sauerstoff wirkt basisch und in der Ausatmungsphase wird viel säuernde Kohlensäure abgeatmet) nicht immer wieder entleeren, würde dieses zu schweren Krankheiten und frühzeitiger Vergreisung führen.

Die Anzeichen für Überfüllung des Bindegewebes und verringertes Basendepot (Alkalireserve) sind: kalte Hände und Füße, eine rote Nase und rote Wangen, Neigung zu Krämpfen, Verhärtungen, Steifigkeit, Gelosen, rheumatische Beschwerden und Schmerzen; besonders zählen dazu Muskelschmerzen nach körperlicher Betätigung und andere Muskelmißempfindungen, wie Krämpfe, Muskelzuckungen, Unruhe etc. Auch die Zunahme der braunen Flecken auf der Haut, ein Krebswarnzeichen, zeigt uns an, daß unser Bindegewebsspeicher bereits extrem überlastet ist.

Lebendiges, reifes Wasser

Wie die Praxis zeigt, bringt ein voll ausgereiftes energiereiches Quellwasser, wie es die St. Leonhards- bzw. die Aqua Luna-Quelle darstellt, diese verhockten Schlacken, Säuren und Gifte im Körper längerfristig schonend zur Ausscheidung.

Der menschliche Körper ist in seinen Funktionen auf die Impulse elektromagnetischer Schwingungen von außen angelegt. Diese Schwingungen treten mit den gleichen natürlichen 84 Elementen, die sich auch in uns befinden, in Resonanz. Wir sind auf dieses In-Resonanz-Treten unbedingt angewiesen. Dadurch werden Stoffwechselfunktionen aller Art in uns angeregt. Je mehr diese natürlichen Frequenzen aus der Schöpfung durch totes Leitungswasser und harte technische Rundumverstrahlung fehlen, um so mehr kommt es, wie wir es heute erleben, zu Ablagerungen, Blockaden, Unterfunktionen, Entgleisungen bis hin zu ernsten Erkrankungen.

Ein Quellwasser, das sich ca. 150 Jahre im Erdinnern mit einem Großteil aller Elemente absättigen konnte, ist für uns der beste Lieferant der so notwendigen elektromagnetischen Schwingungen. „Wasser hat" nach Dr. Wolfgang Ludwig, Institut für Biophysik, „ein Gedächtnis wie ein Elefant".

Wie neuere wissenschaftliche Untersuchungen ergaben, speichert Wasser (und somit auch wir als Wasserwesen) nicht nur elektromagnetische Schwingungen von materiellen Gegenständen, sondern auch die Schwingungen von Gedanken. Negative Gedanken erzeugen im Wasser - jetzt wissenschaftlich nachgewiesen! - disharmonische, häßliche Strukturen, gute Gedanken dagegen positive, wohlgeordnete, schöne Kristallformen. Wir können nicht nur kinesiologisch, sondern jetzt auch mit entsprechenden Wasseruntersuchungen beweisen, daß Gedanken starke Kräfte sind, die ihre Spuren hinterlassen. (Siehe hierzu Näheres in Teil 4: Die Kraft der Gedanken - wissenschaftlich bewiesen)

So ist Wasser viel mehr, als wir bislang glaubten. Es ist nicht nur einfach ein Schlackenlöser und Reiniger. Es ist etwas Lebendiges, Intelligentes; unser Gesundheitswächter Nr. 1, und jeder, der sich die Mühe macht, ein gutes Quellwasser täglich zu sich zu nehmen, wird sehr bald erstaunliche Verbesserungen erleben.

Wir denken noch zu viel in materiellen Begriffen. Der Geist hat die Materie geschaffen, und der Geist = Energie sorgt auch für die ordnungsgemäßen Abläufe alles Lebendigen. In der Natur drückt sich diese geistige Führung durch das Licht (Biophotonen, eingefangene Sonnenenergie) aus, das als elektromagnetische Abstrahlung alle Lebensprozesse steuert. Wenn wir einmal so weit gekommen sein werden, dieses voll zu erfassen, wird es keine Krankheit mehr geben. Krankheit ist immer ein Verstoß gegen die natürliche Schöpfungsordnung.

Die ansteigende Krankheitsnot ist jetzt dabei, uns die Augen zu öffnen und uns nach neuen Alternativen suchen zu lassen.

„Wo die Not ist, wächst das Rettende auch."

(Hölderin)

Wie aktiviere ich mein Lymphsystem?

Unser Bindegewebe ist von Lymphwegen durchzogen. In diesen wird die gelbe Blutflüssigkeit (ohne die roten Blutkörperchen) zu allen Zellen befördert. Umgekehrt erfolgt der Abtransport von Schlacken ebenfalls über die Lymphwege. Die gelbe Lymphflüssigkeit enthält sehr viele Lymphozyten (Abwehrzellen), die große Schutz- und Reinigungsaufgaben haben. Durch aktive Muskelbewegungen und Massagen (Lymphdrainage) wird die Reinigung unseres Bindegewebes erreicht. Diese wichtige Reinigung können wir jeden Morgen durch eine Ganzkörpermassage erreichen.

Sehr gut, besonders auch bei braunen Hautflecken, haben sich Einreibungen mit Olivenöl bewährt, dem zur Geruchsverbesserung einige Tropfen Lavendelöl zugesetzt werden können. Sehr reinigend und zellerneuernd wirkt auch eine Beinwellwurzelsalbe oder Einreibungen mit verdünnter Kristallsalzsole.

Besonders die Oberschenkel und das Gesäß sollten gut massiert werden, da Verkrampfungen in diesem Gebiet zu Ischias- und Hüftgelenksproblemen führen.

Die Infrarot-Wärmekabine: entgiftet angenehm und außerordentlich effektiv

Chemische Gifte in uns nehmen ständig zu. Besonders belastend sind die Pestizide der Landwirtschaft, die in Spuren nicht nur in unserem Trinkwasser, sondern in allen pflanzlichen und tierischen Produkten an uns weitergegeben werden. Unsere Nahrungsmittel und das Trinkwasser sind belastet wie auch die Atemluft. Das Überhandnehmen dieser vielseitigen Gifte führt immer mehr zu Stoffwechselstörungen und ernsten Erkrankungen. So wäre nichts dringender, als sich von diesen unguten Belastungsstoffen zu befreien. Dazu kommt die Blockierung wichtiger Stoffwechselvorgänge durch Elektrosmog, insbesondere den Mobilfunk, was ebenfalls freie Radikale in uns erzeugt.

Eine der effektivsten Methoden - neben dem Trinken eines optimalen Quellwassers - ist die Infrarot-Wärmekabine, die es tatsächlich schafft, große Mengen von Giften aller Art auf dabei noch angenehme Weise aus dem Körper herauszubringen.

Die Kabinen gehobener Ausstattung aus Zedernholz sehen aus wie eine doppelwandige Sauna. Sie arbeiten nicht mit heißer Luft, sondern mit sanften unsichtbaren Infrarot-Strahlen, die auf äußerst wohltuende Weise eine tiefgreifende Durchwärmung des Gewebes erzielen. Dabei wird die Körpertemperatur um 1° bis 2° C angehoben, so daß wir eine Abwehrsteigerung ähnlich wie bei einem Fieber erreichen. Durch diesen sanften Fieber-Effekt werden Viren und Bakterien zurückgedrängt oder abgetötet. Ebenso werden Krebszellen durch Überwärmung geschädigt.

Nach 5 bis 10 Minuten läuft bereits der Schweiß, häufig auch bei Personen, die allgemein schlecht schwitzen können.

Strahlungswärme, auch infrarote Energie genannt, ist eine Energieform, die durch einen Umsetzungsprozeß Gegenstände direkt erwärmt, ohne dabei die sie umgebende Luft zu erwärmen. Dieses macht den Aufenthalt in der Wärmekabine so wohltuend, da die Luft nur angenehm warm, aber nicht kreislaufbelastend heiß wird wie in der Sauna.

Allgemein ist die Sonne für uns die Quelle der infraroten Strahlungsenergie. Sobald sich die Sonne hinter einer Wolke versteckt, wird es kühler. Die bestrahlten Gegenstände nehmen die Strahlen auf - es entsteht Resonanz - , und sie erzeugen auch selbst infrarote Energie.

Durch dieses In-Resonanz-Treten werden durch Wärme und Energieübermittlung bei allem, was lebt, Stoffwechseltätigkeiten angeregt.

Unsere Haut nimmt die infrarote Energie selektiv auf, andererseits produziert auch unser Gewebe selbst infrarote Energie und sendet sie mit 3 - 50 Mikrometern ab. Aus den Handflächen strahlt zum Beispiel meßbar eine Energie von 8 - 14 Mikrometern. (Das ist das gleiche Spektrum, das auch die Erde selbst abstrahlt.)

Wie entsteht die infrarote Energie in der Wärmekabine?

Die Quelle der Wärme im Infrarotwärmesystem ist aufgeheizter Meersand, wie wir ihn so angenehm vom Urlaub her kennen. Dieser Sand hat in langen Zeiträumen die auf ihn einstrahlende Sonnenenergie gespeichert und setzt diese bei Erwärmung frei. Sand besteht ja aus kleinen Quarzkristallen, so wie wir diese aus den Microchips (Quarzkristalle) in unseren Computern zur Informationsspeicherung verwenden.

Der Orgonforscher Wilhelm Reich stellte beim Glühen von Meersand fest, daß gerade Sand eine außergewöhnlich starke Energie freisetzt, die er als „gespeicherte Sonnenenergie" (Orgon) bezeichnete.

Wie im Thema *Wasser - unser Lebensmittel Nr. 1* bereits ausgeführt, haben Quarzkristalle die Eigenschaft, wie eine Batterie elektromagnetische Schwingungen, sprich Informationen, zu speichern (Piezoelektrizität) und diese abzusenden. Diese natürlichen Quarzschwingungen sind so stark, daß sie auch die uns heute vermehrt treffende negative Elektrosmog- und radioaktive Strahlung zerstören. Japanische Wissenschaftler haben an Blutuntersuchungen festgestellt, daß selbst bei starker radioaktiver Verstrahlung die Infrarot-Energie die gesetzten Schäden „ausblendet".

So haben wir in der Infrarot-Kabine eine natürliche (indirekte) Sonnenstrahlung (ohne das UV-Spektrum), die wir uns preiswert und effektiv zur Stoffwechselanregung und Erhöhung unserer Lebenskraft ins Haus holen können.

Beruhigend zu wissen ist dabei, daß Belastungen durch die technische Rundumverstrahlung durch das natürliche Frequenzspektrum der Infrarotstrahlung (Sonnenlicht ohne UV-Strahlung) nicht nur in uns gelöscht werden, sondern wir uns mit echter Lebenskraft, wie sie unser Schöpfer für uns gedacht hat, aufladen können. Wer ca. 2 Stunden nach der Wärmekabine sein Blut im Dunkelfeld anschaut, wird über das wirbelnde Schneegestöber erstaunt und erfreut sein. Andererseits ist sehr viel Müll aller Art zu sehen (Mucor- und Aspergillus-Symplasten, Harnsäurekristalle und sehr viele kleine leuchtende Rundformen), weil kräftig „aufgeräumt" wird.

Unser Körper besteht zum größten Teil aus Wasser, das durch vielseitige Lebenskraftschwächung in uns immer mehr zu einem toten Wasser geworden ist. Totes Wasser, das seine lebenspendende Kristallstruktur verloren hat, kann nicht mehr in Resonanz treten; es kann Stoffwechselfunktionen aller Art nicht mehr genügend in Gang setzen. Dieses führt in uns zur Schwere, zu Stauungen und Blockaden aller Art.

Zur Gesundheit führt alles das, was uns hilft, unserem toten Körperwasser wieder zu einer lebendigen Kristallstruktur zu verhelfen, damit resonante elektro-magnetische Stoffwechselprozesse wieder in Gang gesetzt werden. Dieses ist durch Zufuhr eines optimalen lebendigen Wassers zu erreichen, durch Kristallsalzzufuhr (siehe *Kristallsalz - das beste Salz der Erde!*), durch Baden in Kristallsalzsole, durch die QRS-Magnetfeldtherapie und/oder auch durch die Abstrahlung der Quarzkristalle in der Infrarot-Wärmekabine.

Schwermetalle - einfach ausschwitzen

Während beim Saunaschwitzen nur 3 bis 5 Prozent Belastungsstoffe mit dem Schweiß austreten - hierbei wurden keine giftigen Metalle gefunden -, verlassen uns durch das Schwitzen in der Infrarotkabine 15 bis 20 Prozent Belastungsstoffe im Schweiß, wie Schwermetalle, Säuren, chemische Gifte, Natrium, Ammoniak, in Fett gelöste Gifte, Fette und Cholesterin etc. Besonders gut werden Schwermetalle, wie Blei, Cadmium, Nickel und Kupfer herausgebracht.

Die Anregung blockierter Stoffwechselfunktionen scheint der Grund für die größere Effektivität der Wärmekabinen zu sein. So stellt sich auch bei Menschen, die nicht mehr oder nur schlecht schwitzen können, in der Regel bereits nach 5 bis 10 Minuten eine kräftige Schweißbildung ein.

Ein Mann, der früher in der Metallindustrie als Schweißer gearbeitet hat, hatte nach seinen ersten Schwitzgängen dunkelgraue Flecken in seinem weißen Handtuch. Die gasförmigen Freisetzungen von Benzol, Trichlorethan, Gesamtkohlenwasserstoffe wurden z. B. in einer Klinik auf der Haut der Patienten gemessen.

Schwerer Belastete sollten den Besuch der Wärmekabine mit ihrem damit vertrauten Arzt besprechen und auf alle Fälle nur sehr langsam und vorsichtig die Zeitdauer und Intensitätsstufe erhöhen.

Vorher sollten durch gute biologische Mittel die Ausscheidungsorgane gekräftigt werden. Die Kabine ist schonend für den Kreislauf - im Gegensatz zur Sauna - und wird als Kreislauftraining und zur Herzstärkung ärztlicherseits für gehbehinderte Patienten empfohlen.

Durch ansteigende Umweltbelastungen, die das natürliche Schwingungsspektrum um uns herum leider so unvorteilhaft verändert haben, wäre es heute ratsam, selbst so eine Wärmekabine im Haus zu haben, damit möglichst zweimal pro Woche eine Aufladung und Reinigung von 30 Minuten erfolgen kann. (Kostenpunkt ab DM 4.000 DM, wobei bei zweimaliger Benutzung in der Woche mit Stromkosten von nur 3,00 DM im Monat zu rechnen ist.)

In Japan und China werden Infrarotwärmekabinen schon seit vielen Jahren in Kliniken bei Arthritis, Muskelspasmen, Rückenschmerzen, Rheuma, Schleimbeutelentzündungen, Schmerzzuständen aller Art, wie auch Kopf- und Ischiasschmerzen, Neurodermitis, Ekzemen, Lungen- und Gallenblasenentzündungen, Magen- und Darmerkrankungen, Neurasthenie, Reizblase, Wechseljahresbeschwerden, Menstruationsbeschwerden, Brandwunden, Gewebeschäden und Verletzungen aller Art erfolgreich eingesetzt.

Besonders wird auch ein zu hoher Blutdruck bereits bei 40° bis 50° C gesenkt. Überhaupt kommt es zu einer besseren Durchblutung bei Kreislaufbeschwerden, Venenleiden, Hämorrhoiden und Ödemen. Auch beim Diabetes wird von Erfolgen berichtet.

Es läßt sich damit eine Verbesserung des Kurzzeitgedächtnisses und der Hirnleistung allgemein erzielen. Nicht zuletzt kommt es bei Adipositas zum erwünschten Gewichtsverlust, weil die gestauten Gifte und das gebundene Wasser endlich abfließen können. Bei Krebskranken wird von einer starken Linderung der Schmerzen im Endstadium berichtet. Lähmungen nach Schlaganfall wurden gebessert, und bei Durchfallneigung und Mb. Crohn verschwanden die belastenden Symptome. Besonders wurden auch bei Bettnässern sehr gute Erfolge erzielt.

Und alles das, weil wir uns der natürlichen Sonnenenergie über den Umweg der Wärmekabine bedienen können. Wir sehen immer wieder: je mehr wir uns nach der Natur ausrichten, um so gesünder werden wir und um so wohler dürfen wir uns fühlen. Mögen die Verantwortlichen zu unser aller Segen bald entsprechende Initiativen ergreifen zum Schutze unseres Lebensraumes, von dem wir alle abhängen.

Entsäuernde Wannenbäder

Besonders das Baden in Wasser, dem Kristallsalzsole beigefügt wurde - siehe Näheres im Teil 2 *Kristallsalz - das beste Salz der Erde!*-, verhilft - ähnlich wie die Infrarot-wärmekabine - unserem Körperwasser zu einer besseren Struktur, so daß blockierte Entgiftungsvorgänge wieder in Gang gesetzt werden und der Blutbefall mit bakteriellen Entartungsformen zurückgedrängt wird.

Um die Salzkonzentration unseres Körperwassers zu erreichen, sollten wir bei 100 Litern Badewannenfüllung 1 Kilo grobes Kristallsalz rechnen. So ein Bad reinigt unser ganzes System auch von Elektrosmog und radioaktiver Belastung, so daß wir uns diese Zellaufladung möglichst zweimal im Monat gönnen sollten. Am besten werden die Salz-brocken einige Stunden vorher in einer großen Glasschüssel mit lauwarmem Wasser auf-gelöst oder man verwendet das preiswertere Badesalzgranulat, das in Stoffbeuteln gelie-fert wird. Die Badedauer sollte ca. 20 Minuten betragen, da eine gewaltige Umstellung in unserem Körperwasser eintritt. Diese Empfehlung gilt für sich gesund Fühlende. Schwe-rer Belastete sollten ihr Blut erst mit innerlicher Zufuhr von Kristallsalz und/oder der St. Leonhardsquelle einige Monate lang verbessern, da durch das Bad sehr viel in Bewe-gung kommt, was die geschwächten Ausscheidungsorgane eventuell überfordern könn-te.

Ein Bad bei Vollmond soll dazu verhelfen, daß die 84 Elemente aus der Sole vermehrt und besser aufgenommen werden, während nach den Erfahrungen bei einem Neumond-Bad die Entgiftungskraft am stärksten sein soll.

Ideal wäre auch eine Kur mit Solebädern, wie dieses in Bad Reichenhall oder Berchtes-gaden möglich ist. Hier kann verstärkend auch noch der Aufenthalt in den Salzheilstollen genutzt werden.

Aber auch andere Zusätze haben sich bewährt:

Fügen wir dem Badewasser Natron (ca 300 g) oder Salz aus dem Toten Meer (es übermittelt uns ebenfalls eingefangene Sonnenenergie) oder 3 Eßl. ORGON-Badesalz zu, so können während des Bades Körpersäuren durch die Haut ins Badewasser über-treten. Dieses ist mit pH-Wert-Messungen festzustellen.

Die Länge der Badedauer:

Am besten beginnt man mit 20 Minuten und steigert die Badedauer langsam. Wer ein gutes Herz hat, kann so ein Auslaugebad ein bis zwei Stunden und noch länger genießen. (Kristallsalzbäder wirken wesentlich stärker und sollten eine halbe Stunde nicht über-schreiten.)

Um die Haut zu öffnen, sind mehrmalige kräftige Bürstenmassagen oder Abreibungen mit einem Luffahandschuh günstig.

Vorsichtshalber sollte ein gutes Kreislaufmittel, wie Korodin, bereitstehen.

Auch ein frischer Teeaufguß, ins Badewasser gegeben, wie zum Beispiel 7x7 ORGON-Kräutertee oder die bei der Leisenkur genannte Mischung aus Schafgarbe, Ringelblüten, Holunder und Zinnkraut - in diesem Fall ohne oben genannte Salze - wirkt wie ein Schlackenmagnet, was am verstärkten Schmutzrand in der Badewanne nach einem solchen Bad abzulesen ist. Während nach einem 20minütigem Bad in heißem Wasser am Badewannenrand sich so gut wie kein Rand absetzt, bemerkt man nach Zugabe des Tees einen breiten, starken Rand, was auf Lösung vieler Schlacken hindeutet.

Im Wechsel bringen auch Obstessig-Fußbäder von ca. 10 Minuten Dauer unsere Lymphentgiftung in Schwung.

Die QRS-Magnetfeldtherapie bringt unsere Zellen in die gesunde Schwingung

Einer Gruppe von namhaften Forschern ist ein großer Durchbruch in der Magnettherapie gelungen. In jahrzehntelanger Universitätsforschung wurde erkannt, daß die menschlichen Zellen auf bestimmte elektromagnetische Schwingungen (Magnetfelder) reagieren. So fand man die Impulswahl und die Frequenzen heraus, die am besten die Gefäße erweitern, den Sauerstoff-Partialdruck im Blut erhöhen und als Gegenspieler gegen Verkalkungen aller Art den Ionentransport im Blut verbessern.

Es kommt dabei auf ganz bestimmte Impulse an. Diese Impulse scheinen den Körper an seine natürlichen Funktionen zu erinnern und letztere im positiven Sinne verstärkt in Gang zu setzen. Das Quantron-Resonanz-System unterstützt lediglich die natürlichen elektrischen Spannungen bzw. Ströme, die der menschliche Körper zur Funktionssteuerung aussendet.

Durch Gefäßerweiterung und Sauerstofferhöhung verläuft der Zellstoffwechsel günstiger, die Durchblutung wird gefördert. Der Ionentransport - der Verkalkungen und Verhärtungen auch in den Gefäßen mit der Zeit abbaut - setzt verschiedene chemische Prozesse in Gang. Dadurch gelangt der Kalk auch wieder in die Knochen (günstig bei Osteoporose!), weshalb Knochenbrüche in der Hälfte der Zeit heilen. Durch die Anregungen der natürlichen Funktionen der Gefäße und Gewebe werden Kopfschmerzen, Schlafstörungen, Verkrampfungen, Asthma, hormonelle Störungen, Wetterfühligkeit u. a. gebessert. Ganz besonders gut sprechen Knochenbrüche, Verstauchungen und Zerrungen auf das Magnetfeld an. Es kommt sehr bald zur Verringerung von Schmerzen bei rheumatischen Erkrankungen aller Art, zur schnelleren Wundheilung, zum Abschwellen von Ödemen usw.

Zwei Wochen plagte ich mich zum Beispiel mit einem schmerzhaft verstauchten Fuß. Nach der zweiten Anwendung der QRS-Matte war der Schmerz wie weggeblasen. Meine Freundin hat damit ihre Ohrgeräusche zum Verschwinden gebracht.

Hoher und niedriger Blutdruck regulieren sich meist sehr bald. Die Matte oder der elegante bequeme Sessel, in den das Magnetfeld eingebaut ist, werden zweimal täglich 8 Minuten lang benutzt. Auch vorbeugend ist das System für ältere Menschen, die ihre Glieder und ihren Geist beweglich halten wollen, ideal. Die niedrigen Stufen sind so entspannend, daß Patienten mehrmals auf der Matte eingeschlafen sind.

So sprechen auch Verkalkungskrankheiten, wie verengte Gefäße (hier nur sehr langsam steigern) und auch Bechterew und Schmerzzustände gut auf die Magnetfeldtherapie an. Wie im Teil 2, 1 beim Thema Wasser beschrieben, fehlen uns heute durch die negativen Umweltveränderungen die anregenden elektromagnetischen Schwingungen (Impulse) aus der Natur auf vielfache Weise. Es kommt zu Blockaden, Verschlackungen, Schmerzen und zu früher Alterung. Die QRS-Magnetfeldtherapie macht weiter nichts, als das sie die natürlichen Zellstoffwechselfunktionen wieder „anschiebt" und dadurch Blockaden aufhebt.

Die gute Wirkung der Magnettherapie wäre nicht möglich, wenn nicht gleichzeitig der die Matte treffende Elektrosmog durch eine eingebaute Vorrichtung ausgeschaltet würde. Elektrosmog stört und zerstört die so notwendigen lebenanregenden feinen Magnetfelder. (Dieser Schutz vor Elektrosmog ist, wie das ganze System, patentiert.)

Besonders praktisch und schön ist das Magnetfeld in einem bequemen Sessel untergebracht. (Kostenpunkt Sessel ab DM 5.000.-, die Matte DM 3.800,- über QRS Vertrieb, Weiterstadt)

Die Leisenkur als Schlackenmagnet

Vierzig Jahre lang wurden in einer Praxis durch gezielte Bindegewebsreinigung großartige Erfolge bei fast allen bekannten Krankheiten erzielt (*Die Leisenkur*, Turmverlag, Bietigheim). Durch besondere Meßmethoden fand man heraus, daß sich bei jedem Krankheitsbild andere Spurenelemente und Mineralien verdichtend niederschlagen. In einem Register sind ca. 60 Krankheitsbilder, z.B. Rheuma, Diabetes, Herzkrankheiten, Parkinson etc. aufgeführt unter Angabe der verstärkt abgelagerten Stoffe. Es ging nun darum, diese Störenfriede wieder zu entfernen. Dazu wurden Pflanzen als Kräutertee eingesetzt, die genau die gleichen Elemente, jedoch in verdünnter Form, enthielten, die zu dem Leiden geführt hatten. Es zeigte sich, daß es einige Kräutertees gibt, die außergewöhnlich viele Mineralien binden und hinausschaffen können.

Ein sehr effektiver Standardtee ist zum Beispiel die Mischung von:

100 g Schafgarbe	)	Mehrmals täglich einen Teelöffel
30 g Ringelblüten	)	dieser Mischung mit 2 Tassen
100 g Holunderblüten	)	kochendem Wasser überbrühen.
100 g Zinnkraut	)	10 Minuten ziehen und sobald wie
		möglich trinken.

Durch die Erhitzung treten die basischen Mineralien und Spurenelemente ins Wasser über. Sie bleiben einige Zeit im frischen Aufguß erhalten, um sich nach längerem Stehen wieder mit den verdichtenden Stoffen zu binden, so daß sie der Entschlackung nicht mehr dienen. Ausdrücklich wird darauf hingewiesen, daß es wichtig ist, sich jedes Mal nur die Menge an Kräutertee zu bereiten, die innerhalb 20 Minuten getrunken werden kann. Dieser Tee, frisch aufgegossen, ist auch als Badezusatz ideal, denn er zieht die Schlacken auch über die Haut ins Badewasser.

Neben den Teeaufgüssen wird bei der Leisenkur auch verstärkt eine jeweils frisch zubereitete Gemüsebrühe eingesetzt. Diese Gemüsebrühe ist ein wahrer Schlackenmagnet. Stärker Belastete sollten deshalb nur mit einem Glas Brühe beginnen und nur langsam die Menge steigern. Es können sich rheumatische Schmerzen oder andere Reinigungsreaktionen, wie eine Erkältung, einstellen. Diese Schmerzen sind ein Zeichen dafür, daß endlich etwas geschieht und Schadstoffe von unserer Abwehr bearbeitet werden. In diesem Fall ist es wichtig, viel gutes Wasser zu trinken.

Rezept für eine Leisen-Gemüsebrühe
Klein geschnittenes Grünzeug und grob geraffelte Gemüse aller Art (Rote Bete, Rettich, Möhren, Sellerie, Kohl, Kartoffeln, Zwiebeln, Knoblauch, Lorberblätter) werden nur so lange in reichlich Wasser gekocht, bis alles gar ist.
2 bis 3 Minuten vor Beendigung des Kochvorganges gibt man grüne Blätter und frische oder getrocknete Kräuter (Brennesseln, Majoran, Petersilien, Basilikum etc.) hinzu. Alles durch ein Sieb geben, mit Kristallsalz, wenn vertragen, Miso, Tamari, Sojasauce etc. würzen. Etwas Olivenöl dazugeben. Es schmeckt köstlich und bringt verhockte Schlacken enorm in Bewegung. Zur Vitaminanreicherung können auch noch Hefeflocken (Bioladen) zum Schluß dazugegeben werden.

Auch hier gilt das gleiche wie bei den Kräutertees. frisch zubereiten und so bald wie möglich trinken oder als Vorsuppe genießen. Bei längerem Stehen binden sich die freien basischen Pufferstoffe wieder und können im Körper dann nicht mehr die Schlacken binden. Diese Gemüsebrühe ist auch ideal zum Abnehmen oder für Fastenkuren geeignet, da sie sehr sättigt.

Bei den Gemüsen wurden besonders die rote Bete (sehr lecker auch roh fein zu Salat gerieben) und Rettich lobend erwähnt, die beide gleichfalls außergewöhnlich viele verschiedene Spurenelemente enthalten und dadurch entsprechende Schlacken hinausschaffen können.

Wie sagte doch Paracelsus:

> *„Eure Heilmittel sollen eure Nahrungsmittel sein und*
> *eure Nahrungsmittel eure Heilmittel. "*

Das „Ölziehen" als wichtige Lymphreinigung

Eine kleine Sache mit großer Wirkung! Ein bis zweimal täglich, sehr gut wäre es auch nach jeder Nahrungsaufnahme, sollten wir einen kleinen Löffel Speiseöl - am gesündesten ist gutes Olivenöl extra vergine, kaltgepreßt - in den Mund geben und mit diesem unseren inneren Mundraum reinigen. Dabei ziehen wir das Öl durch die Zähne, saugen und lutschen es kräftig. Auf diese Weise treten Bakterien und Gifte, die über die Schleimhaut ausgeschieden werden, und auch Bakterien, die sich zwischen den Zähnen in alten Speiseresten versteckt halten, in die Ölspeichellösung über und werden durch die Säure des Öls zerstört. Auf diese Weise können wir die Lymphentgiftung unseres Kopfbereiches auf einfache, preiswerte Weise aktivieren.

Eine Patientin, die das Ölziehen sehr gründlich durchführt, hat dadurch seit über 2 Jahren keinen Zahnstein mehr. Bekanntlich setzen sich im Zahnstein Bakterien fest, die unsere Zähne angreifen.

Dieses „Ölziehen" können wir auch sehr effektiv ohne Öl, nur mit der Kristallsalzsole machen. Auch hier verschwindet sehr schnell der Zahnstein, das Zahnfleisch wird straff und gesund, und Erreger aller Art haben keine Chance mehr.

Maßnahmen die unser Haut-Bindegewebe reinigen

° innerliche Zufuhr von lebendigem, reifen Quellwasser
   (z.B. St. Leonhardsquelle) und 1 - 2 Teel. Kristallsalzsole, gut verdünnt
° Zufuhr von basischen Pufferstoffen
° Orale Zufuhr rechtsdrehender Milchsäure bzw. als Klistier oder Injektionen
° Kräutertees, frisch aufgebrüht und/oder frisch zubereitete
   Gemüsebrühe als Schlackenmagnet
° viel frisches Gemüse, besonders als Suppe, Salat und Keimlinge
   (nur in belebtem Wasser gezogen und häufig gründlich gespült.

Die Keimlinge sollen frisch und sauber sein.)
° Verringerung bzw. Einstellung der Nahrungsaufnahme
    (Mayr-Kur oder Fasten)
° durch Fieber oder die Infrarot-Wärmekabine als Fieberersatz
    Im Fieber werden viele Säuren und Gifte „verbrannt"
    und Erreger aller Art unschädlich gemacht.
    (Bei 39° C werden Krebszellen geschädigt und bei 42° abgetötet, während
    nach SEEGER Normalzellen bei 43° C noch nicht geschädigt werden.)
° durch tägliches Trinken von Kombucha
° leichtes Trockenbürsten zur Anregung des Lymphflusses, immer zum
    Herzen hin
° Wannenbäder mit entsäuernden Zusätzen
° Kompressen oder Wickel bei schmerzenden Körperstellen
    mit besonntem Mohnöl, Kristallsalzsole oder ORGON-Badesalz. Sehr gut wirken
    auch erhitzte Kristallsalzbeutel, auf Schmerzstellen aufgelegt
    (alles über: ARKANUM Wahre Naturwaren)
° tägliche Hauteinreibung (Massage) mit Harn, Olivenöl
    oder verdünnterKristallsalzsole
° vertiefte Atmung mit bewußt verlängerter Ausatmungsphase zur
    Abatmung von Kohlensäure (Kohlendioxyd)
° Schlafen bei offenem Fenster (erhöhte Sauerstoffaufnahme)
° reichlich Flüssigkeit (ca. 2 - 2 1/2 Liter ausgereiftes Quellwasser oder
    Kräutertee)
° verstärkte Zufuhr von Antioxidantien (z. B. *Juice plus +*),
    Lezithin, Kieselsäure, Aminosäuren, wie Chlorella, Klamath-Alge, Spirulina,
    Meeresalgen, Bierhefe
° passives Schwitzen (Sauna, besonders gut die Infrarot-Wärmekabine)
° aktives Schwitzen, wie Jogging, Wandern, Gartenarbeit
° tägliche Anregung blockierter Stoffwechselvorgänge durch
    die QRS-Magnetfeldtherapie (als Matte oder Sessel)
° Bewegung und immer wieder Bewegung als ein
    wesentlicher Faktor der Entsäuerung, möglichst in frischer Luft;
    das Auto stehen lassen und zu Fuß gehen,
    Solotanz nach beschwingter Musik,
    Dauerlauf, Radfahren, Yoga.

5. Der Darm - die Wiege der Gesundheit

Die wichtigen Aufgaben der Darmflora

Die Wichtigkeit der Darmbakterien können wir an ihrer unvorstellbar großen Anzahl erkennen, denn ein Drittel des getrockneten menschlichen Stuhls besteht aus abgestorbenen Bakterienleibern. Sind diese Bakterien unsere Freunde, so haben wir den besten Schutz, der nur vorstellbar ist, sind sie aber durch falsche Ernährung und Antibiotikagaben negativ verändert und zu Säure- und Giftproduzenten geworden, so belasten sie uns entsprechend negativ und bereiten ernsten Entgleisungen den Weg, wie wir es heute ansteigend immer mehr erleben.

Gesunde Darmbakterien vermögen die Vitamine des B-Komplexes und das Blutgerinnungsvitamin K zu synthetisieren. Auch sollen sie nach dänischen Forschungen Hormone bereitstellen. Außerdem Vitamin H, Panthothensäure und die für das Immunsystem so wichtige Folsäure. Eine intakte Koliflora zerstört beträchtliche Mengen der giftigen Stoffe, die durch Fäulnisprozesse im Eiweißabbau entstehen.

Eine physiologische Darmflora drängt durch ihre Stoffwechselprodukte Gärungs- und Fäulnisbakterien wie auch Pilze zurück. Die von ihr erzeugten verschiedenen Säuren sorgen für die Peristaltik des Darmes und damit für einen geregelten Stuhlgang. Auch sorgen sie für eine stabile, gesunde Schleimhaut, die nicht unkontrolliert Stoffe ins Blut übertreten läßt, so daß Allergien verhindert werden. (Bei Allergien, auch bei Mb. Crohn, hat sich der Einsatz des Präparates Colibiogen (Laves) bewährt, das die Stoffwechselprodukte gesunder Kolibakterien enthält.)

Der Freiburger Mediziner und Bakteriologe Alfred Nissle erforschte bereits zu Anfang des vergangenen Jahrhunderts die Funktion der Kolibakterien. Er erkannte - und dieses wurde inzwischen von anderen Forschern bestätigt -, daß physiologische Kolibakterien eine deutlich keimhemmende Wirkung gegenüber Salmonellen, Shigellen, Staphylokokken, Streptokokken, Vibronen, Proteus vulgaris, Candida albicans, wie auch vor allem Parakoli (entartete Kolibakterien) aufweisen.

Ihm gelang es, aus dem Stuhl eines Mannes, der im 1. Weltkrieg als einziger von schweren Durchfallerkrankungen verschont blieb, einen außergewöhnlich stabilen und abwehrstarken Kolibakterienstamm zu züchten. Diese Kolibakterien sind bis heute weitervermehrt worden und in dem Medikament *Mutaflor* erhältlich.

Ein Säugling kommt ohne Darmbakterien zur Welt. Über Umwelt und Geburtskanal nimmt er zum Teil ungünstige Bakterien auf, die seinen Darm besiedeln. Wenn wir gleich nach der Geburt einem Säugling lebende Kolibakterien (es gibt sie als Säuglings-Suspension für Neugeborene unter dem Namen *Mutaflor*) einpflanzen, so kann sich im starken Schutz der Kolibakterien eine gesunde Darmflora entwickeln. Gesunde Kolibakterien drängen auffallend Durchfallerreger und andere ungute Keime zurück. Sie sind die Wächter unserer Gesundheit.

Seit Anfang des letzten Jahrhunderts haben Forscher immer wieder bestätigt, daß Krebskranke abnorme Kolibefunde im Darm aufweisen, die toxische Stoffe und Säuren erzeugen. Durch Sulfonamide, Antibiotika, Bestrahlung, starke Medikamente, Amalgamfüllungen, denaturierte, pestizidbelastete Nahrung etc. werden die physiologischen Kolibakterien des Darmes geschädigt. Es treten säurebildende Kolistämme auf (Parakoli), des weiteren Pyozyaneusbakterien und Proteusbazillen, also Keimarten, die toxische Produkte ausscheiden, ebenso andere negative Bakterien und Hefen (Candida).

NISSLE konnte belegen, daß sich Parakoli und andere negative Darmbakterien durch Zufuhr hochwertiger lebender Kolibakterien (*Mutaflor*) mit den Monaten zurückdrängen ließen. Dadurch wird der häufig bereits jahrzehntelang bestehenden Selbstvergiftung ein Ende gesetzt. So ist es zu verstehen, daß mit der Verabreichung lebender Kolibakterien mehrere Forscher Karzinome verkleinern konnten. (Aus *KREBS - Problem ohne Ausweg*, P.G. SEEGER:)

„Mit entarteten Kolikulturen konnten DRUCKREY und Mitarbeiter bei Tieren Krebs erzeugen. Mit Substitution lebender Kolibakterien konnten BOSTROEM, BURCKHARDT, STILLER und andere das Krebswachstum hemmen, Krebse verkleinern und das Leben verlängern."

Ganz besonders haben mir die nachstehenden Erkenntnisse von Dr. SEEGER die Augen für die Wichtigkeit einer gesunden Koliflora geöffnet. Von einer physiologischen, gesunden Darmflora hängt im Grunde unser Gesund- oder Kranksein ab. Entsprechend den langjährigen Forschungen SEEGERS ist eine entartete Darmflora der wesentlichste Schrittmacher in Krankheiten aller Art bis hin zum Krebs. Alles, was demnach unsere natürliche Darmflora wieder herstellt, ist somit Gesundheits-. und Krebsschutz Nr. 1.

Die von den positiven Kolibakterien gebildete gesättigte D4-Dikarbonsäure (Bernsteinsäure) besitzt nach SEEGER eminente Bedeutung, da über sie die Grundbausteine für die Oxidationsfermente (Zytochromoxydase) des Zytochromsystems gebildet werden. Ohne diese Zellatmungsfermente kann die Zelle Sauerstoff nicht verwerten. Außerdem entsteht durch Dehydrierung der Bernsteinsäure Fumarsäure, die für den Abbau der Fettsäuren zuständig ist, was ebenfalls für die Sauerstoffverwertung der Zelle wichtig ist. Eine Blockade bei der Bernsteinsäure durch entartete Kolibakterien trifft somit die Zellatmung doppelt und begünstigt das Krebsgeschehen außerordentlich.

Normale Kolibakterien erzeugen eine gesättigte C4-Dikarbonsäure, welche der Bernsteinsäure ähnelt, und diese löst Krebszellen auf. Pathogene Para-Koli, wie sie im Darm von

Krebskranken gefunden werden, produzieren dagegen eine ungesättigte C4-Dikarbonsäure vom Typ Maleinsäure, welche Krebszellen vor der Auflösung schützt. *So sind entartete Kolistämme eine wesentliche Mitursache für die Krebsentstehung.*

Auch die Milchsäurestämme sind wichtig

Im Dünndarm vergärt der Laktobazillus acidophilus (enthalten im Sanoghurt-Joghurt) 90 Prozent der Zucker zu D(-) (+)Milchsäure, wodurch die abgepufferte ungiftige razemische Milchsäure entsteht. Er bildet ferner Essigsäure, Ameisensäure, Alkohol und CO^2 (Kohlendioxyd) und produziert den stark bakteriziden Stoff Lactocidin.

Bifidobakterien erzeugen die positive physiologische rechtsdrehende L(+)-Milchsäure (enthalten im Joghurt Biogharde) sowie Essigsäure.

Rechtsmilchsäure hat nach SEEGER eine außerordentlich bedeutsame Funktion. Sie aktiviert die Zellatmung und Stoffwechseltätigkeit aller Zellen und schützt auch den Darm selbst vor Verkrebsung.

Jeder Mensch entwickelt aus der von ihm aufgenommenen Nahrung eine ihm eigene Bakterienflora. Je hochwertiger, frischer und vollwertiger eine Nahrung - unter natürlichen Bedingungen mit Humusversorgung in Sonne und Licht gewachsen ohne Pestizide, Bestrahlung, Konservierungsstoffe und industrielle Verfeinerung - und je besser gekaut, um so gesünder werden auch die dadurch entstehenden Darmbakterien sein.

Aber nicht nur, was und wie wir kauen, hat Einfluß auf unsere Darmflora, auch womit wir kauen ist von Wichtigkeit. Neuere wissenschaftliche Untersuchungen durch die Autoren C. Muss et. al zeigten, daß gold- wie auch quecksilberhaltige Zahnlegierungen hemmend auf das lokale Immunsystem der Darmmukosa wirken, wodurch eine intestinale Besiedlung mit Candida-Pilzen begünstigt wird. (GL5/2000)

Am günstigsten ist ein Zahnersatz aus Keramik.

Bei stärkeren Darmbeschwerden (Blähbauch, Verstopfung, Durchfallneigung etc.) hat Ekkehard Scheller nach einer durchgeführten Darmreinigung (Mayr-Kur, innere „Darmwäsche" durch Flohsamenschalen, Gray-Kur, Colonhydrotherapie) sehr gute Erfahrungen mit der erprobten Darmmykose-Kapselkur (siehe Rezptteil) gemacht. Hier werden verschiedene Kapseln (Sanum) zugeführt, die negative Bakterien und Pilze im Darm zurückdrängen.

Auch die milchsauren Stoffwechselausscheidungen ausgewählter Gesundheitsbakterien, die unserer Darmflora sehr ähnlich sind, - sie stehen uns in dem Getränk *Vita Biosa* zur Verfügung - stärken eine entartete Darmflora.

Begleitend bei Beschwerden des Verdauungstraktes hat sich die Kräutermischung Multiplasan GL 17 zur Regenerierung von Magen, Leber, Gallenblase, Pankreas und

Darm erwiesen. Ideal auch bei Gastritis als Rollkur einzusetzen. (2 Teel. auf 1 Tasse Wasser)

Wie sollte der gesunde Stuhl aussehen?

Wir können an der Beschaffenheit des Stuhles feststellen, ob unser Verdauungstrakt richtig arbeitet. Werden Obst, Zucker und Mehlprodukte schlecht aufgeschlossen, kommt es zur Kohlehydratgärung und Gärungsstuhl. Dieser ist meist hellbraun oder noch heller, ist ungebunden (in Richtung Durchfall) und schwimmt durch seine Gärgase oben auf dem Wasser. Häufig riecht er auch sauer. Er kann zu Analekzemen und juckendem Ausfluß führen. Gärungserreger und Candidapilze finden hier ihr optimales Milieu und können sich ungehemmt vermehren. In diesem Fall ist es dringend geboten, die Säuren im Darm mit Heilerde oder Kohletabletten abzubinden. Beide binden große Mengen Säure und Gifte. Je saurer das Milieu, um so mehr Heilerde bzw. Kohle sollte über den Tag verteilt genommen werden, bis der Stuhl wieder fest wird. Auch der zeitweilige Verzicht auf die üblichen Brotgetreide (Weizen, Roggen, Dinkel, Gerste), die durch Vollreis, Buchweizen oder Hirse ersetzt werden können, sowie auf alle Milchprodukte tut einem versäuerten Darm meist sehr gut.

Der gesunde Stuhl ist wurstförmig gebunden, braun und geht unter. Auch ist er fast geruchlos.

Jeglicher Gestank weist auf eine fehlerhafte Nahrungsaufschließung bzw. entartete Darmflora hin. Die dadurch entstehenden schweren Gifte belasten über Jahre unsere Leber, bis dieses wichtige Organ der Toxinflut nicht mehr gewachsen ist.

Von diesem Punkt an beginnt der Betroffene, sich unwohl und krank zu fühlen. Die Ursachen für die Krankheit wurden aber schon Jahre vorher gelegt.

Ein gesunder Darm - der Schlüssel zur Gesundheit

° 80 Prozent des Immunsystems sind im Darmbereich angesiedelt
° eine optimale Darmflora hängt von einer an Ballast-
   und Vitalstoffen reichen, natürlich belassenen, einfachen,
   möglichst zuckerfreien und besonders auch maßvollen
   Ernährung ab.
° Verstopfung verstärkt enorm die Bildung aggressiver Gifte im
   Darm. Sie tritt nur beim Fehlen einer gesunden Darmflora auf,
   denn unsere „freundlichen" Darmbakterien sorgen mit ihren
   Stoffwechselprodukten für die Peristaltik des Darmes
° Gründliches Kauen ist von größter Wichtigkeit,
   denn Magen und Darm haben keine Zähne!

Ungenügend Gekautes mästet falsche Darmbakterien
und Pilze.
- Durch gründliches Einspeicheln finden im Mund bereits 50 Prozent
  der Kohlenhydratverdauung statt (Entlastung der Bauchspeicheldrüse)
° Die Nahrung sollte in innerer Ruhe und Dankbarkeit verzehrt werden
  Nur im entspannten Zustand fließen unsere Verdauungssäfte optimal
  In der Erregung oder im Streß wird die Verdauungsarbeit eingestellt.
  Die Nahrung liegt zu lange im Magen. Der Speisebrei geht in Gärung bzw.
  Fäulnis über.

Darmregenerierung durch eine Mayr-Kur: preiswert und effektiv

Noch viel zu wenig beachtet, bereitet ein gestörtes Darmmilieu den Boden für fast alle
Entgleisungen und Krankheiten. Der Arzt und Forscher Franz Xaver Mayr beschreibt
dieses sehr einleuchtend am Beispiel der Gicht. Er durfte erleben, daß die Schmerzen bis
zum Gichtanfall vermehrt auftraten, je mehr Kotstauung und Gärung im Darm stattfan-
den, während nach den durch Karlsbader- bzw. Bittersalz einsetzenden dünnflüssigen
Darmentleerungen auch die Schmerzen in den Gelenken verschwanden.
Die von ihm entwickelte Mayr-Kur stellt eine der effektivsten Maßnahmen zur Darm-
verbesserung dar. 2 bis 3 Wochen lang wird eine sehr leicht verdauliche Nahrung zugeführt (es müssen nicht die obligaten weißen Brötchen und Milch sein), wobei der Darm
jeden Morgen oder Abend mit einer schwachen schwefelhaltigen Salzlösung (Magnesium-
sulfat = Bittersalz oder Natriumsulfat = Glaubersalz) schonend gereinigt wird. Besonders
der Schwefel in der Salzlösung schafft nach Sander ein positives Milieu für unsere „freundlichen" Darmbakterien. Zur allgemeinen Gesundheitspflege wäre es günstig, mindestens
einmal im Jahr eine abgewandelte Mayr-Kur durchzuführen. (Siehe ausführliches Vorgehen im Knaur-Taschenbuch *Candida* von Christine Heideklang)

Das Geheimnis des großen Erfolges der Mayr-Kuren liegt in folgenden zwei Komponenten: Einmal in der Berieselung des Verdauungstraktes mit einer schwachen, schwefelhaltigen Salzlösung (1 Teelöffel Bittersalz bzw. Glaubersalz auf 1/4 Liter Wasser, morgens
nüchtern eine halbe Stunde vor dem Frühstück getrunken), was nachhaltig das Milieu im
Darm zugunsten der positiven Darmbakterien verändert, zum anderen in der sehr knap-
pen, leichten Nahrung, die bis zur Verflüssigung gekaut und gelutscht wird. Auf diese
Weise wird die Nahrung fast vollständig abgebaut und aufgeschlossen, so daß kaum
Verdauungsarbeit anfällt und sich der gesamte Verdauuungsapparat endlich einmal ausru-
hen, erholen und regenerieren kann. Durch das gründliche Einspeicheln werden die Spei-
cheldrüsen enorm trainiert, die bei vielen durch zu schnelles, unkonzentriertes Essen bereits verkümmert sind.

Wer eine Mayr-Kur durchführt, ist besonders am Anfang häufig fassungslos, welcher Unrat und Gestank ihn im Verlaufe von 2 - 3 Wochen verläßt.

Die Colon-Hydrotherapie

Sie bietet einen Dauereinlauf von ca 45 Minuten, bei dem frisches Wasser in den Darm gegeben wird und der sich lösende Darminhalt wahlweise abgelassen werden kann. In einem durchsichtigen Plastikschlauch kann der Patient genau verfolgen, was ihn verläßt. Immer wieder tauchen - besonders wenn der Stuhl ausgeschieden ist und das Wasser überwiegend klar ist - bei vielen Patienten Pilznester im Plastikschlauch auf. Man erkennt, ob es sich dabei um jüngere oder auch sehr alte Pilzmassen handelt. Die noch jüngeren Pilze in der Form kleiner Fusselchen oder algenartiger Gebilde haben immer die gleiche Form und Farbe (gelblich, beige, orange), die älteren Pilze sind bräunlich bis dunkel und weisen keine Zellspannung mehr auf. Die oft sehr schleimig verwesend aussehenden Massen (Eiweißfäulnis! Leichengift!) sind dann in großen Knäueln zusammen geballt und rollen ohne eigene Zellspannung durch den Wasserdruck vor sich hin. Wer dieses einmal gesehen hat, erkennt, wie wichtig es ist, immer wieder einmal für eine gründliche Darmreinigung zu sorgen. Meist wird dieser sehr alte Darminhalt erst nach mehreren Darmspülungen freigesetzt, da er sehr fest mit der Darmschleimhaut verbunden ist.

Knoblauch-Teekur zur Eliminierung fremder Darmkeime

Zur Darmflorasanierung ist eine 10tägige Knoblauch-Teekur zu empfehlen. Danach sollten entsprechende Darmsymbionten oder das *Vita Biosa*-Getränk zur Stärkung der gesunden Darmflora eingesetzt werden.

Rezept der Knoblauch-Teekur:
1 Knoblauchzehe zerquetschen und mit ca. 3/4 Liter gekochtem Wasser, das ca. 10 Minuten abgekühlt ist, aufgießen, 10 Minuten ziehen lassen. Zwischendurch trinken. Danach kann zur eventuellen Geruchsbeseitigung Petersilie verzehrt werden.

Auch ein Tee aus kleingeschnittenen Zwiebeln hat eine gute milieuverbessernde Wirkung im Fall, daß Knoblauch nicht vertragen wird.
Auch das Präparat *Sulfredox* nach Friedrich F. Sander hilft, über Monate genommen, ein positives Darmmilieu aufzubauen, so daß negative Darmkeime und auch Candida ihren Lebensraum verlieren. Durch *Sulfredox* wird im Darm ein optimales Redoxpotential erzeugt, so daß die eigene positive Darmflora stark gefördert wird. Dadurch kann es am Anfang zu Blähungen kommen. Je mehr die gesunde Darmflora jedoch Oberhand gewinnt, um so mehr treten diese anfänglichen „Turbulenzen" zurück.

Flohsamenschalen helfen bei Verstopfung

„Der Tod sitzt im Darm." Begleitend zur Colon-Hydrotherapie - oder auch allein - ist eine Kur mit Flohsamenschalenbrei zur gründlichen Darmreinigung zu empfehlen. Hierbei wird auch der Dünndarm gereinigt und von innen her gewaschen, denn die Flohsamenschalen geben ihr Wasser im Darm nicht ab, sondern reinigen mit ihrer geleeartigen Masse das Darmrohr von innen. Sie binden auch schwere Gifte, was am Anfang häufig zu Geruchsveränderungen des Stuhls führt. Die Flohsamenschalen wirken sehr sanft darmreinigend und sind bei Verstopfung hilfreich. Da sie sehr gut Gifte binden, helfen sie häufig auch bei Durchfall. (Flohsamenschalen, Dr. Groß, Apotheke)
Inzwischen wurde in 30 Studien nachgewiesen, daß Flohsamenschalen - schon in geringer Menge - lipid(cholesterin)senkende Eigenschaften besitzt.

Um negative Darmkeime zu eleminieren, kann der Flohsamenschalenbrei zum Beispiel 10 Tage lang auch mit Knoblauch- oder Zwiebeltee angerührt werden. Flohsamenschalen nie trocken einnehmen, sondern immer in viel Wasser aufgerührt, ca. 20 Min. ausquellen lassen, ein- bis zweimal am Tag.

Wie die Erfahrung zeigt, wirkt energiereiches Quellwasser, 1 bis 2 Gläser morgens nüchtern getrunken, ebenfalls ausgezeichnet stuhlganganregend.

6. Fördert Elektrosmog den Pilzbefall?

Elektrosmog schädigt unsere Darmbakterien

Etwas Interessantes zum Nachdenken: Ein Züchter von Kompostmikroorganismen, die unserer Darmflora sehr ähnlich sind, erhielt zu anfangs immer wieder Klagen, daß seine als Starterpulver gelieferten Mikroorganismen nicht richtig arbeiten würden. Es würde Fäulnis entstehen. Es verging längere Zeit, bis er darauf kam, daß, wenn er mit seinem Auto Ware ausfuhr und während der Fahrt 2 - 3 Mal mit dem Handy telefonierte, seine vorher gesunden Kompostbakterien in Fäulniserreger umgewandelt waren. Er wiederholte den Test bei einem anderen Züchter, dessen Ware in Ordnung war. Nachdem er sein Handy nahe an den Behälter mit den Mikroorganismen hielt und jemanden anrief, waren die vorher guten Bakterienstämme ebenfalls schwer geschädigt.

Dieses Erlebnis zeigt uns, wie gefährdet wir heute durch die Rundumverstrahlung sind, und daß es an der Zeit wäre, umfassende Forschungen auf diesem Gebiet zu unser aller Schutz einzuleiten. Denn nicht nur unser Darm ist auf gesunde Bakterien (Darmflora) angewiesen, auch in unserem Blut leben ja die Kleinstformen des Endobionten als „Gesundheitswächter", die auf harte technische Strahlung mit negativer Entartung - wie es Dunkelfeldtherapeuten ansteigend erleben - reagieren.

Elektromagnetische Signale steuern unsere Zellen

In der Ausgabe 108 der Zeitschrift raum & zeit wird darüber berichtet, daß lebende Zellen elektromagnetische Signale verstehen. (Untersuchungen eines Forschungsteams des Institutes für Cytologie der Russischen Akademie der Wissenschaften, St. Petersburg). Danach werden

„zellbiologische Prozesse nicht nur von genetischen Strukturen determiniert, sondern in bedeutendem Maße von schwachen elektromagnetischen Feldern gesteuert. Elektrosmog ist demnach keine Frage der physikalischen Meßlatte. Externe elektromagnetische Felder greifen in zellbiologische Prozesse ein, egal wie schwach sie sind. Ausschlaggebend für schädliche Nebenwirkungen ist nicht die Intensität der elektromagnetischen Strahlung, sondern ihr zellbiologischer Informationsgehalt. Die lebende Zelle interpretiert jedes elektromagnetische Feld als Steuersignal."

Laut dem Physiker Albert Popp kommunizieren unsere Zellen mittels einer ultraschwachen Biophotonenstrahlung, die einer ultraschwachen Laserstrahlung vergleichbar ist. Dadurch werden u. a. die Zellteilung, Hormonproduktion und die Produktion der weißen Blutkörperchen blitzartig gesteuert. Diese kohärenten Lichtstrahlen sind gleichgeformt, wie auch der Lichtstrahl eines Lasers gleichgeformt ist. Wenn hierauf externe Hochfrequenz des Mobilfunks mit ihren naturfremden, harten gepulsten Wellen auftrifft, wird das kohärente Licht zerstört. Es entsteht ein Chaos. Die Steuerungsimpulse werden gestört, verzerrt, zerstört. Dadurch wird die gesunde Zellteilung irritiert (Krebs!), die Hormonproduktion durcheinandergebracht und auch die Produktion der weißen Blutkörperchen - unsere Abwehrpolizei - leidet Not. Es kommt zu negativen Blutbildveränderungen, wie wir es ansteigend im Dunkelfeld erleben. Besonders Kinder reagieren auf Elektrosmog noch um ein Vielfaches negativer als Erwachsene.

Inzwischen zeigt sich noch etwas anderes. Mobilfunk öffnet nach einer Studie der Universität Lund in Schweden die Blut-Hirn-Schranke. Durch die Blut-Hirn-Schranke wird verhindert, daß im Blut transportierte Stoffwechselschlacken und Gifte ins Gehirn gelangen. Dieser äußerst wichtige Schutz unseres Gehirns wird durch die gepulsten Mobilfunkwellen zerstört. Auch wenn ich selbst kein Handy benutze und jemand in 10 m Entfernung mit einem Handy telefoniert, kann die Strahlung ausreichen, um die Blut-Hirn-Schranke bei mir zu öffnen. Selbst wenn nur kurz telefoniert wird, sind die Gifte, die durch die Öffnung der Hirnschranke ins Gehirn übertreten, tagelang im Gehirn nachweisbar.

Inzwischen macht sich der Verein Bürgerwelle e.V., Tirschenreuth, sehr stark in Richtung Aufklärung über die neuesten weltweiten Forschungen und Erkenntnisse auf diesem Gebiet. Zum Beispiel wurden 30 Bauernhöfe untersucht, in deren Nähe Mobilfunksendetürme errichtet wurden. Während vorher durchschnittlich die Mißgeburtenrate in der Landwirtschaft durchschnittlich bei 0,5 Prozent lag, ist sie jetzt auf 40 Prozent ! angestiegen.

Auch vor den schnurlosen DECT-Telefonen als kleine Mobilfunksender wird eindringlich durch die Bürgerwelle gewarnt. Es gehen davon so starke Leistungen aus, daß Menschen in 800 m Entfernung noch krank werden können.

Die durch Elektrosmog verursachten Krankheiten werden wie folgt beschrieben:

Schlafstörungen
Tinnitus
Konzentrations- und Gedächtnisstörungen
Augenreizungen
Lernstörungen bei Kindern
erhöhter Blutdurck, Herzrhythmusstörungen
Migräne, Kopfschmerzen
Potenzstörungen

Blutbildveränderungen
Beschleunigtes Krebswachstum
Ständige Müdigkeit und Erschöpfung
Allergien und Immunschwäche

Die Bürgerwelle hat bereits vielen Gruppen, die sich gegen die Errichtung von Sende-
türmen in ihrer Nähe wehren wollten, erfolgreich geholfen. Es besteht einfach noch zu
wenig Wissen über die Gefahren des Mobilfunks. Deshalb wäre eine Aufklärung der
Verantwortlichen, die die Genehmigungen zu erteilen haben, das Allerwichtigste. (Info:
Bürgerwelle e.V., Tirschenreuth)

Jede lebende Zelle ist auf die natürlichen elektromagnetischen Schwingungen der umge-
benden Natur und des Kosmos angewiesen. Dabei handelt es sich um sanfte, veränder-
bare Impulse, die im völligen Gegensatz zu der gleichmäßigen harten technischen Strahlung stehen, mit der wir heute ansteigend bombardiert werden.
Alle Lebewesen, auch die Pflanzen und Bäume, benötigen diese sanften, lebendigen
Naturschwingungen, um durch resonante Anregung gesund zu funktionieren.
So wird es immer wichtiger, daß wir uns nach Hilfen umschauen, um die ständig zunehmende Rundumverstrahlung von uns fernzuhalten.

Erfolgreicher Strahlenschutz

Ein MS-Patient machte mich auf das Strahlenschutz-System der TERRASCOS-Geräte
aufmerksam. Er sagte, daß es ihm sofort schlechter gehe, wenn er den Anhänger und
seine Platte im Lendenwirbelsäulengebiet nicht bei sich habe.
So besorgte ich mir einen Personenschutzanhänger und testete diesen am Patienten gegen Elektrosmog nach Klinghardt aus. Im Test zeigte er eine gute Wirkung:
Eine junge Frau, die in einer Apotheke arbeitet, kaufte sich den Personenschutz als Walnußholzanhänger. Sie erzählte mir folgendes: sie sollte Medikamente durch den Scanner geben und plötzlich schaltete sich die Anlage aus. Als der gerufene Chef kam, funktionierte
das Gerät. Sie stellte sich wieder an den Scanner und wollte weiterarbeiten. Wieder war
alles tot. Der Chef kam erneut und das Gerät nahm seine Funktion wieder auf. Da wurde
ihr klar - sie hatte den Walnußholzanhänger in der linken Hosentasche sehr nahe am
Gerät -, daß sie es war, die durch die gute Wirkung ihres Anhängers den Scanner lahmlegte.
Dabei handelt es sich um eine Kombination von Mineralien, u. a. Silicium, Germanium,
Quarzkristallen, die alle zusammen durch ihre Kristallgitterstruktur ein stark schützendes
Feld aufbauen. Die Kristalle zerlegen die unnatürlichen Schadschwingungen, auch radioaktive Strahlung, in winzige Bestandteile und unterbrechen damit ihre belastende Wir-
kung für Mensch, Tier und Pflanze.

Eine ausgereifte Palette von seriösen, wissenschaftlich und klinisch belegten Möglichkeiten, sich gegen die Problemkreise von sog. Elektro- und Funksmog zu wehren, habe ich in den Schwingfeld-Geräten - in Lizenz in Deutschland hergestellt von der Fa. MUTAS-Medizin- u. Umweltschutztechnik - entdecken dürfen.

Diese Geräte basieren auf Forschungsresultaten mit technischen und biologischen Schwingfeld-Mustern und deren Resonanzverhalten, welche über 30 Jahre von einem Team von Wissenschaftlern - zu 80 % deutsche Forscher -, entdeckt wurden und nun in der Praxis, jeweils an die steigenden Umweltprobleme angepasst, sich immer stärker in Haushalten, Büros und Therapiezentren durchsetzen.

Zu den besonderen Eigenschaften, auf technische Schwingfelder aus Elektrofeldern, Mobil- und Radarstrahlen durch Eigenresonanz zu reagieren, zählen auch die Füllungen mit dem sog. Neolith-Kristall, welcher einmal die Atemluft ähnlich am Meer mit gut atembaren ionisierten Luftmolekülen anreichert und zum anderen Raumluftgifte, darunter auch Ozon, Radon und radioaktive Partikel, einfängt und festhält. Die Palette der angebotenen Geräte deckt sowohl den direkten persönlichen Schutz - sog. Schwingfeld-Medaillons oder flache Chipkarten, z.B. für Handys und Computer - als auch den Schutz vieler Personen in Räumen aller Größen ab. Hier kommen vor allem sog. RONDO-Säulen-Elemente zum Einsatz. Sie sind auch optisch sehr gut anzusehen und bieten eine garantierte Lebensdauer von 10 Jahren. Fragen zu diesem Thema beantwortet Frau Ursula Schaller (Adresse im Anhang).

Etwas sehr Durchdachtes als Strahlenschutz vertreibt eine japanische Firma jetzt auch sehr erfolgreich in Deutschland. In langjähriger Forschung ist ein ideales Schlafsystem entwickelt worden, das dem Benutzer hilft, seine durch die technische Rundumverstrahlung und das verringerte Erdmagnetfeld geschwächten Energien wieder aufzufüllen. Es handelt sich dabei einmal um eine Magnetfeld-Matratzenauflage, die für das inzwischen um ca. 50% verringerte Erdmagnetfeld einen guten Ersatz bietet. Jedes Magnetfeld eliminiert gleichzeitig sämtliche Strahlungen von darunter liegenden Wasseradern, Erdverwerfungen, Kreuzungspunkten etc., die durch unsere moderne Bauweise (Betonarmierung, viel E-Smog in den Häusern) heute besonders negativ verstärkt werden. Der zweite Punkt ist, daß eine sehr leichte, kuschelige Bettdecke, bestehend aus Keramikfasern, uns die Wärme und Schwingungen der Sonne bringt, ähnlich, wie dieses bei der Infrarot-Wärmekabine beschrieben ist. Diese Decke hilft auch enorm, den Körper durch ihre natürliche Strahlung zu entsäuern. (Eine unter die Decke gelegte Zitrone schmeckt z.B. später nicht mehr sauer). Diese Decke hält alle Strahlen, die uns von außen treffen, ab. Wir schlafen also rundum geschützt, so daß sich der Körper wahrhaft erholen und regenerieren kann. (Vertrieb: Naturheilpraxis Scheller)

7. Narben als Störfelder

Erst durch die Neuralkinesiologie nach Dr. Klinghardt ist mir (Christine Heideklang) die negative Bedeutung von Narben und damit die energetische Verflechtung im Körper so richtig klargeworden.

Alle Zellen schwingen in ihrem arteigenen Rhythmus und geben feinste elektrische Impulse ins Gehirn ab. Durch Narben entstehen störende zellfremde Impulse, die im Gehirn zu Irritationen führen. Dadurch kann es zu Fehlregulationen und Unterversorgungen bestimmter Gebiete kommen. Mit der Klinghardt-Neuralkinesiologie können wir die Zusammenhänge aufdecken.

Ich untersuche zum Beispiel eine Blinddarmnarbe. Der vorher starke Arm des Patienten wird bei Berührung der Narbe schwach und meldet Streß. Beim vorher durchgeführten Organtest zeigte sich eine Schwächung des Dickdarmgebietes. Um zu erfahren, ob zwischen dem gestörten Dickdarm und der Blinddarmnarbe ein Zusammenhang besteht, lege ich zur Proforma-Entstörung eine Procainampulle auf die Blindarmnarbe. Wenn bei Berührung der Narbe, auf die ich die Ampulle drücke, jetzt kein Streß mehr entsteht, dann genügt eine elektrische Entstörung der Narbe durch Bestrahlung.

Danach unter Beibehaltung der Proforma-Entstörung der Blinddarmnarbe halte ich meine Hand wieder über das Dickdarmgebiet. Wenn das Dickdarmgebiet jetzt stark testet, dann wird die energetische Schwächung dort vorrangig durch die gestörte Blinddarmnarbe unterhalten.

In diesem Fall hilft eine kurze Bestrahlung der Narbe mit einem Laser, neben den eine Procainampulle gehalten wird - wie im Klinghardt-Kurs vermittelt - oder eine 20minütige Bestrahlung mit dem Orgonstrahler nach Arno Herbert. (Bezug: Bioaktiv-Produkte)

In den Becher wird hierbei die ausgetestete Ampulle, meist Procain, gelegt. Dadurch bekommen die Zellen der Narbe reichlich Energie, so daß sie ihre Störimpulse aufgeben und unauffällig werden können. Um eine Narbe dauerhaft zu entstören, werden meist 2-3 Bestrahlungen à 20 Minuten mit dem Orgonstrahler benötigt.

Als Narben zählen auch Mandeloperationsnarben, der Bauchnabel und Dammschnittnarben durch Entbindungen.

Es gibt auch Narben, die auf eine Proforma-Entstörung nicht reagieren. Auf diesen Narben sitzt dann meist ein USK, ein unerledigter seelischer Konflikt, der mit der Psychokinesiologie nach Klinghardt aufgespürt und gelöscht werden kann. (Siehe Näheres über die Psychokinesiologie am Schluß des Buches) Vorher energetisch blockierte Gebiete bekommen wieder volle Energie und können sich danach von ihren störenden Schlackenansammlungen reinigen. In den durch USK's oder Narben energetisch unterversorgten Gebieten läuft der Stoffaustausch nur noch auf „Sparflamme". Der Körper erklärt solche Gebiete anscheinend zur Mülldeponie. Hier finden wir meist auch viele

Schwermetalle. Durch den Entgiftungsstau entstehen mit der Zeit Schmerzen und Störungen aller Art, bis es schließlich als Letztes zur Krebsentwicklung kommen kann.

Es ist ein großer Vorteil der Neuralkinesiologie, dem Behandler auf schnelle und einfache Weise wichtige Zusammenhänge über die energetische Versorgung der verschiedenen Organe zu zeigen. Testen zum Beispiel die Nieren schwach, so zeigt uns der Körper des Patienten durch Auflegen verschiedener Substanzen, welches Mittel seine Nieren am besten stärkt.

Auch die einzelnen Zähne können auf Störfelder, Herde etc. genau ausgetestet werden. Auch ob Materialien für die Zahnsanierung vertragen werden oder nicht, zeigt uns der Muskeltest über das Nervensystem des Patienten genau an. Juckende Ekzeme zeigen uns, welche innerlichen bzw. äußerlichen Mittel sie benötigen etc.

8. Schwermetallausleitung

Schwermetalle im Körper führen nach neuesten Forschungen zur Bildung von Candidapilzen, Streptokokken, Staphylokokken, Viren, Würmern etc., die sehr viel Schwermetalle binden, so daß diese Erreger ohne gleichzeitige Schwermetallentgiftung nicht abgetötet werden sollten. Denn es besteht hierbei die Gefahr, daß die freiwerdenden Schwermetalle vermehrt in die Hirnnervenzellen aufgenommen werden. Eine gute Candidatherapie verlangt also nach dem heutigen Wissensstand unbedingt begleitend eine gründliche Schwermetallentgiftung.

Schwermetallentgiftung nach Dr. Dietrich Klinghardt

aus dem hochinteressanten Vortrag von Dr. Dietrich Klinghardt „Schwermetalle - Vergiftung und Entgiftung" und dem Video-Film über Schwermetalle, DM 58,00, INK Institut für Neurobiologie (früher Klinghardt-Institut), Stuttgart. (Bei dieser Adresse erhalten Sie unter anderem auch die Therapeutenliste, Bärlauchwürze, Allgäu-Paracilantro-Korianderwürze)

Neueste wissenschaftliche Erkenntnisse, die sehr eingehend in dem Video-Film besprochen werden, besagen:

Das hochgiftige Quecksilber aus den Amalgamfüllungen - es ist zu 50 Prozent darin enthalten - muß - auch nach Entfernung der Füllungen - mit einer besonderen Methode ausgeleitet werden, denn es kann ohne Hilfe den Körper nicht verlassen.

Jeder, der Amalgamfüllungen hatte, hat, selbst wenn eine Schwermetallausleitung vorgenommen wurde, noch Erhebliches an Quecksilber in seinem Bindegewebe und Nervenzellen gespeichert. Diese Quecksilber- bzw. Schwermetallbelastung kann sehr gut mit der Neuralkinesiologie nach Dr. Dietrich Klinghardt erkannt und auch mengenmäßig ausgetestet werden. Die Gefährlichkeit des Amalgams der Zahnfüllungen wurde jahrzehntelang unterschätzt, da besonders Quecksilber mit den üblichen wissenschaftlichen Methoden nicht nachzuweisen ist. Es ist das Verdienst Prof. Dr. Y. Omuras, New York, und Dr. Dietrich Klinghardts, Seattle/USA, endlich Licht in dieses Dunkel gebracht zu haben, denn die Schwermetallbelastung begleitet und verstärkt heute fast jede ernstere Erkrankung

Der Kauvorgang setzt Quecksilber aus den Zahnfüllungen frei

Inzwischen liegen wissenschaftliche Untersuchungen aus aller Welt vor, die nicht mehr wegdiskutiert werden können:

Zwei Stunden nach einem Kauvorgang haben Wissenschaftler bei Amalgamträgern einen erhöhten Quecksilbergehalt im Blut messen können. Dieser war 100 bis 200mal höher als die Quecksilberbelastung, die für Arbeiter am Arbeitsplatz zugelassen ist.

Man hat Schafen und Affen radioaktiv markiertes Amalgam in die Zähne eingesetzt. Bereits nach 24 Stunden war das Amalgam im Gehirn, im gesamten Rückenmark, in den Nerven, in den Nieren, Nebennieren, im gesamten Magen-Darmtrakt u. a. zu sehen. Als die Schafe nach 6 Monaten geschlachtet wurden, standen sie kurz vor dem Nierenversagen.

Im Film wird auf die Giftigkeit von Quecksilber und die inzwischen vorliegenden wissenschaftlichen Beweise sehr ausführlich und interessant eingegangen. Besonders erschreckend ist, daß es für Quecksilber keine sogenannte Halbwertzeit gibt. Einmal im Körper aufgenommen, bleibt es darin enthalten. Es baut sich nicht selbst ab. Dies belegte eindeutig der Versuch mit Menschenaffen. Dietrich Klinghardt: „Einmal vergiftet, immer vergiftet", wenn nicht entsprechend ausgeleitet wird.

Besonders stark wird Quecksilber durch Amalgamfüllungen in den Körper gebracht. Aus der Umwelt (Nahrung, Luft, besonders Fischverzehr, Trinkwasser) nehmen wir ca. 2 Mikrogramm Quecksilber täglich auf, während wir bei 8 Amalgamfüllungen jeden Tag 15-17 Mikrogramm Quecksilber aufnehmen.

Quecksilber pur, also in materieller Form, das jemand geschluckt hat, wird nur geringfügig bis zu 7 Prozent vom Körper aufgenommen. Gefährlich ist die Aufnahme durch Kauabrieb und Verdampfung aus den Zahnfüllungen oder wenn Kinder lange Zeit mit einem zerbrochenen Fieberthermometer spielen. Die silbernen Quecksilberkügelchen werden immer kleiner, bis sie schließlich ganz verdampft sind.

Wo versteckt sich das Quecksilber im Körper?

Dieses gelöste (verdampfte) Quecksilber wird sehr leicht, etwa zu 82 Prozent, vom Körper aufgenommen, und zwar bevorzugt in die inneren Hohlräume der Nervenzellen. Unsere Nervenzellen haben nicht nur für die elektrische Übertragung in ihrem Außenbereich zu sorgen, sondern sie stellen in ihrem schlauchartigen Inneren Neuropeptide her, die für die positiven, angenehmen Gefühle des Menschen zuständig sind. Durch die Aufnahme von Quecksilber und anderen Giften wird diese wichtige innere Tätigkeit unserer Nervenzellen unterbunden. Deshalb - laut Dr. Klinghardt - die steigende Zunahme seelischer Mißempfindungen, alle Arten von Angstzuständen, Depressionen etc. bis zu unkontrollierten Wutanfällen. „Entgiften sie einen Menschen von Schwermetallen, und Sie werden staunen, wer hinter diesem Menschen hervorkommt." „Meist sind die Menschen dann liebevoller, geduldiger, freundlicher. Wenn Sie wissen möchten, wer Sie wirklich sind, dann trennen Sie sich von Ihren Schwermetallen."

Mit der Zeit stört und zerstört schließlich das eingeschlossene Quecksilber die Nerven. Dadurch entstehen dann Gedächtnisstörungen, Depressionen, Schwerhörigkeit, Augenprobleme, MS, Parkinson, Alzheimer etc. Auch all die heute so häufig auftretenden Störungen, wie kalte Hände und Füße, Tinnitus, Schwindel, Bluthochdruck, Gereiztheit, Hyperaktivität bei Kindern, Erschöpfungszustände, rheumatische Beschwerden u. ä. haben nach Klinghardt, immer etwas mit Quecksilber zu tun. Ebenso alle Erkrankungen, die mit Erregerbefall (Bakterien, Viren, Pilze, Würmer) einhergehen.

Schwermetalle - die Grundlage aller schweren Erkankungen

Mit einer ärztlicherseits durchgeführten Amalgamentgiftung (DMPS) kann zwar das Quecksilber aus dem Bindegewebe mobilisiert werden, aber es war bisher nicht möglich, das in den Nervenzellen des Gehirns eingeschlossene Quecksilber herauszubringen. (DMPS kann die Bluthirnschranke nicht passieren.) Dieses ist jedoch Prof. Y. Omura, New York, und Dr. med. Dietrich Klinghardt, Seattle/USA, in jahrelangen Versuchen mit einer natürlichen Methode gelungen.

Dr. Klinghardt ist Leiter einer großen Schmerzklinik in den USA. Durch seine eigene Amalgamsanierung, die ohne Schutzmaßnahmen durchgeführt wurde, wäre er fast an Nierenversagen gestorben. Seither beschäftigt er sich mit dem Problem der Schwermetallentgiftung. In seiner Klinik erkannte er, daß alle seine Patienten überwiegend toxin- und besonders hochgradig quecksilberbelastet sind. Mit seiner Methode der Quecksilberentgiftung, einschließlich Psychokinesiologie, bekam er überwiegend alle schweren Krankheiten, wie Alzheimer, Krebs, Hirntumore, Kopfschmerzen, Trigeminusneuralgien, schwere Lähmungen, Muskelerkrankungen, Depressionen, neurologische Störungen u. ä. in den Griff. Auffallend war, daß durch die Schwermetallentgiftung auch bei Krebspatienten Tumore und Metastasen in wenigen Monaten verschwanden. Krebs entsteht im Körper bevorzugt dort, wo sich Schlackendepots bilden und sich größere Ansammlungen von Quecksilber und anderen Schwermetallen befinden. So stellte Frau Dr. Clark in Brustkrebsknoten neben Quecksilber besonders viel Zinn (Zinn ist ebenfalls im Amalgam wie auch in Eßbestecken enthalten) fest, das noch 100mal toxischer reagiert als Quecksilber. Das Gewebe der Brustdrüsen dient anscheinend bevorzugt als Mülldeponie für die Entgiftung des Mundbereiches.

Quecksilber hält alle anderen schweren Gifte in den Zellen fest

Man erkannte, daß das Quecksilber auch andere hochgiftige Substanzen in den Nervenzellen festhält, wie Dioxin, Formaldehyd, Holzschutzmittel, Pestizide, Insektizide u.a. (Insektizide haben alle einen Schwermetallkern.) Wird das Quecksilber entgiftet, können sich auch die anderen Belastungsstoffe lösen, so daß selbst in vielen aussichtslosen Fällen noch eine gute Besserung bzw. Heilung erzielt werden konnte.

Ausdrücklich wird betont, daß dem Quecksilber aus den Amalgamfüllungen eine Schlüsselstellung zufällt. Solange Quecksilber innerhalb der Nervenzellen festsitzt, können auch die anderen Gifte die Nervenzellen nicht verlassen. Wird Quecksilber durch das nachstehend beschriebene Vorgehen gelöst, folgen die anderen Gifte automatisch.

Zuerst sollten die Quecksilberlager im Bindegewebe des Körpers - also außerhalb der Zellen - abgeräumt werden. Mit der Hirnentgiftung (dort liegt das Quecksilber sehr fest eingeschlossen in den Nervenzellen) mittels Korianderkrauttinktur sollte erst nach 2 bis 3 Monaten begonnen werden, wenn das Bindegewebe weitgehend entlastet ist.

Die drei Hauptentgifter für Schwermetalle:

Es gibt drei Naturmittel, die auf optimale Weise helfen, Schwermetalle zu entgiften:

1. Die Chlorella-Süßwasseralge:

Das ist einmal die Süßwasseralge Chlorella pyrenoidosa als hervorragender Rundumentgifter. (Dr. Klinghardt verwendet bevorzugt die Chlorella-Alge „Bio Reu-Rella", Apotheke). Chlorella mobilisiert durch seine schwefligen Aminosäuren (Methionin, Cystein und die Bausteine für Glutathion) und besonders auch durch seinen Vitamin-B 12-Anteil Toxine aller Art im Gewebe und entgiftet sie, wenn genügend Tabletten gegeben werden. Die unverdauliche Zellmembran der Chlorella-Alge, die im Darm verbleibt, hat die Eigenschaft, elektrisch geladene Teilchen, also Schwermetalle, wie ein Magnet anzusaugen, an sich zu binden und über den Darm nach außen zu befördern. Gleichzeitig liefert sie reichlich Vitamine, Spurenelemente, 60 % Aminosäuren, so daß sie die Entgiftungsarbeit meisterlich schafft. Chlorella liegt weltweit in Industrie und Bergbau an erster Stelle, um Schwermetalle zu binden und zu entgiften. Sie ist auch in der Lage, radioaktives Material unschädlich zu machen, so daß sie auch, und zwar erfolgreich, in Tschernobyl für das Aufräumkommando der Chinesen eingesetzt wurde.
So bindet Chlorella alle toxischen Schwermetalle, wie Blei, Zink, Cadmium, Nickel, Gold, Quecksilber, Platin, Zinn, radioaktive Metalle etc., wie auch die gängigen Umweltgifte Formaldehyd, Dioxin, Holzschutzmittel, Insektenschutzmittel etc. Ein Kunstgriff der Natur bzw. Desjenigen, Der die Natur geschaffen hat, wie er besser nicht gedacht sein kann.

2. Das Bärlauchblatt

Das zweite großartige Naturheilmittel ist das Bärlauchblatt. Bärlauch wächst im März/April in unseren Wäldern und gehört zu den Knoblauchgewächsen. Man pflückt ihn vor der Blüte. Er schmeckt, in Olivenöl mit Salz eingelegt, sehr lecker als Brotaufstrich, zum Salat, zu Kartoffeln etc. (Die Blätter müssen bei der Verarbeitung unbedingt gut trocken sein. Sonst hält er nicht lange.) Auch Knoblauch wäre möglich, Bärlauch soll aber noch besser wirken.

Dr. Dietrich Klinghardt vergleicht die Mobilisierungskraft von Bärlauch mit der hochgelobten Entgiftungskraft der Schwefel enthaltenden DMPS-Injektion, die zur Mobilisierung von Schwermetallen eingesetzt wird und die nur Ärzte verabreichen dürfen. Mit Bärlauch vorsichtig unter Begleitschutz von Chlorella beginnen und, wie vertragen, steigern.

Vorsicht mit der Devise „Viel hilft viel"

Das freiwerdende Quecksilber kann auf seinem Weg ins Blut durch den Körper erhebliche Belastungen erzeugen. Häufig erleben Patienten, daß sich bekannte Probleme vorübergehend verstärken.

Deshalb ist es ratsam, sich in Geduld zu üben und dem Körper die Chance zu geben, seine angesammelten Depots schonend und über einen längeren Zeitraum abzuräumen. Sobald sich ernsthafte Verschlechterungen einstellen, haben wir zuviel gelöst. In diesem Fall tun einige Tage Pause gut, damit sich die Ausscheidungsorgane wieder erholen können. Um keinen Entgiftungsstau zu erzeugen, lieber langsam vorgehen, damit die Ausleitung gut vertragen wird. In jedem Fall sollten vor einer Schwermetallausleitung die Ausscheidungsorgane durch biologische Mittel gestärkt und der Säure-Basen-Haushalt in Ordnung gebracht werden.

(Bei anhaltender Verschlechterung kann auch Palladium die Ursache sein, das zu seiner Ausleitung Kohletabletten benötigt.)

Laut Pfarrer Künzle ist der Bärlauch „eine der stärksten und gewaltigsten Medizinen in des Herrgotts Apotheke. Wohl kein Kraut ist so wirksam zur Reinigung von Magen, Gedärmen und Blut wie der Bärlauch."

Wissenschaftliche Untersuchungen der heutigen Zeit haben erwiesen, daß Bärlauch erhöhte Fett- und Cholesterinwerte senkt. Er wirkt stark blutbildend und blutreinigend. Auch hat er eine desinfizierende Wirkung im Darmbereich und verhindert das Wachstum negativer Keime. Dabei schmeckt Bärlauch sehr gut, so daß er in Olivenöl und Salz haltbar gemacht, uns das ganze Jahr über zur Verfügung stehen kann.

Wer Bärlauchblätter, grob zerschnitten, selbst einlegt, erhält ein gutes Bärlauchöl, das ganz ideal zum „Ölziehen" verwendet werden kann. Bei Zahnfleischentzündungen, Zahnfleischbluten, Herpesbläschen am Mund, Schmerzen im Kopfgebiet, Ohrgeräuschen, Augenproblemen, Vergeßlichkeit etc. sollte mehrmals täglich die Mundschleimhaut durch

Ölziehen von Erregern und Giften aller Art gereinigt werden. Auch beruhigt dieses Öl sehr gut die juckenden Quecksilberausscheidungen der Haut. Vermutlich hilft es auch bei längerer Anwendung, die dunklen Flecken und Male auf der Haut zum Verschwinden zu bringen. Ebenso zeigt das Öl eine gute Wirkung bei schuppiger Kopfhaut und zu trocknen Haaren, wenn die Haare über Nacht damit durchtränkt werden, der Kopf mit Haushaltsfolie umwickelt wird und eine Frotteehaube aufgesetzt wird.

3. Das Korianderkraut

Prof. Omura, ein genialer japanischer Forscher in New York, suchte nach einer Substanz, die besonders die Hirnnervenzellen dazu bringt, das Quecksilber wieder freizugeben, denn die von den Ärzten eingesetzte DMPS-Spritze und ähnliche Präparate vermögen dieses nicht. Durch DMPS wird nur das Bindegewebe von Schwermetallen (Quecksilber) gereinigt, aber nicht das Quecksilber, das innerhalb der Hirnnervenzellen eingeschlossen ist, da, wie bereits erwähnt, DMPS die Hirnschranke nicht passieren kann.

Zufällig endeckte Omura, nachdem er sich radioaktives Thallium injiziert hatte - es zerfällt in kurzzeitig wirkendes Quecksilber -, daß er als einziger in der Versuchsgruppe sein Quecksilber nach 24 Stunden aus den Hirnzellen herausbekommen hatte. Es dauerte dann noch 2 Jahre zäher Forschung mit häufiger Zufuhr des schweren Giftes bis er schließlich darauf kam, daß es das frische Korianderkraut in seiner Hühnersuppe gewesen war, das dieses Wunder vollbracht hatte. Der mutige und unermüdliche Einsatz dieses Forschers ist hoch zu bewundern. Um uns allen zu helfen, setzte er sich immer wieder solch einer gefährlichen Belastung aus.

Eine neue Sichtweise:
Bakterien und Pilze binden Quecksilber zu unserem Schutz

Um Quecksilber im Körper zu binden, rangiert an 1. Stelle die Chlorella-Alge. An zweiter Stelle rangieren laut wissenschaftlichen Untersuchungen die Candidapilze, an 3. Stelle Streptokokken und Staphylokokken (d. h. die Entzündungserreger) und an vierter Stelle Würmer, gleich welcher Art. Auch schwere Viruserkrankungen gehen immer mit einer Quecksilber-Belastung einher. (Herpesinfektion, Eppsteinbarr-Virus, Cytomegalie etc.) Ohne eine stärkere Quecksilberbelastung gibt es keine Viruserkrankungen!

So wäre eine gründliche Reinigung der Quecksilberlager auch der beste Schutz vor Pilzen und Seuchen aller Art, denn erst das vergiftete Milieu ruft die Pilze und Erreger auf den Plan. Dietrich Klinghardt vermutet, daß der Körper sich damit hilft, bei stärkerer Quecksilberbelastung vermehrt Candida-Pilze und Erreger aller Art zuzulassen, damit diese das Quecksilber in ihrer Zellmembran binden und es so außerhalb der Körperzellen halten. Räumen wir die Schwermetalle, wie nachstehend beschrieben, ab, verschwinden die Erreger. Einem Baby mit Mundsoor wurde immer wieder Chlorellapaste in den Mund gestrichen. Die Pilze verschwanden.

Dieser engagierte Arzt warnt davor, Candida-Pilze zum Beispiel durch Nystatin abzutöten. Das dadurch freigesetzte Quecksilber wird vermehrt im Gehirn oder Rückenmark eingelagert, wo es vorerst unbemerkt verschwindet und mit der Zeit zu Gedächtnisstörungen bis hin zu neurologischen Beschwerden führt. So sollte auch auf biologische Antibiotika weitgehend verzichtet werden, wie auch auf den Zapper als elektronisches Antibiotikum. Wir haben gerade einen Fall erlebt, wo nach Einsatz des Zappers jemand unbeschreiblich aggressiv wurde. Der Betroffene sagte, in ihm habe alles zu kribbeln begonnen. Vermutlich wurden durch die Abtötung von Erregern zuviel Toxine und Schwermetalle freigesetzt, was die Hirnzellen reizte.

Die Elektrosensibilität hängt vom Grad der Schwermetallbelastung ab

Auch die Elektrosensibilität verringert sich oder verschwindet, wenn wir den Körper von Schwermetallen reinigen. Metalle wirken in unserem Körper als Mikroantennen für die Rundumverstrahlung. Deshalb sollten wir bei der Zahnsanierung möglichst einen metallfreien Zahnersatz wählen, denn jedes Metall - auch Gold - gibt Schwermetallionen in den Körper ab. (Außerdem enthält Gold häufig Palladium, das ebenfalls sehr giftig ist.) Ist dieses nicht mehr möglich, sollte die tägliche Chlorellagabe - bei Palladiumbelastung entsprechend Kohle - zur Selbstverständlichkeit werden. Je mehr Schwermetalle jemand in sich hat, um so mehr fängt er die belastenden Strahlen ein. So macht uns eine Schwermetallentgiftung auch stabiler gegen Elektrosmog und Radioaktivität. (Möglichst nur emaillierte Kochtöpfe verwenden und keine Metallöffel in Speisen belassen.)

Das Klinghardt-Institut bietet einen sehr guten Anhänger als Schutz vor Erdstrahlen (Energy Amplifier) und Elektrosmog an. Sobald ein Rutengänger, der z.B. eine schwere Störzone gefunden hat, diesen Anhänger umhängt, schlägt seine Rute nicht mehr aus. Auch die Terrascos-Anhänger oder das Neolith-Kristall-Medaillon scheinen einen guten Schutz zu bieten. Am besten am Patienten austesten. (siehe in Teil 2, 6: *Erfolgreicher Strahlenschutz*)

Wie gehen wir in der Praxis vor:

Grundprogramm für die Ausleitung

Im Film werden noch 3 x tägl. 5 Tabl. Chlorella vor dem Essen empfohlen, was aber häufig nicht mehr ausreicht. Dadurch entstehen meist Entgiftungsreaktionen, weil die Menge zu gering ist, um das Quecksilber abzuräumen. Nach neuesten Erkenntnissen wird geraten, einige Zeit 3 x 10-15 Tabletten Chlorella zu nehmen, wobei es ratsam ist, sich von 3 x täglich 5 Tabletten auf 3 x täglich 15 Stück hochzuarbeiten. Werden diese gut vertragen, kann diese Dosis beibehalten werden. (Nach erfolgter Quecksilberreinigung kann die Dosis auf 20 Tabletten als Standardeinnahme einmal am Tag verringert werden.)

Da bei manchen Patienten die ganzen Tabletten wieder im Stuhl aufgetaucht sind, noch ein Hinweis: Die Chlorella-Tabletten sollten nach Möglichkeit zerkaut und gut eingespeichelt werden. Sie können dann viel besser wirken. Besonders die Bio Reu-Rella ist geschmacklich sehr neutral.

Einmal pro Woche sollte eine hohe Dosis von 40 oder 50 Tabletten dazu gegeben werden. Auch sollte man immer, wenn sich verstärkte Reinigungssymptome zeigen, diese jeweils mit ca. 40 Chlorella-Tabletten abfangen. Diese Dosis kann, wenn es noch nicht ausreicht, unbedenklich erhöht bzw. wiederholt werden.

Unbedingt wichtig ist es, in dieser Zeit für zügigen Stuhlgang zu sorgen, da das Quecksilber über den Darm entsorgt wird.

Wer sich bereits bei 2 - 6 Tabletten krank fühlt, ist sehr stark quecksilberbelastet. Generell sollten so stark Belastete einen versierten Therapeuten an ihrer Seite haben, der, um Komplikationen zu vermeiden, alle Schritte am Körper des Betroffenen austesten kann, denn bei der Quecksilberentgiftung können sich die bisherigen Symptome einer Krankheit oder Belastung sehr verstärken.

Wenn Chlorella generell gut vertragen wird:
dazu: 1 bis 3 x täglich 5 - 10 Tr. Bärlauchwürze (Bezug: INK-Institut) oder in Olivenöl und Salz eingelegter frischer Bärlauch (Bärlauch-Pesto). Stärker Belastete sollten mit einem Teelöffel Bärlauch-Pesto am Tag beginnen und, wie vertragen steigern, da Bärlauch vermehrt Schwermetalle löst. Eine sehr gut wirksame Bärlauchtinktur liefert die Firma Ceres unter dem Namen Ceres Allium ursinum Urtinktur (Apotheke). Hiervon genügen 3 x täglich 3-5 Tropfen. Wer sich durch Chlorella-Einnahme eher belastet fühlt, sollte noch keinen Bärlauch dazunehmen.

Koriander-Tinktur (Koriander-Tropfen „PARACILANTRO", Paracelsus-Apotheke, Einsiedeln/Schweiz, in ihrer guten Wirkung von Prof. Omura getestet, in Deutschland über die Hirsch-Apotheke, Lörrach, Telefon 0 76 21- 21 22 50 oder in jeder Apotheke auf Rezept eines Arztes erhältlich). Sehr effektiv erweisen sich auch die Koriandertropfen von Ceres („Ceres Coriandrum Urtinktur", 20ml, Apotheke, ohne Rezept.) Aufgrund der starken Wirkung sollte mit nur 1 Tropfen pro Woche begonnen werden.

Erst nach gründlicher Bindegewebsreinigung von mindestens 2 - 3 Monaten mit der Einnahme der Koriandertinktur für die Hirnreinigung beginnen, wobei nach Einnahme der Tropfen die Mittelfingerendglieder beider Hände, die der Hirnzone entsprechen, jeweils ca. 3 Minuten kräftig gedrückt und massiert werden sollten. (Es dürfen keine Amalgamfüllungen mehr im Mund sein!) Erst durch diese Massage öffnen sich die Nervenzellen, so daß das Quecksilber austreten kann. (Rechter Mittelfinger = rechte Gehirnhälfte, linker Mittelfinger linke Gehirnhälfte.)

Ohne Massieren des Fingers, kann auch Koriander die Blockade der Nervenzellen häufig nicht aufheben.

Nach dieser Prozedur beginnen manche Patienten sofort zu husten. Mit einem Quecksilberdampfdetektor hat man gemessen, daß hierbei viel giftiger Quecksilberdampf über die Lunge freigesetzt wird. Je nach Höhe der Gabe des Korianderkrautes wird Quecksilber freigesetzt. Es ist ratsam, mit nur 2 5 Tropfen zuerst nur einmal in der Woche - je nach Schwere des Falles - zu beginnen und diese Dosis langsam, wie vertragen, zu steigern.

Klinische Erfahrungen (Prof. Dr. Y. Omura) haben gezeigt, daß die gleichzeitige Einnahme von konzentriertem Vitamin C (Ascorbinsäure), direkt mit den Koriandertropfen zusammen genommen, die Wirkung des Korianders aufhebt. Das in der täglichen Nahrung enthaltene Vitamin C ist dabei nicht zu berücksichtigen.

Bei Koriandergaben sorgfältig beobachten, ob sich Quecksilber-Entgiftungssymptome einstellen. Dann die Chlorellagabe massiv erhöhen, mit den Koriandertropfen zurückgehen und unbedingt begleitend ein gutes lebendiges Wasser und reichlich Antioxidantien, wie sie ideal in *Juice plus+* enthalten sind, dazunehmen.

Es hat auch schon einen Fall gegeben, wo sich nach nur 2 Tropfen starke Entgiftungssymptome einstellten. Am besten macht man die Koriander-Ausleitung nur ein- bis zweimal in der Woche, um dem Körper Zeit zu geben, das freigewordene Quecksilber abzutransportieren.

Schwerer Belastete sollten sich längere Zeit vorher mit Antioxidantien, gutem Wasser, leberstärkenden Mitteln u. a. m. aufbauen, ehe sie daran gehen, die Schwermetalle zu lösen.

Der Harn zeigt wenig Quecksilber

Zu beachten ist, daß Quecksilber bei dieser natürlichen Methode (im Gegensatz zu DMPS) kaum im Harn auftaucht. Es wird überwiegend über die Leber und Gallenblase in den Darm gegeben. (Üblicherweise werden bei den natürlichen Stoffen - Chlorella, Bärlauch, Koriander - bei gesunden Nieren 10 % über den Harn entgiftet, während 90 % über den Darm ausgeschieden werden.)

Ohne Chlorellagaben kann uns das Quecksilber nicht restlos verlassen

Das in den Darm entsorgte Quecksilber wird (ohne Chlorellagaben) im Enddarm zum größten Teil über die Venen wieder ins Blut zurückgegeben und gelangt wiederum in die Leber. Diese gibt es erneut in die Gallenblase, die es in den Darm weiterentsorgt. Über die Enddarmvenen kommt es zurück ins Blut zur Leber und der Kreislauf geht so lange, bis die Leber das Quecksilber nicht mehr handhaben kann. Es verbleibt im Blut. In seiner Not muß es der Körper dann in das Innere der Zellen verlagern, besonders in die Nervenzellen, was mit der Zeit zu schweren neurologischen und anderen Erkrankungen führt, oder an Sammelstellen im Bindegewebe, wo es später zu schwerem Rheuma bzw. Krebs kommen kann.

Bei der hier beschriebenen Schwermetallreinigung können bei dafür empfindlichen Personen die häufig früher bereits erlebten Leber- und Gallenblasenreaktionen auftreten bzw. sich chronische Schleimhautreizungen des Verdauungstraktes melden. Wenn sich die Leber meldet, tun Rizinusölwickel (mit Wärmflasche) möglichst 2 x am Tag für eine Stunde auf die Leber gelegt, gute Dienste. (Genaues Vorgehen siehe Teil 3, 7: *Was tun wir bei einem Entgiftungsstau?*)

Darmspülungen - ideal zur Quecksilberentgiftung

Nach Koriander und Chlorellagaben tauchte in den Untersuchungen 20mal mehr Quecksilber als normal im Stuhl auf. Im Urin findet man häufig nichts. Da Quecksilber also nach außen in den Darm „entsorgt" wird, wäre es sehr günstig, nach einer Schwermetallfreisetzung einige Stunden oder einen Tag später eine Darmspülung oder einige hohe Einläufe mit dem Irrigator (Apotheke) zu machen. (Zum Einlauf kann ein wenig Kristallsalzsole genommen werden.) Geradezu ideal wäre es, eine Quecksilberentgiftung generell mit wiederholten Darmspülungen zu begleiten.

Zu Beginn der Chlorellagaben kann es auch zu Verstopfung durch die vielen freiwerdenden Gifte kommen. Hier sollte unbedingt für Stuhlgang gesorgt werden. So reinigt ein Brei aus indischen Flohsamenschalen den Darm schonend von innen und bindet viele Gifte. Flohsamenschalen (Apotheke) - nicht die Flohsamenkörner! - helfen bei Verstopfung, sie sind aber häufig auch bei Durchfall hilfreich. Es sind hellgraue feine Schuppen, die mit viel Wasser eine halbe Stunde quellen müssen. Auch Bittersalzgaben im Sinne einer Mayr-Kur helfen bei Verstopfung oder 2 Gläser eines lebendigen Quellwassers, am Morgen getrunken.

Bei anderen Personen führte die Schwermetallentgiftung über längere Zeit zu dünnerem Stuhl.

Quecksilberentgiftung über die Haut

Die Haut kann mit Jucken und Pustelbildung reagieren, so daß es in dieser Zeit ratsam ist, entsäuernde Wannenbäder zu nehmen. Am effektivsten haben sich Wannenbäder mit Kristallsalzsole gezeigt (siehe Teil 2, 4 *Entsäuernde Wannenbäder*). Ebenso wirken Haferstrohbäder bzw. Schwefelbäder beruhigend.

Auch die Infrarot-Wärmekabine wäre für Stabilere, die sonst in die Sauna gehen, ideal, weil über den Schweiß u. a. sehr viel Schwermetalle ausgeschieden werden. Zu Beginn sollte dabei eine niedrigere Temperatur gewählt werden und evtl. auch eine kürzere Zeit, da durch die Tiefenwirkung viel gelöst wird. (siehe in Teil 2, 4 *Die Infrarotwärme-kabine: entgiftet angenehm und außerordentlich effektiv*)

Die Erfahrung hat gezeigt, daß das bereits erwähnte Bärlauchöl sehr gut das Hautjucken beruhigt und zur Abheilung bringt.

Beispiel des hyperaktiven fünfjährigen kleinen Frank

Wie im Video-Film gezeigt wird, hatte der kleine Frank selbst noch keine Amalgam-füllungen, zeigte aber eine höhere Quecksilber-Belastung beim Test. Amalgam-Mütter entsorgen ihr Quecksilber in den Foetus, so daß immer mehr Kinder nervlich überreizt und gestört geboren werden.

Der Junge hatte nach den Chlorellagaben (6 Kapseln am Tag) 50 Mikrogramm Hg pro Kilo Stuhl ausgeschieden. Das ist genauso viel Quecksilber, wie ein Erwachsener täglich freisetzt, der 12 Amalgamfüllungen hat. Später bekam er auch die Korianderkrauttinktur. Das Kind war nach einem halben Jahr wieder ganz gesund.

Impfungen - Vorsicht!

Auch Impfstoffe, die meist das quecksilberhaltige Thiomersal enthalten, können zu schwe-ren Störungen führen, besonders wenn bereits eine stärkere Amalgambelastung der Mut-ter vorliegt. Dazu ein Beispiel, das ich gerade in meiner Paraxis erlebt habe. Nach der dritten Impfung (Hib-Impfung) bekam ein kleiner sechs Monate alter Junge nach 14 Tagen eine schwerste spastische Bronchitis. Eine Woche später war bei ihm die ganze linke Körperhälfte gelähmt mit starker Überstreckung des Kopfes. Der Kopf lag nur noch im Nacken. Es war eine Halbseitenlähmung, ähnlich wie nach einem Schlaganfall. Es war das dritte Kind der Familie, und die sehr aufmerksame und liebevolle Mutter hatte viele Fotos aus der ersten Zeit, die belegen, daß das Kind vorher auch die linke Körperseite voll bewegen konnte.

Mit 2 1/2 Jahren kam der Junge zu mir. Die Mutter machte bereits die Therapie nach Silke Muethen, Münster, die das Buch geschrieben hatte *Mein Kind war Spastiker*. (Silke Muethen hat mit dem verstärkten Einsatz von Calcium (Osspulvit) und Vit. D_3 bereits vielen Spastikern sehr helfen können.)

Wir testeten 4 Packungen Amalgam auf dem Hinterkopf. Es testete bei ihm nur Derivatio H als Entgiftung, 3 Tabl. Bio Reu-Rella pro Tag, im Mörser zerdrückt, und 1/2 Liter der Aqua Luna-Quelle (Mondabfüllung). Das Kind wirkte behindert, weinerlich und unruhig. Es konnte die linke Seite kaum gebrauchen.

Nach nur 1 1/2 Monaten Therapie traute ich meinen Augen nicht. (Es testeten nur noch 2-1/2 Pack. Amalgam auf dem Hinterkopf.) Der kleine Kerl war voll beweglich und sehr munter. Mit beiden Händchen räumte er mir die Testkästen auf dem Schreibtisch ab.

Der neue Test ergab jetzt 2 x 3 Tabl. Bio Reu-Rella, 2 x täglich 2 Tabl. Blaugrüne (Klamath)-Algen (ARKANUM Wahre Naturwaren), die besonders wichtige Hirnareale stärken. Dazu alle 14 Tage zur Vollmond- und Neumondzeit ein Bad mit einprozentiger Kristallsalzsole aus den Kristallsalzblockstücken, tägliche Sole-Einreibung des Kopfes, 3/4 Liter der Aqua Luna-Quelle und Lymphdiaral aktiv-Tabletten, Pascoe, 1 Tabl. am Tag. (Hierin ist Mercurius bijodatus D 12 enthalten zur homöopathischen Quecksilber-ausleitung.)

Siehe zum Thema Impfungen auch das aufschlußreiche Buch von Dr. med. Gerhard Buchwald *Impfen - das Geschäft mit der Angst*, Knaur-Verlag.

Vorsicht mit homöopatischer Ausleitung

Es wird davor gewarnt, Quecksilber mit homöopatisch aufbereitetem Quecksilber (Mercurius solubilis) entfernen zu wollen. Es mobilisiert Quecksilber, welches danach häufig verstärkt in die Nervenzellen des Gehirns eingelagert wird. Die bisher bekannten Teste (Kinesiologie, Elektroakupunktur etc.) zeigen danach keine Quecksilberbelastung mehr an. Diese Tests können nur den extrazellulären Raum erfassen, aber nicht das, was in den Nervenzellen fest eingeschlossen ist und über Jahre die Nervenzellen stört und schließlich zerstört. In dem Video-Film wird ein besonderer kinesiologischer Test vorgestellt, mit dem genau ermittelt werden kann, ob und in welchem Gebiet sich Quecksilber innerhalb der Zellen befindet.

Vorsicht mit Selen- und Zinkgaben

Bevor mit der Schwermetallausleitung begonnen wird, sollte dafür gesorgt werden, daß ausreichend Selen und Zink im Körper vorhanden sind. Ohne diese wichtigen Spurenelemente können die Schwermetalle nicht ausgeschieden werden. Hier erweist sich das Rundum-Antioxidantien-Präparat *Juice plus+* als ideal, das alle benötigten Vitamine, Spurenelemente, Enzyme, Bioflavonoide, die für die Quecksilberentgiftung wichtig sind, liefert.

Ausdrücklich warnt Dr. Klinghardt davor, metallisches, d. h. anorganisches Selen, wie es nur der Arzt oder Zahnarzt verschreiben darf, zu geben. Das anorganische Selen geht mit dem Quecksilber eine sehr enge Verbindung ein (Quecksilberselenit) und kann so noch leichter von den Nervenzellen aufgenommen werden. Diese Warnung gilt nicht für pflanzliches Selen (Hefe enthält 100 Mikrogramm Selen auf 100 g, Sesam 800, Kokosnüsse 800 Mikrogramm). Hier handelt es sich um organisches Selen. Auch anorganische Zinkgaben können nach Dr. Klinghardt die Quecksilberbelastung verstärken. Das Zink über die Nahrungsaufnahme wirkt dagegen positiv und ist für die Schwermetallentgiftung wichtig. Zink ist z. B. reichlich enthalten in Kürbiskernen, Speisemohn, Hartkäse, Weizenkeimen u.a. (Siehe ausführliche Selen- und Zinktabelle im Buch *Mykosen*)

Amalgam-Entfernung - was ist zu beachten?

Die GZM, die Internationale Gesellschaft für Ganzheitliche Zahn-Medizin e.V. (Anschrift im Anhang), vermittelt Adressen von ganzheitlich arbeitenden Zahnärzten, die meist in der Lage sind, die verwendeten Zahnmaterialien auf Verträglichkeit auszutesten.

Quecksilber verdampft, und es wird als Gas besonders leicht von den Nervenzellen aufgenommen. Manche Zahnärzte verwenden inzwischen den „Cofferdam" - hierbei wird der Mund mit einer Folie ausgekleidet, so daß den Zahnarzt nur die auszubohrende Amalgamfüllung anschaut - wodurch das Quecksilber nicht mehr in die Schleimhaut gelangt. Ideal für den Zahnarzt und Patienten wäre es, wenn die hochgiftigen Quecksilberdämpfe gründlich abgesogen würden bzw. mit Atemmaske für alle Beteiligten gearbeitet würde.

Bevor der Patient in das Sprechzimmer des Zahnarztes zum Herausbohren der Füllungen eintritt, sollte er 20 Tabl. Chlorella schlucken.

Gleich nach dem Herausbohren, wenn ohne Cofferdam gearbeitet wird, sollte der Mund gründlich gespült und 3 - 4 Chlorella-Tabletten zerkaut werden, die für 10 Minuten im Mund hin- und herbewegt werden. Dadurch wird das in die Schleimhaut hineingepeitschte Quecksilber gebunden. Erst dann sollte die Unterfüllung gemacht werden. Abends sollten noch einmal 20 Chlorella genommen werden und auch am anderen Morgen und Mittag. Die Amalgamentfernung sollte also mit 4 x 20 Stück Chlorella-Tabletten rundum begleitet werden.

Schwarze Quecksilber-"Torpedos" in der Mundschleimhaut

Wer nach der Amalgamsanierung schwarze Flecken in der Mundschleimhaut sieht, sollte ein Watteröllchen mit Chlorella-Paste tränken und zweimal am Tag für 10 Minuten an diese Stelle legen. Der Fleck verschwindet in wenigen Tagen.

In Fällen, wo es zur Zeit nicht möglich ist, Amalgam entfernen zu lassen, kann trotzdem Chlorella und Bärlauch zur Bindegewebsreinigung genommen werden. Nur sollte die Koriandertinktur noch nicht gegeben werden, da diese vermehrt Quecksilber auch aus den Zahnfüllungen freisetzt.

Was tut man in der Schwangerschaft?

Sind keine Amalgamfüllungen vorhanden, so gibt Dietrich Klinghardt auch in der Schwangerschaft Chlorella. Die so geborenen Babies wären außergewöhnlich stabil und prachtvoll.

Die Füllungen während der Schwangerschaft nicht entfernen (außer von einem absoluten Könner mit totalem Entgiftungsschutz) und ständig ca. 12 Tabl. Chlorella pro Tag nehmen, um das täglich freigesetzte Quecksilber abzufangen.

Man weiß heute, daß 50-60 % der Quecksilberbelastung dem erstgeborenen Kind weitergegeben werden durch Schwangerschaft und Stillzeit. Allergien bei Kindern, Neurodermitis, Asthma, Colitis ulcerosa, Mb. Crohn sind typische Schwermetallerkrankungen. Die Kinder von Amalgam-Müttern haben kleinere Gehirne, eine verzögerte Entwicklung der Nerven und des Immunsystems.

Ab einem Dreivierteljahr, nachdem sich das Immunsystem des Kindes voll entwickelt hat, können diese Babies mit Chlorella entgiftet werden. (Bio-Bananen- oder Apfelmus mit zerdrückten Chlorella-Tabletten)

Die Babies bekommen später auch die Koriandertinktur (1-3 Tropfen ansteigend, in Wasser verdünnt), wobei das Endglied der Mittelfinger für 2 Minuten zu massieren ist.

(Bei einem 7jährigen Mädchen testete ich eine erhöhte Amalgambelastung. Das Kind hatte noch keine Amalgamfüllungen. Zur Entgiftung zeigten sich die Sulfur Similiaplex Tabletten von Pascoe, über längere Zeit zu nehmen (Sulfur ist in der Homöopathie u. a. der große Engifter für Blei und Quecksilber) und die Lymphdiaral aktiv-Tabletten von Pascoe mit 3 x 1 Tabl. Letztere enthalten Echinacea und Mercurius bijodatus D 12. Dietrich Klinghardt sagt, daß es bei Kindern, die selbst noch keine Amalgamfüllungen haben, genügt, wenn die Quecksilberbelastung homöopathisch ausgeleitet wird. Zur besseren Ausschwemmung sollte die St. Leonhardsquelle (bzw. Aqua Luna) dazugenommen werden.)

Die Quecksilberentgiftung macht Reaktionen

Auch wenn es sich bei dem beschriebenen Vorgehen um drei natürliche Lebensmittel und keine Arzneimittel handelt, so ist es ratsam, einen mit der Schwermetallentgiftung vertrauten Therapeuten zu Rate ziehen. Jeder, der sich allein an die Schwermetallentgiftung heranmacht, handelt in eigener Verantwortung.

Die Entgiftung von Quecksilber verursacht im Körper Streßsymptome, die sich wie folgt äußern können: Brechreiz, Übelkeit, Kopfschmerzen, Blähungen etc., häufige weichere Stuhlentleerungen oder Verstopfung, Heißhungeranfälle, Herzprobleme, Angstgefühle, Hautjucken, Mißstimmungen, Muskelschmerzen, Schlappheit etc., Magen-Darmkrämpfe, Schlafstörungen, Depressionen, Zittern der Hände etc. Auch verstärken sich häufig bereits bekannte Symptome.

Dem Arzt steht noch die DMPS-Injektion zur schnelleren Ausleitung von Quecksilber über die Nieren zur Verfügung. Hierbei sollten vorher die Ausscheidungsorgane und hier besonders die Nieren (Nierenelixier, Cosmochema, Phönix Solidago o. ä.) gestärkt sein und begleitend Chlorella, Antioxidantien und die St. Leonhardsquelle gegeben werden, damit es nicht zu den manchmal erlebten erheblichen Verschlechterungen nach DMPS-Injektionen kommt.

Je kränker jemand ist, um so vorsichtiger sollte vorgegangen sein. Ideal wäre es, von einem vom Klinghardt-Institut (INK Institut für Neurobiologie) ausgebildeten Therapeuten begleitet zu werden, da häufig auch die Lösung von Blockaden durch Narben oder unerlöste seelische Konflikte notwendig ist, damit sich die Schwermetalle überhaupt aus den vorher eingeschränkt versorgten Gebieten reinigen können. Generell sollte sich der Betroffene bei der Schwermetallentgiftung gesundheitlich gut fühlen und darf nicht in einer schwachen oder sehr kranken Phase sein. Sofort aufhören, wenn sich ernstere Verschlechterungen einstellen. Verschlechterungen gibt es immer dann, wenn die Antioxidantien, sprich Entgiftungsstoffe, nicht ausreichen. Am besten sollten diese bereits einige Zeit vor Beginn der Schwermetallsanierung ausreichend zugeführt werden. (Siehe Teil 2, 1)

Wie lange müssen wir entgiften?

Erfahrungsgemäß dauert die Amalgamentgiftung ca. 4 Monate bis zu 4 Jahren.

Die Bereinigung der Schwermetalle ist ein wichtiger Teil zur Gesundung, der andere Teil beruht auf psychischen Verletzungen, meist aus der frühen Kindheit, die besonders chronischen Erkrankungen und Schmerzzuständen den Boden bereiten. Diese psychischen Verletzungen können mit der Psychokinesiologie aufgespürt und gelöscht werden, so daß energetisch unterversorgte Gebiete wieder normal durchblutet und gereinigt werden. (Siehe im Schlußteil des Buches: *Die Psyche nicht vergessen*!)

Auch Störfelder in den Zähnen und besonders auch Narben, sind oft die Ursache dafür, daß ein Gebiet im Körper energetisch unterversorgt und mit der Zeit krank wird. Die Neuralkinesiologie spürt diese Störfelder sicher auf (ebenso geopathische Belastungen, Elektrosmog, Nahrungsmittelunverträglichkeiten, Bißanomalien etc.), so daß eingeschränkte Regulationen wieder in Gang kommen. (Ausbildung und Therapeutenliste beim INK-Institut, Stuttgart)

Alzheimer

Dr. Dietrich Klinghardt hat auch gute Erfolge bei Alzheimer, besonders wenn die Nervenzerstörung durch Schwermetalle noch nicht zu weit fortgeschritten ist. Bei Alzheimer fanden die Forscher zum Beispiel 4 x mehr Quecksilber im Gehirn, während Aluminium nur bis zu 2mal im Vergleich zu Nichtalzheimerpatienten erhöht war. Zur Aluminiumentgiftung werden noch andere Substanzen verwendet.

(Besonders Alzheimer und auch Parkinson wurden wiederholt durch das Trinken der St. Leonhards- bzw. Aqua Luna-Quelle gebessert. Beide Quellen wirken durch ihre Hirnsteuerfrequenzen positiv und stärkend auf die verschiedenen Hirnareale.)

Kniegelenkserguß:

Quecksilber wird bevorzugt in Muskelgewebe, aber auch in Gelenkskapseln (Schultergelenke, Kniegelenke etc.) entsorgt. Der Muskeltest zeigte bei einem starken Kniegelenkserguß eine hochgradige Quecksilberbelastung an. Die punktierte Flüssigkeit enthielt dann auch sehr große Mengen davon. Mit Entgiftung der Quecksilberdepots heilen solche Krankheiten mit der Zeit ab, was vorher trotz vielseitiger Bemühungen nicht zu erreichen war. Auch heilten schwere Muskelerkrankungen (Fibromyalgie), die mit Muskelschmerzen, Depressionen und Schlaflosigkeit einhergingen, laut Video, in 3 bis 4 Monaten aus.

Autoimmunerkrankungen

Metalle aus den Zahnfüllungen haften sich an Körperzellen an. Dadurch erkennt das Immunsystem diese Zellen als Feind (Haptenfunktion). Metalle sind somit eine der Hauptursache für Autoimmunerkrankungen wie Lupus, Sklerodermie, PCP, echtes Rheuma, Schilddrüsenprobleme, Migräne, Colitis ulcerosa, Mb. Crohn etc.
Deshalb sind Metalle im Mund gefährlich, auch Gold. Wer sie nicht entfernen kann, sollte ständig mit Gaben von Chlorella - bei Palladiumbelastung mit Kohle - gegensteuern, denn Chlorella entgiftet sämtliche Metalle (bis auf Palladium) wie auch die anderen Zahnersatzmaterialien. Bei Autoimmunerkrankungen bringen nach Dr. Dietrich Klinghardt wiederholte Eigenblutinjektionen sehr gute Erfolge.

Palladium kann die Ursache sein, wenn es weiterhin schlecht geht

Die Erfahrung hat gezeigt, daß meist noch eine stärkere Palladiumbelastung aus Brücken und Kronen vorliegt, wenn die Schwermetallentgiftung durchgehend Verschlechterungen macht, wie Durchfälle, Übelkeit bis zum Erbrechen, weiter anhaltende Schwäche, starke Stimmungsschwankungen u.a.m.

Palladium wurde früher mit 78prozentigem Anteil in Billiggold als Zahnersatz verwendet, und es ist häufig auch noch mit 8 bis 10 % in Hochgoldlegierungen enthalten. Je mehr Palladium eine Krone enthält, um so dunkler ist das Metall.

Die starke Entgiftungskraft von Chlorella löst auch Palladium aus den Depots, ohne daß es wie andere Schwermetalle durch diese Grünalge gebunden, den Körper verlassen kann. Wie die GZM, die Internationale Gesellschaft für Ganzheitliche Zahn-Medizin, mitteilt, „hat sich zur Ausleitung von Palladium die Einnahme von Kohletabletten (bis zu 15 Stück pro Tag) bewährt, da diese eine gute Reinigung von Schwermetallen gewähren."
(Die Kohletabletten in den Mund nehmen und mit viel Flüssigkeit sich auflösen lassen)

Bei starker Palladiumbelastung haben 3 x 10 Kohletabletten täglich und einmal wöchentlich 50 Tabletten als Stoß eingesetzt einen guten Erfolg gebracht. Die 50 Tabletten sollten nicht am selben Tag wie der Chlorella-Stoß gegeben werden.

Kohle liefert viele basische Mineralstoffe und bindet Bakteriengifte und Schwermetalle. Dadurch stoppt sie einen Durchfall. Sie stopft nicht. Die täglichen Kohletabletten sollten möglichst in größerem Zeitabstand (mindestens eine Stunde) zur Chlorellaalge gegeben werden.

Ist Palladium die Ursache, geht es dem Betroffenen nach Einnahme der Kohletabletten deutlich besser. Dafür können bis zu 70 Kohletabletten am Tag nötig sein.

Bleibt das Unwohlsein, wurde mehr gelöst, als die Ausscheidungsorgane verkraften. In diesem Fall sollte von einem Therapeuten die Stoffwechsel- und Leberentgiftung durch Injektionen, wie in Teil Nr. 3, 7 *Was tun wir bei einem Entgiftungsstau*? beschrieben, angeregt werden. An das lebendige Wasser sollte sich der Patient einschleichend am besten bereits vorher gewöhnt haben, ebenso an die ausreichende Zufuhr von Antioxidantien.

Viel trinken!

Während der Ausleitung ist darauf zu achten, besonders viel gutes, kohlensäurefreies, möglichst lebendiges Wasser zu trinken, dem ab und zu etwas Apfelessig (ohne Honig) zugefügt wird, oder leichte Kräutertees, wie Ringelblütentee, Holundertee, Lindenblütentee, 7 x 7 ORGON-Kräutertee etc.

Auch Bierhefe in Tabletten, Pulver oder in flüssiger Form, wenn vertragen, ist außerordentlich wertvoll oder andere Hefeflocken in jeder Form. (Hefeprodukte machen nur am

Anfang bei extremem Candidabefall Probleme und sollten nur in dieser Zeit gemieden werden. Da sie sehr stark immunstärkend sind, helfen sie uns später, eine schlagkräftige Abwehr und besseres Blut aufzubauen.)

Auch einige Mandeln, über Nacht in gutem Wasser eingeweicht, wobei die Haut entfernt werden sollte, liefern gutes Eiweiß und wertvolle Vitamine.

Kokoswasser,

unterstützt durch seine reichhaltigen Inhaltsstoffe (Spurenelemente, Vitamine, Fette und Aminosäuren, Kalzium und Silizium, Selen) den Körper sehr effektiv bei der Amalgamsanierung und allgemein in der Rekonvaleszens. Ich weiß von einer deutschen Entwicklungshelferin, die in Afrika bereits wochenlang schwer an Hepatitis erkrankt war, und der kein europäischer Arzt helfen konnte. Ein Medizinmann riet ihr, ausschließlich das klare Wasser der Kokosnuß zu trinken. Sehr schnell wurde sie gesund. (Bezug: über Biogenia)

Apfelessig hilft, Quecksilber zu entgiften

Die Erfahrung hat gezeigt, daß nach Amalgamsanierung zum Beispiel fünfmal täglich ein Teelöffel Apfelessig, in je ein Glas gutes Wasser gegeben, die Zellentgiftung (Zitronensäurezyklus) positiv beeinflußt.

Die Entsäuerung nicht vergessen:

Bei einem Defizit an basischen Mineralstoffen (besonders Kalium, Calcium, Magnesium und Natrium) ist der Körper nicht in der Lage, toxische Metalle - auch nach Provokation - auszuscheiden. Der Mineralaushalt muß *unbedingt vor und während* einer Schwermetallmobilisation ausgeglichen werden. (Ergebnisse Dietrich Klinghardt).

Spirulina

Einige Patienten haben die Schwermetallentgiftung allein mit der besonders energiereichen Spirulina-Alge der Firma Biogenia (Adresse im Anhang) geschafft. In Costa Rica in Meernähe werden diese Algen in Quellwasser, das aus einem Vulkangebirge mit vielen Spurenelementen gespeist wird, nach streng ökologischen Gesichtspunkten, von einem Schweizer Familienbetrieb angebaut. Die Algen werden ohne Bindemittel (deswegen auch die tiefdunkle Farbe) sehr schonend bei nur max. 40^0 C getrocknet. Sie ist - im Vergleich zu mancher Spirulina aus Asien - garantiert nicht radioaktiv bestrahlt. (70% bestes Eiweiß, Vitamine A, B12,E,Beta Carotin, Calcium, Phosphor, Eisen, Chlorophyll etc.)

Diese Spirulina schmeckt viel milder und überhaupt nicht fischig. Da die Algen gut eingespeichelt werden sollten,ist die Granulat-Form am idealsten. Kinder lieben die interessanten Mini-Spaghettis, die gerne genommen werden.

III. Teil - Wie gehen wir in der Praxis vor?

Erinnern wir uns: Je saurer das Bindegewebe und - so wie wir es erleben - je mehr Säure abgebende Darmerreger und Candidapilze im Blut, um so basischer (alkalischer) wird das Blutplasma als Gegensteuerung. In diesem verstärkt alkalischen Blutplasma wie auch in den saurer werdenden Erythrozyten wuchern dann vermehrt die Entartungsformen des Endobionten. Um dieser Blutschwächung entgegenzutreten, sind folgende Schritte nötig:

1. Lebendiges Wasser

Der Mensch besteht zu ca. 70 Prozent aus Wasser, unser Gehirn zu 95 Prozent. Dieses Körperwasser auf optimalem Niveau zu halten, ist der Schlüssel zur Gesundheit.

Nur natürliche unzerstörte Quellen, die selbst in ihrer Kristallstruktur noch in Ordnung sind, können uns die elektromagnetischen Informationen und die Lichtkraft (Biophotonen - Energie) vermitteln, die wir benötigen, um auch in unserem Körperwasser wieder die gesunde energievolle Kristallstruktur aufzubauen.

Je energievoller unser Körperwasser, um so weniger können sich parasitäre Entartungsformen bis hin zu Pilzen und Egeln in uns entwickeln. (Die frei zutage tretenden Quellen sind durch ihre kristalline Struktur und damit starke Energie immer keimfrei, wenn nicht belastetes Oberflächenwasser dazutreten kann.)

Der Endobiontenbefall ist eine Frage der Lebenskraft, der Energie.

Die Erfahrung hat gezeigt, daß die St. Leonhardsquelle und/oder die Aqua Luna-Quelle dieser Forderung optimal nachkommen. Sie haben eine so starke ordnende Kraft, daß schwerer Belastete mit einem 1/4 Liter pro Tag über 4 bis 7 Tage beginnen sollten. Wie vertragen, langsam auf 2 Liter pro Tag steigern. (Zum Beispiel alle 4 - 7 Tage um einen halben Becher (1/8 l) bis einen Becher (1/4 l) steigern.) Wird zuviel gelöst, fällt zuviel „Müll" in den Gefäßen an, was zu Kopfschmerzen führen kann. Lieber langsam und sicher vorgehen. Was sich in Jahrzehnten in unserem Körper angesammelt hat, braucht eine gewisse Zeit, um abfließen zu können. Auch müssen sich die geschwächten Ausscheidungsorgane erst regenerieren. Je nach Belastung sollte sich jeder an das für ihn richtige Maß herantasten. Das Gefühl der Kraftanhebung, die bessere Nieren- und Darmtätigkeit, das Verschwinden der Erschöpfung zeigen, daß wir auf dem richtigen Weg sind. (Siehe Teil 2, 1: *Wasser - unser Lebensmittel Nr. 1*)

Wichtiger denn je ist heute eine gute Wasseraufbereitung, die das Trinkwasser von Schadstoffen, Chlor, Nitrat, Schwermetallen und Pestiziden befreit. (Umkehrosmose zur Schadstoffeliminierung plus eingebauten Aktivkohlefiltern zur Entkeimung) Dieses noch tote Leitungswasser sollte mit einer guten Wasserbelebung, zum Beispiel mit der

Grandertechnologie, belebt werden.

Das preiswerteste Belebungsgerät mit sehr guter Leistung, das ich kenne, ist der Getränkedurchlauf-Trichter (Regenerationskonverter) der Firma Aquamedicus. (Kostenpunkt um DM 295,00). Es ist ein doppelwandiger Trichter, gefüllt mit hochschwingendem Wasser, verschiedenen Quarzkristallen und 74 Elementen, die alle darauf ausgelegt sind, dem Wasser eine hohe Kristallstruktur zu verleihen. Die Trichter und auch die größeren Geräte sind so beschaffen, daß Elektrosmog und alle Schadstofffrequenzen des durchlaufenden Wassers vollständig gelöscht werden.

Auffallend ist die positive Wirkung bei sehr hartem Wasser. Die verkalkten Geräte werden wieder frei. Auch ohne Umkehrosmosegerät schmeckt ein damit behandeltes Leitungswasser wie Quellwasser, besonders, wenn es einige Wochen stehen kann, bevor es getrunken wird. (Bezug: Aquamedicus)

Auch dieses selbst erzeugte lebendige Wasser am Anfang langsam einschleichend steigern, da es eine sehr hohe entgiftende und stärkende Kraft hat. Bei Menschen, die dieses Wasser schon längere Zeit trinken, fiel mir das starke Schneegestöber auf, die gesunden Kleinstformen, die größere bakterielle Entartungsformen in uns auflösen. Dieses Schneegestöber (unendlich viele kleine, flirrende Lichtpartikel) zeichnet nach Prof. Enderlein ein gesundes Blut aus.

2. Säurearme Kost

Die tägliche Ernährung entscheidet darüber, wie sich das Milieu in unserem Darm und Blut entwickelt. (An dieser Stelle ist nicht der Platz, um ausführlich auf die Ernährung einzugehen. Dieses ist in den Knaur-Taschenbüchern *Mykosen, Pilzerkrankungen ganzheitlich heilen* und *Candida* geschehen.)

Um einer Candidavermehrung nicht Vorschub zu leisten, unbedingte Vermeidung gärfreudiger Kost, wie Bananen, Weintrauben, Pflaumen, Trockenobst, süßes Obst, Kuchen, Süßes aller Art, Weißmehlprodukte, Wein, Bier, Obstsäfte, auch Apfelsaft, Frischkornmüsli mit Trockenfrüchten, süßes Gebäck u. a.

Wichtig ist auch der Test (Neuralkinesiologie) auf Nahrungsmittelunverträglichkeiten. Weizen und Kuhmilch werden von 80 Prozent der Patienten nicht mehr vertragen. Häufig findet man bei Rheumatikern eine starke Kuhmilchunverträglichkeit, einschließlich Sahne und Butter.

Die Nahrung sollte nach Möglichkeit jeweils frisch zubereitet werden und aus pestizidfreiem bio-logischen Anbau sein, um uns die so dringend benötigten Antioxidantien zur Verfügung zu stellen. Frische Gemüse- und Blattsalate sollten täglich verzehrt werden. Eine Auflistung stark säuernder bzw. basisch wirkender Lebensmittel finden Sie im Anhang des Knaur-Taschenbuches *Pilzerkrankungen ganzheitlich heilen*, ebenso das beliebte Waffelrezept zur Verringerung von Brotgetreide, das mit dem sehr fein schmekkenden luftgetrockneten Maronenmehl (Bezug: Ursula Schaller) noch gehaltvoller gemacht werden kann.

3. Antioxidantien und umfassende Vitalstoffzufuhr

Inzwischen hat sich das Nahrungsergänzungsmittel *Juice plus+* zur Auffüllung der vielseitig notwendigen Entgiftungs- und Aufbaustoffe bestens bewährt.

Nach *Juice plus+*-Zufuhr wird immer wieder von einer deutlichen Kraftanhebung berichtet. Schon nach kurzer Zeit kann ein Anstieg der Vitamin C-Konzentration im Blut nachgewiesen werden wie auch von beta-Carotin, der Vorstufe von Vitamin A und Vitamin E. Wer sich nicht mit den vielen Einzelmitteln abgeben will, hat hiermit die Vollversorgung mit allen notwendigen Vitaminen, Antioxidantien, Aminosäuren, Enzymen, Mineralien, Spurenelementen, Bioflavonoiden und anderen zum Teil noch gar nicht erforschten Pflanzennährstoffen.

Erntefrischem Obst und Gemüse wird schonend und wertstofferhaltend bei Temperaturen unter 34° C das Wasser entzogen. Durch dieses besondere Verfahren sind die Extrakte auch ohne Konservierungsstoffe haltbar.

Die kontrollierten Anbaugebiete liegen in Meernähe in industriefernen ländlichen Gebieten Amerikas (Florida, Kalifornien und Hawai), um eine so optimale Qualität wie noch möglich zu erzielen. Die amerikanischen Böden sind bekanntermaßen sehr reich an Selen, während Deutschland ein Selenmangelgebiet ist.

In *Juice plus+* wurden keine isolierten einzelnen Stoffe kombiniert nach dem Wissensstand, den die Forschung gerade erreicht hat, sondern die ganze Palette natürlicher Wertstoffe frischer Früchte und Gemüse, die sich ideal ergänzen, wird uns - so wie die Natur es zu unserem Schutz vorgesehen hat - zur rundum Vitalstoffanreicherung in optimaler Weise angeboten.

Damit auch Diabetiker die Kapseln nehmen können, ist der Fruchtzucker entfernt worden, während er in den Kinderkautabletten belassen wurde.

Generelle Einnahmeempfehlung:

am Morgen, ca. 20 Minuten vor dem Frühstück, werden 2 Kapseln der Obst-Extrakt-Mischung und am Nachmittag/Abend 2 Kapseln des Gemüseextrakts, jeweils mit viel Wasser eingenommen. Am preiswertesten ist eine Viermonatskur. Nach diesen vier Monaten möchte kaum jemand mehr diese großartige gesundheitliche Unterstützung missen. (Weitere Ausführungen zu *Juice plus+* siehe Teil 2, 1)

4. Zufuhr basischer Pufferstoffe

insbesondere Natriumbicarbonat (Natron), um die Säuren im Körper abzupuffern.

Häufig wirkt zu Beginn eine Basenmischung günstiger, da inzwischen auch die anderen basischen Ionen, wie Kalium, Calcium und Magnesium, fehlen.

Hat jemand längere Zeit zu wenig basische Pufferstoffe - die Alkalireserve ist dann verringert - werden alle mit der Nahrung angebotenen basischen Ionen zur Blutneutralisierung verbraucht. Das Magnesium gelangt dann nicht dorthin, wo es im Körper benötigt wird. Dadurch kann es zu Bein- oder Herzkrämpfen kommen. Auch Angstzustände werden durch Magnesiummangel begünstigt. Wir sollten in diesem Fall Magnesium zuführen, aber auch unser Natrondepot auffüllen, damit das täglich durch die Nahrungsaufnahme eintreffende Magnesium nicht zur Abpufferung von Säuren entfremdet wird.

Bei Calciummangel können wir Muskelzuckungen am Auge erleben. Nachts schlafen die Hände und Arme ein oder kribbeln eigenartig. Auch hierfür gilt das Gleiche. Häufig verschwinden diese Erscheinungen allein durch die Zufuhr von Natron, da jetzt das Calcium aus der Nahrung nicht mehr geraubt wird.

Am besten kinesiologisch austesten, welches Entsäuerungspulver benötigt wird.

Sehr häufig testet die Basenmischung nach Friedrich F. Sander:

Natriumbicarbonicum	440.0
Kalium citric.	25.0
Calcium citric.	25.0
Magnesium citric.	10.0

Nach Friedrich F. Sander braucht eine verringerte Alkalireserve in erster Linie Natriumbicarbonat. Da heute meist auch die anderen basischen Mineralien fehlen, sollten diese möglichst in der Citratform (oder als Tartrat) zugeführt werden, da nach Sander nur die Citrat- oder Tartratverbindungen die Alkalireserve auffüllen können.

Fertigpräparate:
Alkala N, Rebasit, Bullrich's Vital; Basosyx Dragees etc. oder
die reinen Natron-Produkte Bullrich-Salz oder Kaiser-Natron

Je belasteter jemand ist, auch der ältere Mensch, um so vorsichtiger sollte er sich „einschaukeln", da der Körper es erst wieder lernen muß, mit dem Natriumbicarbonat wieder umzugehen.

Der Patient sollte am ersten Tag mit einem 1/4 oder 1/2 Teel. Entsäuerungspulver beginnen, das am besten zuerst mit kaltem Wasser und dann in reichlich sehr heißem Wasser aufgerührt wird, damit sich das Salz gut auflöst. Die Lösung sollte jeweils so gut verdünnt sein, so daß sie nicht salzig schmeckt.

Der Patient kann selbst seinen Harn-pH-Wert am Morgen prüfen und die Pulvereinnahme so anpassen, daß sich der Wert nicht nur am Morgen sondern ständig um 7,4 pH bewegt. Meist ist dazu ein dreiviertel bis ein Teelöffel am Morgen und Abend nötig, am besten jeweils vor dem Essen, damit die Verdauungsdrüsen optimal arbeiten können. Bei starker Übersäuerung kann diese Menge kurzzeitig auch 3 x täglich angezeigt sein. (Siehe auch in Teil 2, 2: *Der Säure-Basen-Haushalt nach Friedrich F. Sander*)

Wer natriumhaltige Basenmischungen nicht mehr verträgt - es kommt dann zu ständigen Durchfall oder zum Wasserstau in den Beinen oder in der Lunge -, kann auf die natriumfreien Neukönigsförder Mineraltabletten ausweichen.

5. Zufuhr rechtsdrehender Milchsäure nach Prahm

Traditionell wird von Sanum-Therapeuten Sanuvis eingesetzt. Es handelt sich hierbei um mehrfach potenzierte rechtsdrehende Milchsäure (Potenzakkord).

Bei stärkerem Befall - erhöhte Candidabelastung bzw. Säureflecken nach Heinz Prahm im Blutausstrich - sollte das Milchsäurepräparat Lympholact (D4) oder Lactopurum (rechtsdrehende Milchsäure D 2), wie es der Test am Patienten zeigt, jeweils gut verdünnt, über mehrere Monate eingesetzt werden.

In der Praxis hat sich durch die Prahm-Blutausstrich-Forschungen herausgestellt, daß durch Zufuhr von basisch verstoffwechselter rechtsdrehender Milchsäure die Säurefelder im Blut verschwinden. Heinz Prahm stellt aus eingesandten Blutproben preisgünstig Blutausstriche her, die die weißleuchtenden größeren und kleineren Flecken sehr gut sichtbar machen. Diese durch die linksdrehende Milchsäure verätzten Fibrinansammlungen lassen sich durch Zufuhr rechtsdrehender Milchsäure auflösen. Prahms Therorie lautet, daß diese Säureflecken im Blut überwiegend durch von negativen Darmbakterien erzeugte linksdrehende Milchsäure entstehen. Unsere Überzeugung ist, daß der im Darm wachsende Pilz Candida albicans oder andere Spezies des Candida für diese Säureproduktion vorrangig zuständig sind.

(Ergänzend siehe Teil 2, 2: *Mit der rechtsdrehenden Milchsäure gegen Übersäuerung* - Blutausstrichtechnik Info: Lactoprahm)

6. Zufuhr von Kleinstformen (Endobionten)

Die Präparate Mucokehl bzw. Nigersan (beide Sorten gibt es auch gemischt als Sankombi) bilden die Grundlage der isopathischen Therapie. Diese Mittel liefern uns die heute immer mehr fehlenden kleinsten Schutzkörperchen (Symprotite, Spermite = Symbionten), die nach Enderlein im Dunkelfeld als ein wahres Schneegestöber zu sehen sein sollten. Diese Kleinstformen sind in der Lage, größere Entartungsformen wieder zurückzubilden.

Wenn wir zum Beispiel Mucokehl und/oder Nigersan in der D 5 oder die Mischung Sankombi als Tropfen zuführen, werden sehr viele größere negative Formen dieser Entwicklungszyklode abgebaut.

Die Erfahrung hat gezeigt, daß es ein Kunstfehler ist, nur Mucokehl und/oder Nigersan einzusetzen, ohne danach die abgebauten Stoffe auszuleiten. Dafür dienen die entsprechenden Präparate Mucokehl Atox bzw. Nigersan Atox D 6, die bisher nur über die Firma Holomed, Nederlande, zu erhalten sind.

Zum Beispiel sollte, nachdem von Montag bis Samstag täglich Mucokehl bzw. Nigersan D 5 (oder die Kombination von beiden als Sankombi) mit 8 - 10 Tropfen gegeben wurde, am 7. Tag (Sonntag) mit diesen Präparaten ausgesetzt werden und dafür die Ausleitung mit Mucokehl Atox D 6 und Nigersan Atox D 6 (Holomed, Nederlande) vorgenommen werden.

Danach wieder Mucokehl und Nigersan D 5 sechs Tage lang usw. Durch Atox werden die Zerfallsprodukte der parasitären Wuchsformen zur Auflösung und Ausscheidung gebracht. Wenn wir die Ausleitung unterlassen, bilden sich erneut parasitäre Wuchsformen, zum Teil in sehr aggressiver Weise. Auch kann es zu starken Durchblutungsstörungen und toxischen Verschlechterungen kommen. Besonders Gefäßgeschädigte oder ernsthaft Erkrankte sollten hier sehr vorsichtig sein.

Generell sollten Sanummittel als Tropfen lange gelutscht werden, damit sie über die Mundschleimhaut auch ins Blut übertreten können. Entsprechend besser wirken Injektionen (Mucokehl, Nigersan). Aber auch hier darf die nachfolgende Ausleitung mit Atox nicht fehlen. Sie sollte mit dem jeweiligen Atox am 2. oder 3. Tag nach der Injektion erfolgen. Welches Sanummittel notwendig ist, zeigt idealerweise der neuralkinesiologische Test.

7. Darmmykose-Kapselkur „normal" über ca. 2 Monate

Es folgt hier das erfolgreiche Standardrezept für einen mittelstarken Candidabefall des Darmes von Ekkehard Scheller, das je nach eigenem Ermessen abgewandelt werden kann:

Fortakehl D 4, 20 Kapseln, Sanum
Pefrakehl D 4, 20 Kapseln, Sanum
Albicansan D 4, 20 Kapseln, Sanum

Notakehl D 4, 20 Kapseln, Sanum
Einnahmeplan (vor dem Frühstück)
1. Tag: 1 Kapsel Fortakehl
2. Tag: 1 Kapsel Pefrakehl
3. Tag:: 1 Kapsel Fortakehl
4. Tag: 1 Kapsel Albicansan
5. Tag: 1 Kapsel Pefrakehl
6. Tag: 1 Kapsel Notakehl
7. Tag 1 Kapsel Albicansan
(Die Kapseln 1 - 2 Stunden vor dem Frühstück einnehmen.)

Exmykehl-Tropfen, 10 ml, Holomed Nederlande, -
tägl. nach der Kapsel 8-10 Tropfen auf die Zunge geben und möglichst lange lutschen.
(Erwachsene, auch, wenn sie schwerer belastet sind, tägl. 8 - 10 Tropfen, Kinder 5
Tropfen. Das Mittel bildet die Candidapilze im Blut zurück.)

Sanukehl Cand. D 6, 10 ml, Sanum
Jeden 2. Tag 10 Tropfen vor dem Schlafengehen, oder einmal täglich 5 Tropfen abends
(Sanukehl Cand D 6 sollte immer begleitend zur Auflösung der Candidapilze durch
Albicansan und Pefrakehl gegeben werden. Dieses Mittel bindet die Candida-Toxine. Je
mehr man davon nimmt, um so stärker werden die Gifte ausgeschieden, was zu über-
stürzten Reaktionen, wie zum Beispiel zu verstärktem Hautjucken, führen kann. Stärker
belastete Patienten oder Kinder sollten grundsätzlich mit 1 Tropfen beginnen, die Reaktion abwarten und langsam steigern.)

Darmmykose-Kapselkur „stark" über 2 Monate
Bei schwerem Befall können die Gaben erhöht werden, wie zum Beispiel:

1. Tag 2 Kapseln Pefrakehl
2. Tag 2 Kapseln Albicansan
3. Tag 2 Kapseln Fortakehl
4. Tag 2 Kapseln Pefrakehl
5. Tag 2 Kapseln Notakehl
6. Tag 2 Kapseln Albicansan
7. Tag 1 Kapsel Recarcin

(Die Kapseln 1 - 2 Std. vor dem Frühstück)
Danach wie vor:
Exmykehl Tropfen auf die Zunge und

Sanukehl Cand D 6 am Abend)
(Recarcin gibt man bei Schleimhauterkrankungen, auch bei Colitis ulcerosa und Mb-Crohn. Selbst hartnäckige Magen-Darm-Geschwüre heilen sehr schnell ab.)

Wurde der Patient vorher mit Nystatin behandelt, dauert die Behandlung erheblich länger: Bei einmaliger Nystatinbehandlung 6 Monate lang, bei zweimaliger Nystatinverabreichung 8 Monate lang, bei noch öfter eingesetztem Nystatin bis zu einem Jahr und länger. (Siehe ergänzend hierzu in Teil 1 *Wie stehen Sie zu Nystatingaben?*)

8. Candida-Blutmykose

Auch ohne eine Candidainfektion des Darmes, die Ekkehard Scheller mit der Darmmykose-Kapselkur erfolgreich behandelt, kann eine Blutmykose vorliegen.
Wenn sich vom Darm aus keinerlei Candida-Symptome zeigen, genügt es nach den Erfahrungen von Ekkehard Scheller im allgemeinen, ca. 4 Monate lang die nachstehenden Tropfen zu nehmen. Eine schwere Blutmykose braucht eine erheblich längere Behandlung bis zu einem Jahr. Gärfreudige Speisen und Getränke sollten in dieser Zeit so weit wie möglich gemieden werden.

Exmykehl-Tropfen, 10 ml, Holomed Nederlande, -
einmal täglich 8 - 10 Tropfen auf die Zunge geben
Erwachsene, auch, wenn sie schwerer belastet sind, tägl. 8 - 10 Tropfen,
Kinder 5 Tropfen. Das Mittel bildet den Candidabefall schonend zurück.
(Exmykehl enthält Albicansan D 5, Pefrakehl D 5 und Fortakehl D 5. Auf dem Beipackzettel steht, daß Fortakehl bei Penecillinallergie nicht genommen werden sollte. Wir haben bisher noch niemanden erlebt, der allergisch auf Fortakehl reagiert hat. Falls dieses der Fall sein sollte, können Albicansan D 5 und Pefrakehl D 5 mit je 5 Tropfen als Einzelmittel genommen werden. In diesem Fall sollte auf Fortakehl verzichtet werden.)

dazu zur Candida-Toxinausleitung:
Sanukehl Cand. D 6, 10 ml, Sanum
alle 2 Tage abends 10 Tropfen oder
einmal täglich 5 Tropfen vor dem Schlafengehen
(siehe Erklärung „Darmmykose-Kapselkur" -
Kinder mit einem Tropfen einschleichend beginnen)

Candida-Blutmykose (Erfahrungen Christine Heideklang)
Im September/Oktober 2000 sah ich bei ca. 80 Prozent meiner Patienten die aggressive Candidaform, die die Blutkörperchen befällt. Nach einem oder mehreren Tagen arbeiten

sich aus den Erythrozyten weißlich schimmernde starre Stäbchen oder Nadeln heraus, die meist eine schmale Öse ähnlich einer Stoffnadel haben. Sie werden nach einigen Tagen im wogenden Gewimmel der Kleinstformen, die aus untergegangenen Erythrozyten frei werden, hin- und herbewegt. Dabei sind sie selbst starr, als ob sie einen Stock verschluckt hätten. Diese Stäbchen können nur kurz sein, etwa vom Durchmessesr eines roten Blutkörperchens oder auch kleiner, aber sie können auch sehr lang bis zu 2, 3, 4 bis 6 x Erythrozytenlänge sein. Die Nadeln legen sich auch oft zusammen oder berühren sich im rechten Winkel. Sie tauchen nur dann im Blut auf, wenn ich eine höhere Candidabelastung ausgetestet habe.

Besonders aggressiv und häufig traten sie während und nach der Zeit der Sonneneruptionen (September 2000) auf, als eine stärkere Radioaktivität die Erde erreichte, und viele Menschen sich sehr unwohl fühlten. Einige Wochen danach traten sie wieder seltener auf. Hier wären Forschungen dringend notwendig.

Wie können wir die Höhe der Candidabelastung ermitteln?

Mit der Neuralkinesiologie testen wir die Vene und konzentrieren uns auf das Blut des Patienten. Der Testarm wird schwach. Dann können wir den Grad des Befalls durch Auflegen von einzelnen Albicansan D 5 Ampullen erkennen. Durch Auflegen des Heilmittels wird der Arm stark. Wir legen so lange weitere Ampullen dazu, bis der Testarm schwach wird. Die letzte Ampulle war zuviel. Je mehr Ampullen nötig sind, bis der Arm wieder schwach wird, um so stärker ist der Befall. Auf die gleiche Weise können wir auch den Candidabefall des Darmes feststellen, indem wir eine Hand auf das Darmgebiet des Patienten legen.

Die Anzahl der Ampullen gibt dem Behandler eine Vorstellung über den Schweregrad des Befalls und ist ein gutes Hilfsmittel, den Rückgang, Stillstand oder das Fortschreiten des Geschehens zu verfolgen.

Um herauszubekommen, ob der Patient für die Behandlung die stärkeren Zäpfen D 3, die mittelstarken Kapseln D 4, die schwächeren Tropfen Albicansan D 5 oder die Exmykehl-Tropfen von Holomed/Nederlande braucht, können wir jeweils eine Packung davon auflegen und sehen, wo der Arm stark bleibt. Bei stabileren Patienten testen zum Beispiel häufig die Zäpfchen Albicansan D 3, über 20 bis 30 Tage zu nehmen.

Immer, wenn wir candidarückbildende Mittel einsetzen, sollten wir unbedingt Sanukehl Cand D 6, 10 ml, Sanum, dazugeben. Albicansan bzw. Exmykehl verwandeln die Candidapilze in weniger gefährliche kleinere Formen, während Sanukehl Cand D 6 die im Körper abgelagerten Toxine der Candidapilze hinausschafft. Deshalb sollte bei schwerer Belasteten mit nur 1 bis 2 Tropfen Sanukehl Cand einschleichend begonnen werden, um negative Geschehen (z.B. Hautjucken) nicht noch zu verstärken. (Bei schwerer Neurodermitis mit starkem Jucken, kann selbst diese schwache Dosierung schon zuviel sein. In diesem Fall gibt die Firma Sanum, Dr. Schneider, eine Alternative für Sanukehl Cand D 6, damit es nicht zu unerträglichen Juckattacken kommt.)

Bei der Rückbildung der Candidabläschen in weniger gefährliche kleinere Wuchsformen kann viel Quecksilber frei werden, das unbedingt mit dem erstklassigen Wasser der St. Leonhardsquelle abgefangen und zur Ausscheidung gebracht werden sollte. Ebenso sollte nach Möglichkeit die Chlorella-Alge als Begleitschutz gegeben werden. Chlorella bindet das freiwerdende Quecksilber, das in den Darm entsorgt wird, und schafft es hinaus. Zur Candida-Auflösung gehört die Schwermetallausleitung unbedingt begleitend dazu. (Siehe im Teil 2, 8: *Schwermetallausleitung*)

Wichtig ist die Zufuhr rechtsdrehender Milchsäure, die die vermehrt anfallende toxische Links-Milchsäure der Candidapilze und Gärungserreger des Darmes unschädlich macht und so die Versauerung des Blutes zurückdrängt. Mit Zufuhr der Rechts-Milchsäure erreichen wir eine bedeutende Milieuverbesserung.

Besonders zu Beginn der Anti-Candida-Therapie sollte auf alles Obst (bis auf Papaya), Obstsäfte, alkoholische Getränke einschließlich Bier, Obstkuchen, Trockenobst, Süßes und Gebäck aller Art, Reismilch, rohes Müsli, Eis, gesüßter Quark und Joghurt etc. unbedingt verzichtet werden. Die Candidabläschen im Blut bekommen sonst immer wieder Futter zur ungehemmten Weitervermehrung.

Erst wenn wir durch Zufuhr eines energiereichen Wassers und schlagkräftiger Antioxidantien unser Blut wesentlich verbessert haben, und es wirklich gelungen ist, die geschädigte Darmflora als optimalen Schutz gegen Fremdkeime wieder aufzubauen, kann später in vernünftigem Maß die Ernährung wieder gelockert werden.

Bei der Candida-Therapie teste ich folgende Mittel am Patienten
auf der Leber bzw. am Puls (Blut) aus:

Entweder:
Albicansan D 3, täglich 1 Zäpfchen oder
Albicansan-Kapseln D 4, täglich 1 Kapsel, oder
bei sehr schwerem Befall und geschwächtem Allgemeinbefinden
Albicansan-Tropfen D 5, täglich 5 bis 8 Tropfen.
Oder die Mischung gegen Candidabefall:
Exmykehl-Tropfen, Holomed/Nederlande (D 5)

Dazu begleitend zur Candida-Toxinausleitung unbedingt:

Sanukehl Cand D 6, 10 ml, Sanum, täglich 5 Tr. lutschen
Lympholact, Pflüger (die ersten drei bis sieben Tage je 70 - 100 Tropfen in ca. 3/4 l
Wasser, danach 40 - 60 Tropfen über mehrere Monate geben) oder:
Lactopurum, Pflüger (entsprechend verdünnt, zum Beispiel ein bis zweimal 20 Tropfen
pro Tag als reine rechtsdrehende Milchsäure D 2, zwischendurch getrunken) oder:
Sanuvis, 100 ml, Sanum (rechtsdrehende Milchsäure, potenziert) oder
RMS-Tropfen, Reith und Petrasch, (rechtsdrehende Milchsäure, erfolgreich in der Be-
handlung der Psoriasis eingesetzt, die sich meist durch einen verstärkten Candidabefall
auszeichnet.)

Lapachotee,
3 bis 4 Wochen getrunken, drängt ebenfalls sehr erfolgreich die Candidabelastung zurück und soll günstig auf ein Krebsgeschehen wirken.
2 bis 3 Teel. pro Tag, wie ausgetestet, 3 bis 4 Wochen als Tee nach Anweisung kochen.

Zur Unterstützung der Giftausleitung sollte nach Möglichkeit die St. Leonhards-Quelle
bzw. das noch energiereichere Aqua Luna-Wasser eingesetzt werden. Bei schwerer Belasteten, die bei wenigen Chlorellagaben bereits Probleme bekommen, sollte dieses stark
reinigende Wasser mit 1 Trinkglas (1/4 Liter) täglich eine Woche lang einschleichend
begonnen werden, dann um 1/2 Glas, über einige Tage lang getrunken, steigern und so
fort, bis die Trinkmenge von 2 Litern pro Tag erreicht ist, die möglichst beibehalten werden sollte.

Antioxidantien als Schutz- und Entgiftungsstoffe sind dringend nötig, damit es nicht zu
Stauungen kommt.

Vita Biosa zur Darmflorastärkung erweist sich in der Praxis als sehr positiv.
Beginnen mit 3 x 1 Verschlußkappe, steigern auf 3 x 2 Verschlußkappen in einem Glas
Wasser verdünnt, zwischendurch getrunken. (Im Kühlschrank aufbewahren)
Vorher sollte fremden Darmkeimen durch eine Knoblauchteekur oder längere Sulfredox-
Zufuhr der Boden entzogen werden. Falls Knoblauch nicht vertragen wird, tun auch 1 -
2 mittlere kleingeschnittene Zwiebeln, als Tee überbrüht, über 10 Tage getrunken, gute
Dienste.

9. Warzen und störende Hauterscheinungen

Eine Patientin hatte eine dicke, harte Erhebung auf dem Kopf. Wir testeten diesen
„Knubbel". Der Arm meldete Streß und wurde schwach. Dann legte ich je eine Ampulle
Mucokehl D 5 und eine Ampulle Nigersan D 5 auf die Stelle und testete erneut. Der Arm
wurde ganz stark. Ich injizierte beide Präparate unter die Erhebung und in das Gebiet

rundherum. Nach einer Woche war der Auswuchs verschwunden. Es waren nur noch weiße Schuppen zu sehen, die mit Sankombi weiter behandelt wurden. (Bei einem schwerer belasteten Patienten wäre die schwächere Potenz D 6 als Injektion angezeigt gewesen.)

Bei meiner Mutter erschien im hohen Alter sehr schnell eine dicke Warze im Gesicht, die sie in der Nacht versehentlich abgekratzte. Nach einer Woche war die Warze wieder da. Damals testete ich auch bei ihr Mucokehl und Nigersan und unterspritzte damit die Warze. Sie verschwand und ist nicht wiedergekommen. Gewächse oder Warzen, die sich plötzlich bilden, haben, wie die Mycelien der Waldpilze, ein unterirdisches Geflecht verschiedener Mikroorganismen und Pilze. Diese sich vermehrenden Parasiten kann man sehr gut mit den entsprechenden Enderlein/Sanum-Mitteln durch Injektion in die darunterliegenden Gebiete zur Auflösung bringen.

10. Der Borrelienbefall nimmt zu

Nicht nur durch Zecken, sondern auch von Mücken und Flöhen, von Hunden und Katzen übertragen, nimmt der Borrelienbefall ständig zu. Dietrich Klinghardt berichtete hierüber wiederholt in seiner interessanten Zeitschrift „Hier und Jetzt" (Bezug: INK Institut für Neurobiologie)

Die Folge von Zeckenbiß (also die bakterielle Belastung, Borreliose genannt) und die meist begleitenden viruellen Varianten können nach den Erfahrungen einer erfolgreichen Dunkelfeld-Expertin sehr gut mit folgenden Enderlein/Sanum-Mitteln behandelt werden. In der ersten Woche injiziert sie Notakehl und Quentakehl, in der nächsten Woche Mucokehl und Nigersan mit entsprechender ATOX-Ausleitung sowie die entsprechenden Bakterienpräparate (Utilin S, Latensin, Recarcin und Utilin) im Wechsel. Je nach Schwere des Falls ist eine wochen- bis monatelange wöchentliche Spritzserie durchzuhalten, begleitet von einer intensiven Ausleitungstherapie. Rezepte sind abrufbar unter unserer Internetseite www.NHZ-SIRIAN.de.

Immer häufiger teste ich (Ch. Heideklang) inzwischen Borrelia D 4 (zum Teil mehrere Ampullen) der Fa. Staufen-Pharma.

Neben der beschriebenen Candidatherapie testet hierbei bisher jedes Mal Fortakehl (zum Beispiel 30 bis 70 Zäpfchen, 1 Zäpfchen täglich; bei Kindern die Kapseln, 1 x täglich). Als zweites ist häufig Mucedokehl als Kapsel oder Zäpfchen angezeigt, der das Nervensystem reinigt. Gelegentlich hat sich auch Quentakehl gezeigt, vermutlich, wenn eine verstärkte virale Belastung vorlag.

[Dieses sind unverbindlich meine Erfahrungen. Fortakehl wird aus dem Roquefortkäse (ähnlich Penicillin) hergestellt. Es handelt sich hierbei aber um die Kleinstkeime dieser Zyklode, die negative höhere Entwicklungsformen schonend in kleinere, gesündere Formen zurückbilden. Es entstehen dadurch keine belastenden Toxine wie bei Antibiotika. Die Ordnung des Lebendigen wird nicht gestört. In der Natur unterliegt alles einem gewaltlosen Wandel. Wir arbeiten also genau bio-logisch.]

Bei einem jungen Mädchen, das kurze Zeit nach den Sonneneruptionen - diese fanden u.a. im September 2000 statt -, etwa 20 Flohstiche durch ihre drei Katzen bekam, die mit ihr im Bett schliefen, erlebte ich Folgendes: Nachdem ihr Blut und ihr Befinden vorher gut waren, fühlte sie sich einige Zeit nach den Stichen nicht so gut. Es zeigte sich eine Anisocytose (sog. „Bärentatzen"), das heißt nach innen eingezogene, verunstaltete Erythrozyten, die auf einen verstärkten bakteriellen endobiontischen Befall der roten Blutkörperchen hinweisen. Es testete verstärkt Borrelia D 4. Sie bekam die gleiche Medikation, wie vorstehend erwähnt. Für die Katzen testeten wir Quentakehl, Fortakehl und Mucedokehl D 4 in Kapselform.

Die Patientin kam nach 4 Wochen zur erneuten Untersuchung. Die „Bärentatzen" waren verschwunden. Die roten Blutkörperchen sahen wieder rund und gut aus. Die Borrelienbelastung zeigte sich jedoch beim kinesiologischen Test noch weiterhin. Als Nachsorge testeten noch einmal 20 Zäpfchen Fortakehl, je 10 Zäpfchen Mucedokehl und Quentakehl. Dazu verstärkt Antioxidantien (Bio Reu-Rella/Chlorella, *Juice plus+*) und das gute Wasser der St. Leonhards- und Aqua-Luna-Quelle im Wechsel mit insgesamt 1 1/2 Liter pro Tag.

Eine Patientin erzählte mir, daß sie ihren vom Arzt festgestellten Borrelienbefall mit wiederholter Hochfrequenzbestrahlung zurückdrängen konnte. Sie hatte einen nicht beachteten Zeckenbiß, der einen roten Hof bekam. Da erst wurde die Zecke entfernt. Einige Zeit später hatte sich ein ca. 20 cm großer roter Kreis, wie mit dem Zirkel gezogen, aufgebaut, der von einem Tag zum anderen verschwand. Ab da begannen sehr unangenehme wandernde Gelenkschmerzen und das Handgelenk war wiederholt dick geschwollen. Beim Arzt wurde ein hoher Borrelienbefall festgestellt. Sie konnte das verordnete Penicillin nicht nehmen. Jemand riet ihr, grüne Säfte zu trinken. Das brachte eine bedeutende Besserung. Aber die Schmerzen und Schwellungen flammten immer wieder auf. Erst als sie begann, die Schwellung und alle Gelenke täglich mit einem Hochfrequenzgerät zu bestrahlen, waren die Schmerzen sehr bald und bleibend verschwunden.

Die Borellien sind deshalb so gefährlich, weil sie sich gerne in gestauten schlecht durchbluteten Gebieten (z.B. Gelenke) verstecken. So können auch Antibiotika sie nicht immer ganz eliminieren.

Da die Borreliose bedrohlich zunimmt und auch Antibiotika nicht immer helfen oder vertragen werden, sei hier noch das Rezept von Rolf Raichle, Gosbach, vorgestellt. Schwerst an Borreliose erkrankt, so daß er kaum mehr gehen konnte - die wiederholten Antibiotikainfusionen halfen ihm nicht - entdeckte er, daß rote Bete (die längliche Form) und der Gloster-Apfel, beide am Morgen frisch gerieben mit etwas gutem Olivenöl angemacht, anscheinend die Erreger zurückdrängten. Bereits nach drei Monaten erlebte er eine deutliche Besserung. (1 Eßl. geriebene frische rote Bete und 1 Eßl. geriebener Glosterapfel mit bestem Olivenöl vermengen und messerspitzenweise über den Tag verteilt sehr gründlich kauen und einspeicheln.)

Sein Rezept hat inzwischen auch anderen Betroffenen geholfen, wie er säuberlich notiert hat. Auch bei einer jungen Vertreterin, die ihre Hände seit ihrer Kindheit durch ein Ekzem verunstaltet hatte, hat der Brei schon nach kurzer Zeit seine gute Wirkung gezeigt.

Rote Bete scheint eine sehr starke Kraft gegen Erreger aller Art zu haben, und wir sollten sie zum Schutz unseres Blutes so oft wie möglich einsetzen.

Ich weiß von einem Kriegsteilnehmer, daß in Kriegsgefangenenlagern in Rußland, wo die Gefangenen überwiegend mit roter Bete ernährt wurden, keine seuchenartigen Erkrankungen, wie Durchfall, Grippe, Typhus, Ruhr etc., auftraten, wie dieses in anderen Lagern üblich war. Ein an Fleckfieber erkrankter Soldat trank jeden Tag frischen rote Bete-Saft und konnte - im Gegensatz zu anderen Erkrankten - diese gefährliche Krankheit überwinden. Nicht zuletzt hat sich die rote Bete auch als Krebsschutz ihren Namen gemacht.

Der Ordnung halber möchte ich noch das Rezept eines Kollegen weitergeben, der möglichst bald nach einem Zeckenbiß die Bißstelle mit Traumeel und Yerba Santa D 4, Staufen, unterspritzt. Nach seinen Erfahrungen werden damit die eventuellen unguten Folgen eines Zeckenbisses im Keim erstickt.

11. Was tun wir bei einem Entgiftungsstau?

A und O ist die Zufuhr eines optimalen Wassers, an das sich der Patient schon vorher gewöhnt haben sollte. Das lebendige Wasser löst Blockaden und regt sehr gut die verschiedenen Entgiftungsfunktionen an. Das Gleiche tut auch die Kristallsalzsole (1-2 Teel. pro Tag). Damit die gelösten Gifte den Körper verlassen können, ist eine ausreichende Trinkmenge (mind. 2 Liter gutes Wasser am Tag neben anderen Getränken) zu beachten.

Antioxidantienzufuhr

Je größer der Stau, um so mehr Gifte sind gelöst worden. Je größer der Giftanfall im Blut, um so mehr Antioxidantien werden zur Unschädlichmachung dieser freien Radikale benötigt. Hier haben sich die an Antioxidantien reichen Obst- und Gemüse-Kapseln *Juice plus+* aus kontrolliertem Anbau als sehr hilfreich erwiesen.

Darmspülungen oder Einläufe

Bei Leberdruck oder allgemeinem Unwohlsein helfen auch sofortige Hydrocolon-Spülungen bzw. mehrere hohe Einläufe mit dem Irrigator (Apotheke) sehr gut. Die freiwerdenden Gifte, die vom Lymphsystem ins Darmrohr nach außen entsorgt werden, können zur Lähmung der Darmperistaltik mit enormer Rückvergiftung führen. Generell ist darauf zu achten, daß der Stuhlgang zügig funktioniert. Eventuell mit täglichem Flohsamenschalenbrei oder Bittersalzgaben (*Mayr-Kur* - siehe Teil 2, 5) für einen guten Stuhlgang sorgen. Nach einer solchen Darmspülung, bei der häufig sehr viel Gestank bzw. Saures abgeht, ist der Leberdruck oder das Unwohlsein meist verschwunden.

Generell sind in der Zeit der Schwermetallentgiftung oder bei sonstigen Gifte freisetzenden Maßnahmen einige Darmspülungen ideal, da uns gerade über den Darm sehr viele Belastungsstoffe verlassen. Es kann auch zu Magenschmerzen kommen, weil auch über die Magenschleimhaut Toxine und Schwermetalle nach außen ins Darmrohr gegeben werden. Dann hilft eine Rollkuhr mit 2 Teel. Multiplasan GL 17, Plantatrakt, meist sehr gut. (1/2 Tasse Wasser mit 2 Teel. der bitteren Pulvermischung trinken, 5 Minuten auf den Bauch legen, dann 5 Minuten auf die linke, die rechte Seite und auf den Rücken legen. Am besten wirkt es vor dem Schlafengehen, wenn der Magen leer ist.)
Wenn bei der Schwermetallentgiftung Palladium frei wird, kann dieses Übelkeit und Unwohlsein verursachen. Dann helfen 10 bis 70! Kohletabletten sehr gut. Kohle entgiftet Bakteriengifte im Darm und Schwermetalle. Kohletabletten stopfen nicht. Es sind die freiwerdenden Gifte (besonders Schwermetalle), die stauen und verstopfen können.

Rizinusöl-Leberwickel

Bei schwacher Leberleistung, besonders wenn unter dem rechten Rippenbogen Druckgefühl oder gar Spannungsschmerzen zu verspüren sind, helfen neben der vorbeschriebenen Darmreinigung Rizinusöl-Leberwickel sehr gut, die mit Wärmflasche möglichst zweimal täglich eine Stunde auf die Leberpartie aufgebracht werden.
Auf ein Wolltuch in Schneckenform das Öl gießen, auflegen, mit Plastikfolie abdecken, darauf ein Handtuch und darauf die heiße Wärmflasche. Diese Leberpackung, 2 - 3 Monate ausgeführt, hat schon wahre Wunder bewirkt. Günstig wirkt sie nach dem Mittag- und Abendessen oder auch vor dem Schlafengehen.

Des weiteren - wie ausgetestet - Mariendistel- oder Artischockenpräparate, die Mixtura Hepatica, Pascoe, oder das Rundummittel für den gesamten Verdauungstrakt Multiplasan GL 17, Plantatrakt. Besonders hilft die Mariendistel, verstärkt genommen, Toxine aus den Leberzellen herauszuschaffen.

Zur Behebung eines stärkeren Entgiftungsstaus haben
sich die nachfolgenden Heel-Ampullen bewährt:
(je nach Austestung können auch mehrere Ampullen einer Sorte nötig sein.)

Coenzyme comp. (hiervon meist 2 - 3 Ampullen)	) zur
Ubichinon comp.	) allgemeinen
Causticum comp.	) Entgiftung
Hepar comp.	) zur Stärkung
Leptandra comp.	) der Leber-
Momordica comp.	) leistung
Tonsilla comp.	) zur
Engystol	) Abwehr-
toxi L 90 N, Dr. Loges	) stärkung
Solidago comp.	) zur Nierenstärkung

Diese Ampullen können bei empfindlichen Personen oder Kindern auch nacheinander anstatt einer Injektion getrunken und lange gelutscht werden. Oder man gibt sie in ein Glas gutes Wasser und trinkt die Lösung nach und nach.

Einem 11jährigen Mädchen, das nach Süßigkeiten und Weißmehlprodukten häufig in die Unterzuckerung kommt und ganz verdreht ist, hilft es sehr, in diesem Zustand eine Ampulle Coenzyme comp. zu trinken. Coenzyme comp. regt den gesamten Zitronensäurezyklus der Zellentgiftung an und hilft, die sofort vermehrt produzierten Candidagifte unschädlich zu machen, die vermutlich diesen Zustand auslösen.

Entgiftende Kräutertees

Ringelblütentee: wirkt stark leberentgiftend, 1 Teel. pro Tasse überbrühen

Lavendeltee: (Kraut und Blüten) 1 Eßl. überbrühen

Mate-Tee: Aus Wildsammlungen (auch als Kaffeeersatz) ist hochbasisch und bringt durch seine hohe Energie viel Kraft. (Bezug: Biogenia)

Teufelskrallentee (Harpagophytum):
Seit langen ist seine bei Galle-, Leber-, Pankreas-, Magen-, Darm- und Nierenerkrankungen bessernde Wirkung bekannt. Er regt sehr gut den Lymphfluß an und hilft bei entzündlichen rheumatischen Erkrankungen. Teufelskrallentee heilt nach P.G. SEEGER durch Formaldehyd ausgelöste Arthritiden. (Formaldehyd ist dem sehr giftigen Acetaldehyd, das die Candidapilze ausscheiden, verwandt.)

12. Gedanken zum Krebsgeschehen
(Ekkehard Scheller)

Im Streben nach Harmonie, das unser Leben im Laufe der Jahre immer weiser werden läßt - wenn wir es zulassen - finden wir uns manchmal ganz unten im Tal, wo alles nur noch Dissonanz ist. In diesen Momenten können auch unsere Zellen entarten, was wir als „Krebs" bezeichnen.

Diese negativen Einflüsse, die dazu führen, können so vielfältiger Natur sein, daß es für uns Therapeuten dringend notwendig ist, herauszufinden, aus welchen Bereichen diese Einflüsse kommen. Die innere Ordnung ist gestört; wir sind aus dem Strom der positiven Energien herausgedrängt worden oder haben uns selbst herausgedrängt. Die göttliche Ordnung wieder herzustellen, welche wir auch als Harmonie mit uns selbst bezeichnen können, ist oberstes Gebot einer jeglichen Therapie. So sind wir als Therapeuten gefordert, die Dissonanzen des Patienten aufzudecken und die daraus resultierenden Therapien zu entwickeln.

Um kurz einige dieser schwerwiegenden, zur Katastrophe führenden Entgleisungen aufzuzeigen, betrachten wir ganz einfach das Leben auf unserer Welt. Verschiedene Streßfaktoren führen zu einem Zellstreß, wozu auch die sich immer mehr verstärkenden Strahlungseinflüsse zählen oder der stetig wachsende Leistungsdruck, um nur einige der äußeren Faktoren zu nennen. Sehr häufig werden die in der Seele nagenden Faktoren übersehen, die unterschwellig zersetzend auf unseren auf Harmonie ausgerichteten Zellstaat einwirken. Es sind dies die negativen Gedanken, die nicht nur uns selbst gelten, sondern ganz besonders auch anderen Menschen, ebenso negative Emotionen, wie Neid, Mißgunst, Eifersucht, Haß und vieles mehr, ganz zu schweigen von der Lieblosigkeit sich selbst gegenüber. Aus diesen Mustern formen sich dann unsere Gedanken und Worte und schließlich unsere Taten. Der Tagesablauf wird von Handlungen geprägt, die aus diesen destruktiven Mustern heraus entstanden sind. Das prägt nicht nur unser Umfeld, Menschen und auch Tiere, sondern ganz besonders auch uns selbst. Der Aufschwung und auch Therapieansatz kommt erst dann, wenn das Bewußtsein erkannt hat, in welcher Sackgasse es gelandet ist.

Krebs heißt, radikal umdenken, schonungslos aufdecken und „klar Schiff mit sich selbst machen". Hier steht deutlich der Wegweiser aus den geistigen Bereichen, worauf steht: „Lern es oder du gehst zugrunde." Ist das Stadium des Zusammenbruchs schon auf den gesamten Zellstaat übergegangen, so ist im Endstadium zumindest noch der Weg ins Licht möglich, den wir alle irgendwann einmal gehen werden, ob wir es jetzt schon wollen oder nicht. Also - noch eine große Chance!

Das Wesentliche für den Patienten wird immer sein, daß er die Mitverantwortung annimmt. Dann ist es notwendig, Stück für Stück alle auf Destruktion ausgerichteten Belastungen abzubauen. Die Erkenntnis der inneren Blockaden, ganz besonders auch in den Energiezentren (Chakren), ist von äußerster Wichtigkeit. Das heißt auch, das Bewußtsein in diese Blockaden hineinzulenken und sie ganz bewußt mit positiven Empfindungen der Heilung, des Gesundwerdens zu durchlichten. Das Gewebe, die Zellen, die Organe, jeder kleinste Bestandteil unseres physischen und unseres spirituellen Seins nimmt diese liebevolle Hinwendung dankbar an und ist bereit, alles zu tun, um wieder ins Gleichgewicht zu kommen. In diesem Moment nimmt der Organismus in seiner Vielfältigkeit auch die Therapiemaßnahmen, welche auf die harmonische Gesundheitsentwicklung ausgerichtet sind, wesentlich wirkungsvoller als zuvor dankbar an.

Parasitäre Veränderungen im Blut als Wegbereiter in den Krebs

Von der mikrobiologischen Sichtweise, die von Prof. Günter Enderlein so deutlich über das Dunkelfeldmikroskop dargestellt wurde, bekommen wir einen tieferen Einblick in das Geschehen der Entartung. In der Untersuchung des lebendigen Blutes erkennen wir als aufbauende Lebensformen Mikroorganismen, die wie flirrende Lichtpartikel (Schneegestöber) in einer bestimmten Schwingungsharmonie miteinander alles tun, um das Leben zu erhalten. Geschieht irgend etwas aus den vorgenannten negativen Faktoren, die toxische Einflüsse auf uns und damit auf unser Blut haben, so wird die Symbiose gestört. Es kommt zu Veränderung des Milieus und damit zur parasitären Entwicklung dieser Mikroorganismen.

Der sogenannte Pleomorphismus stellt eindeutig die Vielgestaltigkeit dieser parasitären Entwicklungsstadien aus uns schützenden Kleinstformen (Symbionten) dar, unter anderem Viren und ganz speziell Bakterien, wie zum Beispiel die Leptotrichia buccalis, die sich teils frei im Plasma bewegt, teils als langkettiger, wurmähnlicher Parasit in die Zellen eindringt, um dort Nährstoffe aufzunehmen. Die Toxine, die er ausscheidet, verändern wiederum das Zellmilieu, wodurch die Vorstufe zur Entartung gegeben ist.

Nehmen wir ein Beispiel unserer Zeit, wenn durch Antibiotika, welche bei bestimmten Erkrankungen gerechtfertigt erscheinen, nicht nur die Bakterien, die die Entzündung hervorrufen, sondern auch die äußerst wichtigen Darmbakterien mitabgetötet werden. Hierdurch wird das Milieu nachhaltig gestört, so daß der Hefepliz Candida albicans aus der Symbiose, die er mit den Bakterien eingeht, herausfällt. Er, der als aufbauender Pilz für die Verdauung mitverantwortlich ist, wird zu einem wuchernden Schmarotzer, der den ganzen Magen-Darm-Trakt befällt und heute immer häufiger die Darmwand durchbricht, um sich im Blut auszubreiten. Dieses ist anschaulich im ersten Teil des Buches dargestellt. Hier geht es jetzt darum zu zeigen, wie es u. a. zur Entgleisung des inneren Milieus kommen kann, wenn dieser Pilz sich im Blut vermehrt und die Organe befällt. Es entstehen schleichend parasitäre Wuchsformen.

Die vom Candidapilz und den parasitären Wuchsformen gebildeten Toxine führen häufig zur Veränderung der Psyche. Durch den vom Candida entzogenen Blutzucker kommt es zur Unterzuckerung und damit verbundener großer Müdigkeit. Das Verlangen nach Stimulantien und besonders Süßem nimmt zu. Die mit der Zeit immer stärker angegriffenen Organe, wie z. B. die Leber, bereiten einen idealen Nährboden für andere Parasiten, wie z. B. den Leberegel. Die Schwermetalle aus den Amalgam- und Goldfüllungen sowie aus der Umwelt und viele weitere toxische Einflüsse tun ihr Übriges. Der Kreislauf beginnt.

Die wichtigsten Mittel gegen den Krebs

Durch Forschungen von Prof. Enderlein, der in genialster Weise diese Entwicklung in seinen Büchern dargestellt hat, sind Therapeutika entstanden, die isopathisch aus den jeweiligen Lebensformen entwickelt wurden, um dieser aufwärts strebenden Spirale der Entartung Einhalt zu gebieten, also die Symbiose wieder herzustellen.

Rückkoppelnd wirken diese isopathischen Medikamente befreiend auch auf das vegetative Nervensystem ein, wodurch es zu einer deutlichen psychischen Aufhellung kommt. Die wichtigsten Mittel bei jeder Form von Krebs sind das Utilin „S" in schwach, mittel und stark, das Arthrokehlan „U" und selbstverständlich Mucokehl und Nigersan sowie Albicansan, Pefrakehl, sowie Sanukehl Cand, um nur einige der wesentlichen zu nennen. Die Anordnung sollte von einem erfahrenen Enderlein-Therapeuten erfolgen.

Nach einer bestimmten Zeit der Therapie ist - oft schon nach wenigen Wochen - zu beobachten, daß sich bei einer erneuten Blutbetrachtung im Dunkelfeldmikroskop aus den Zellen eine Unmenge parasitärer Wuchsformen herausarbeiten, unter anderem immer häufiger eine neue von uns vermutete Mutationsvariante der Candidaspezies, nämlich eine starre Stäbchenform, die hervorragend auf die Candida-Behandlung reagiert.

Sehr häufig beobachten wir - gerade bei Krebspatienten - eine sogenannte Zellblockade, wobei sich die Parasiten in den Zellen verschanzen, so daß es zu einer Mochlose (Zellblockade) kommt. Die Parasiten sind also anfänglich unter dem Mikroskop nicht sichtbar.

Wir geben dann zu jeder Injektion als Blockadebrecher die Ampulle C-AMP D 30 (Heel) dazu und schon nach kurzer Zeit sehen wir eine Unmenge von Parasiten aus den Zellen herauskommen. Diese werden durch die lebenserhaltenden Mikroorganismen, wie sie in den Injektionen Mucokehl und Nigersan enthalten sind, systematisch in ihre Urform des Symbionten wieder zurückgebildet.

Dieser Vorgang ist sehr deutlich in den Fachbüchern von Prof. Enderlein beschrieben. Ein hervorragender Beitrag zu diesem Geschehen liefert das Buch *Schlüssel des Lebens* von HP Franz Arnoul, Semmelweiß-Verlag.

Ergänzend zu dieser Therapiegrundlage bestehen für uns eine Vielzahl von anderen

Therapieverfahren, zum Beispiel Radionik, welches auf dem Prinzip der Resonanz beruht. Wir können davon ausgehen, daß durch unsere Denk- und Handlungsweise individuelle energetische Muster entstehen, wodurch nach Rupert Sheldrake morphogenetische Felder aufgebaut werden, von denen wir ständig im positiven oder negativen Sinne beeinflußt werden, je nachdem, wie wir diese Felder gedanklich strukturiert haben. Energie geht nicht verloren. So sollten wir sehr auf unsere Gedanken und Handlungen bedacht sein, um nicht neues Karma zu schaffen. Ursache und Wirkung - um diese bedeutsamen Gesetzmäßigkeiten kommen wir nicht herum.

Mit dem Radionikgerät nach Bruce Copen besteht die Möglichkeit zu analysieren und zu therapieren sowie auch die homöopathische Mittelfindung und Herstellung in allen Potenzen. Wir können auch die feinstoffliche Anatomie unseres Patienten oder von uns selbst untersuchen und behandeln, das heißt, auf den mentalen, emotionalen und den spirituellen Bereichen. Das Radionikgerät, mit dem wir arbeiten, stellt eine ideale Ergänzung zum Dunkelfeldmikroskop dar und ist in seinen Anwendungsmöglichkeiten unendlich vielseitig. (Bezug: Bruce Copen Lab.)

Bei Krebs finden homöopathische Mittel große Anwendung, da sie sich hervorragend mit den isopathischen Mitteln verbinden lassen. Auch die Horvi-Schlangenenzyme haben sich bei Krebs und vielen anderen Erkrankungen bestens bewährt.

Die Lactat-Therapie nach HP Prahm setzen wir ebenfalls zur Milieuveränderung ein. Die Erkenntnis, daß durch Darmgärung und Eiweißfäulnis toxische linksdrehende Milchsäure entsteht, brachte uns auf den Gedanken, daß die Aflatoxine (Ausscheidungen der Schimmelpilze), die Toxine der Candidapilze wie auch die Ausscheidungen anderer parasitärer Wuchsformen zum großen Teil aus dieser ätzenden linksdrehenden Milchsäure bestehen. Denken wir auch an die linksdrehende Milchsäure, die im Zuge der Glykolyse (Zuckervergärung) von Krebszellen erzeugt wird. Durch Gaben rechtsdrehender Milchsäure, wie diese gesunde Zellen herstellen, wird die Linksmilchsäure neutralisiert und ausgeschieden. Durch Entfernung der toxischen linksdrehenden Milchsäure erreichen wir eine wesentliche Verbesserung des gesamtes Blutmilieus und damit eine leichtere Rückführung der Zellparasiten.

Dieses Geschehen machte sich bereits Prof. Enderlein zunutze, indem er seinen Injektionen in Potenzakkorden die rechtsdrehende Milchsäure in Form von Sanuvis mitgab.

Uns war schon immer klar, daß der Candida als Blutmykose und natürlich auch als pathogener Pilz im Darm eine sehr scharfe Säure bildet, die wir nicht näher bezeichnen konnten. Durch die Berichte von HP Prahm schließt sich auch für uns der Kreis, denn diese linksdrehende Milchsäure ist auch für die Verätzung der typischen Schleimhauterkrankungen wie Mb. Crohn, Gastritis, Neurodermitis, Ekzeme, Proktitis, Brennen und Jucken etc. verantwortlich.

Wir geben das Lactopurum in Form von Tropfen, Injektionen und Infusionen und in

Form von Einreibungen. Zusätzlich sollte unbedingt entsäuert werden über Umstellung auf basische Kost und eine Vielzahl von Entsäuerungsmedikamenten, wie Rebasit. (Siehe im Kapitel über Entsäuerung)

Wir können davon ausgehen, daß Candida ungefähr *100 verschiedene Gifte produziert, u. a. das Acetaldehyd, ein Nervengift, das noch schädlicher ist als Formaldehyd.*

Ganz wesentlich erscheint uns bei Krebs die Zahnsanierung nach bio-logischen Gesichtspunkten.

Auch die Wirbelsäulentherapie nach Dorn bietet hier ein breites Wirkungsfeld, um Läsionen und Blockaden zu lösen. Die Fußreflexzonentherapie und die Erkenntnis der oft noch unbekannten, bis ins kleinste Detail des Organismus gehenden reflektorischen Verbindungen geben uns deutliche diagnostische Anhaltspunkte und therapeutische Möglichkeiten. *„Der Körper lügt nicht"*, wie wir es kinesiologisch leicht austesten können.

TCM (Traditionelle Chinesische Medizin), insbesondere die Akupunktur sollte nach Möglichkeit bei jedem Krebsgeschehen mit einbezogen werden.

Was können wir noch tun, um der Zellentartung entgegenzusteuern?

Immunstärkend und entgiftend sind die verschiedenen Grünalgenpräparate aus Binnenseen wie auch die verschiedenen Algen aus dem Meer. (Kalkalge, Braunalge)

Besonders wurde in der Schale der grünen (unreifen) Papaya ein Wirkstoff gefunden, den schon die alten Aborigines zur Krebsheilung verwendeten. Als Papaya-Granulat zu beziehen über Spira Verde (siehe Anhang.)

Ein wesentlicher Bestandteil ist für uns auch der Orgon-Strahler. Orgon, ein Wort für die universelle Lebensenergie, die von anderen Kulturkreisen als Prana oder Chi bezeichnet wurde, ist heute nach wissenschaftlichen russischen Untersuchungen in der Lage, die Zellvermehrung bei Krebs zu verhindern. Wilhelm Reich, der Wiederentdecker dieser von ihm als Orgon bezeichneten Energie, baute große Orgonakkumulatoren, in die er seine Patienten setzte. Er erzielte damit erstaunliche Rückbildungen von Krebstumoren. So wäre nichts wichtiger, als die natürliche Lebensenergie zur Behandlung und auch zur Vorbeugung gegen die parasitäre Entartung verstärkt einzusetzen. Da alles Leben auf dieser Erde von dieser echten Lebenskraft abhängt, finden wir in der Natur verschiedene „Energiesammler', die die Aufgabe haben, die eingefangene Lebenskraft an alles, was lebt, weiterzugeben. Diese natürlichen Energievermittler sollten wir kennen und sie heutzutage so viel wie möglich nutzen. (Siehe im Kapitel *Wasser - unser Lebensmittel Nr. 1, Kristallsalz - das beste Salz der Erde!, Die Infrarotwärmekabine*) Den Orgon-Strahler gibt es zum Beispiel auch für jeden heute zu kaufen. (Bezug: Bioaktiv Produkte) Last not least gehört dazu auch die direkteste Form der Energieübermittlung: das Gebet.

Was ist mit den Kindern, die Krebs haben?

Hier müssen wir uns vorsichtig herantasten, da wir nicht wissen, was die Seele sich vorgenommen hat oder welche Grundbelastungen in der Seele gespeichert sind. Eindeutige Einflüsse sind sicherlich die Amalgam-Füllungen der Mütter, Schäden durch quecksilberhaltige Impfungen, die künstlichen Hormone, Umwelteinflüsse, Strahlungsbelastungen, besonders auch Erdstrahlen und die sehr ernst zu nehmenden Wohngifte. Hier gilt es, ganz besonders behutsam mit den kleinen Patienten umzugehen und ihnen außer den speziellen isopathischen und homöopathischen Medikamenten sehr viel Lebensenergie zu übermitteln, z. B. über Orgon-Strahler, Magnetfeldausgleich (z. B. mit der QRS-Magnetmatte) durch gutes Wasser u.s.w. Selbstverständlich müssen auch die Schwermetalle und andere Toxine ausgeleitet werden.

Prophylaktisch ist es jeder Frau im gebärfähigen Alter dringend anzuraten, die Amalgam-Füllungen mit bestmöglichem Schutz von einem ganzheitlich orientierten Zahnarzt sanieren zu lassen. (Adressen über GZM)

In der Schwangerschaft bieten sich monatliche Injektionen mit Mucokehl D 6 und Nigersan D 6 sowie Sanuvis und Mucedokehl D 5 an. (Ausleitung mit Atox, wie beschrieben, beachten!)

Gedanken zum Krebsgeschehen

(Christine Heideklang)

Krebs ist die Endstation der Versumpfung und Übergiftung. In dem sich stauenden Sumpf entstehen Entartungsformen aus der Mucor-Zyklode, die an einem bestimmten Punkt (nach Dr. Wilhelm von Brehmer, Prof. Enderlein) Krebs erzeugen.

Ich selbst habe einmal Blut aus einem gestauten Gebiet im Dunkelfeld angeschaut. Es sah sehr schlimm aus. Unnatürlich große, voll gefressene weiße Blutkörperchen, die zum Teil zu zweit, zu dritt und sogar zu fünft zusammenlagen, kurz davor zu platzen und die gefressenen unguten Sporen etc. wieder ins Blut zu entleeren. Die Erythrozyten waren rund, aber sehr schwach. Sie gingen sehr bald in die Stechapfelform über. Schon nach nur einer Stunde wedelten an ihnen kleine Füße mit einem kleinen Knoten am Ende, die zum Teil zu langen wurmartigen Gebilden auskeimten. In diesem gestauten, übersäuerten Gebiet konnten sich die Endobionten im Inneren der roten Blutkörperchen sehr weit in die negative, krebsvorbereitende Form entwickeln und die Erythrozyten sehr schnell zerstören. Dieses Bild versetzte mir einen heilsamen Schrecken und stellte mir die Bedeutung von Atmung und Bewegung so richtig vor Augen. Es zeigte mir die Wahrheit des Satzes: „Bewegung ist Leben."

Da der größte Teil der Patienten inzwischen ein stark von Endobionten befallenes Blut aufweist, was einer Präcancerose gleichkommt, so sollten wir auch immer mehr alles tun, um diese Endobiose als Schrittmacher in den Krebs zurückzudrängen.

Der sichtbare Krebsknoten ist nur die Endstation einer sich viele Jahre vorbereitenden endobiontischen Entgleisung, die das Dunkelfeld sehr klar und deutlich aufzeigt. Dafür ist es jedoch nötig, das Blut bis zur völligen Auflösung - das kann von 24 Stunden bis zu 11 Tagen dauern - immer wieder genau zu beobachten. Ekkehard Scheller hat sich hierauf spezialisiert und gibt für interessierte Therapeuten entsprechende Seminare.

Der verdienstvolle Arzt und Krebsforscher P. G. SEEGER ist in jahrzehntelanger, mühevoller Forschung zu äußerst wichtigen Erkenntnissen bezüglich der physiologischen Arbeit unseres Stoffwechsel gelangt. Entgleist der natürliche Zellstoffwechsel durch zuviele karzinogene Noxen, und hierbei ist der Schrittmacher eine entartete Darmflora, so werden die Weichen in die Krebsentwicklung gestellt. Da der Endobiontenbefall des Blutes und die Krebsentwicklung parallel laufen, werde ich einiges Interessantes aus SEEGERS Forschungen immer wieder einfließen lassen. Denn, wie dieser verdienstvolle Forscher immer wieder betont, ist das Vorbeugen und Abstellen der Gefahren leichter, als einem ausgewachsenen Krebsgeschehen zu begegnen.

P.G. SEEGER schreibt in seinem Buch *Krebsverhütung*:
„Die physikalische Krebsprophylaxe besteht in einer Durchblutungssteigerung auf jede mögliche Art und Weise. Das Geschwulstwachstum wird nach ORR (1934) durch Mangeldurchblutung gefördert. Mühlbock und Rashski (1951) stellten fest, daß das Geschwulstwachstum durch Muskelarbeit gehemmt wird."
Wichtig zu wissen ist, daß durch die Muskeltätigkeit L(+) Rechtsmilchsäure produziert wird, welche nach den Untersuchungen von SEEGER + SCHACHT (1960) die Zellatmung um 110 Prozent aktiviert, also der Proliferation von Krebszellen stark hemmend entgegenwirkt.
„Muskelarbeit mit der ganzen sich aus ihr ergebenden Stoffwechsel- und Hormondrüsenaktivierung läßt sich durch kein Medikament, keine Bestrahlung, keine Massage, keine Bäder und durch keine Diät ersetzen."

So ist alles krebsvorbeugend, was verhindert, daß es zu Stauungsgebieten in uns kommt. Ein Beispiel hierzu:

Ein 71jähriger krebskranker Mann erfuhr im Fernsehen, daß Lans Armstrong, der Gewinner der Tour de France, durch sein intensives Vorbereitungstraining von seinem Hodenkrebs geheilt wurde.
Der krebskranke Mann sagte sich: „Wenn es ihm geholfen hat, warum nicht auch mir?"

Er begann jeden Tag nach seiner Kraft eine kleine Radstrecke von 3 - 4 km zu fahren bis er dann täglich eine Strecke von 25 km mit Leichtigkeit zurücklegen konnte. Auch dieser Mann wurde unter anderem durch seinen Bewegungssport, der durch vertiefte Atmung alle verhockten Säure- und Giftnester reinigte, gesund. Auch bei ihm war das Krebsgeschehen nach einiger Zeit nicht mehr nachweisbar. Nach Dr. Erich Rauch (Mayr-Arzt) ist jede verstärkte Bewegung in frischer Luft eine regelrechte „Blutwäsche".

So sollten wir uns allgemein vielmehr um eine vertiefte Atmung und Bewegung möglichst in frischer Luft bemühen.

Bei der Atmung sollten wir zum Beispiel beim Jogging darauf achten, möglichst nur durch die Nase ein- und auszuatmen, damit nicht kalte, ungefilterte Luft in die Lungen gerät, was die Sauerstoffaufnahme erschwert. Wird die Luft durch die Nasenatmung angewärmt und gefiltert, kann viel mehr Sauerstoff aufgenommen werden.

Durch das kräftige Ein- und Ausstoßen der Luft entsteht eine starke Reibung in der Nase, die vermehrt negative Sauerstoffionen erzeugen soll. Sobald die Atmung zu stark wird, verlangsamen wir das Tempo, bis sich unser Herz und die Atmung wieder beruhigt haben. Es soll immer spielerisch sein und darf nicht anstrengen. Mit der Zeit stärken sich der Herzmuskel und das allgemeine Wohlbefinden ganz enorm.

Im Liegen nimmt nach P. G. SEEGER ein Kranker 100,
ein Gesunder 250 Kubikzentimeter Sauerstoff pro Minute auf,
bei einem Spaziergang 500 und beim Dauerlauf 2.270 !

Besonders am Morgen, nach der langen Nacht, in der auch die Säfte (Blut, Lymphe) sehr langsam geflossen sind und wir uns auch in einem gewissen Stau befinden, wäre ein kurzer schneller Spaziergang, ein leichter Dauerlauf oder Radfahren - und seien es nur wenigen Minuten - von einer unvorstellbar positiven Wirkung. Wer nicht mehr laufen kann, kann durch langsam gesteigerte Atemübungen am offenen Fenster „sein Blut waschen". Beim Ausatmen kann durch Beugung des Oberkörpers alle Luft aus dem Bauchraum gepreßt werden. Die Ausatmung sollte dabei möglichst verlangsamt zum Beispiel auf „f"oder „u" erfolgen.

Die reichliche (basische!) Sauerstoffaufnahme bei einer sonst vernünftigen Lebensweise einschließlich Aufnahme eines lebendigen Wassers (siehe im Teil 2, 1: *Wasser - unser Lebensmittel Nr. 1*) verhindert, daß es zur Blutschädigung bis zur Krebsentwicklung kommt.

Ist aber durch vielerlei Belastung durch Defektwerden der Atmungsfermente, die in den Mitochondrien verankert sind, die natürliche sauerstoffverbrauchende Zellatmung in die Zuckervergärung der Krebszelle umgeschlagen, dann kann die Krebszelle Sauerstoff und Wasserstoff nicht mehr oxidieren. Es fällt dann viel (saurer!) Wasserstoff (H) aus dem Abbau der Nahrung an, der beim Gesunden mit Sauerstoff zu Energie (ATP) verbrannt würde. (Mit der pH-Wert-Messung messen wir die (H)-Wasserstoffionenkonzentration. Je mehr Wasserstoff-Ionen, je saurer ist das Milieu.) Durch das Gärungsgeschehen wird die Krebszelle zum Produzenten der pathogenen linksdrehenden D(-)-Milchsäure. Je mehr leicht verwertbare Kohlehydrate, insbesondere Glukose, zugeführt werden, um so mehr Linksmilchsäure wird von den Krebszellen erzeugt und um so schneller vermehren sie sich.

Um die sauren H-Ionen (Wasserstoff) aus der täglichen Nahrungsoxidation abzufangen, gibt es verschiedene Pflanzen, wie rote Bete, Brennessel, Ringelblüten, Zinnkraut, Schwedenkräutertinktur, die rechtsdrehende Milchsäure (Rote-Bete-Most), die beim akuten Krebsgeschehen nach SEEGER vermehrt eingesetzt werden sollten, um die Übersäuerung des Organismus durch Bindung der sauren Wasserstoff-Ionen zu verhindern. (Siehe *Krebsverhütung*, Mehr-Wissen-Buchdienst)

Beim Krebs ist die Kohlehydratzufuhr (Zucker, insbesondere Glukose, Weißmehl, Kuchen u.ä.) als Betriebsstoff für die Gärung auf ein Minimum zu beschränken, da jede Zuckerzufuhr die Entwicklung der Krebszellen und - wie wir heute wissen, der Candidapilze, die dem Krebsgeschehen ebenfalls den Boden bereiten - „anheizt".

Ist die Zellatmung bereits in die Zuckervergärung (Glykolyse) umgeschlagen, so kann nach SEEGER noch sehr viel getan werden, damit die durch karzinogene Noxen geschädigten Krebszellen wieder vermehrt Sauerstoff veratmen und sich somit regenerieren können. Dazu hat dieser großartige Forscher durch seinen unermüdlichen Einsatz die Wege gewiesen. (Im Verlag Mehr Wissen und Leben sind verschiedene wichtige Bücher zur Krebsverhütung und -Behandlung erschienen. Bezug: Mehr Wissen und Leben Versand, Langen)

Das Lezithin als Zellschutz
(P.G. SEEGER: *KREBS - Problem ohne Ausweg*,
Verlag für Medizin Dr. Ewald Fischer)
Die Zellwände unserer Zellen, der Mitochondrien, der Zellkerne und anderer Zellorganellen, ebenso die Membranen der roten Blutkörperchen bestehen aus Phosphatid-Strukturen (Lezithinen) und Eiweißverbindungen, die wie ein Schachbrett angelegt sind. Durch diese Lezithin- bzw. Eiweißfelder läuft der normale Stofftransport ab.
Durch karzinogene Noxen kommt es zu einer irreversiblen Spaltung der Phosphatide (Lezithine). Die Membranen verlieren ihr Lezithin und werden durchlässig.
Auch Strahlenbelastungen (besonders Röntgenstrahlen, radioaktive Strahlung und vermutlich auch die verstärkte Mobilfunkstrahlung) spalten die Lezithine, die aus den Mem-

branen der Zelle und den Mitochondrien herausgelöst werden. Die Zellen werden schutzlos und durchlässig für Noxen (Gifte) aller Art. Auf die gleiche Weise werden die Zellwände der Erythrozyten geschädigt, die dadurch für den Befall mit bakteriellen Wuchsformen des Endobionten angreifbar werden

Durch Schädigung (Lezithinverlust) der Mitochondrien kommt es zum Zusammenbrechen der natürlichen Zellatmung und damit zum Krebsgeschehen.

Dadurch sinkt das elektrische Potential der verkrebsenden Zellen ab, es kommt zu einer Umpolung (Depolarisation) des natürlichen Zellverhaltens. Der bioelektrische Zustand der gesunden Zelle ist außen negativ, innen positiv. Bei der Krebszelle ist es genau umgekehrt: innen negativ und außen positiv

So wäre nichts wichtiger, als die Zellmembranen durch ein reichliches Angebot von Antioxidantien (Vitamine, Spurenelemente, Aminosäuren etc.) vor Noxen aller Art zu schützen und den Zellen reichlich Lezithin zum Aufbau ihrer Membranen anzubieten. (Im Dunkelfeld sehen wir zum Beispiel beim Klebeverhalten der Erythrozyten (Zitronenform, Leberinseln), daß die Membranen der roten Blutkörperchen minderwertig aufgebaut sind. Einmal fehlt es an gutem Eiweiß (Bio Reu-Rella, Spirulina, Bierhefe, Hefeflocken, Mandeln, Sonnenblumenkerne, Kürbiskerne, Alen etc.), zum anderen auch an Lezithin.)

Generell nimmt der Lezithingehalt der menschlichen Zellen von 13,38 Prozent bei einem zweijährigen Kind bis zu 1,83 Prozent bei einem 88jährigen im Laufe des Lebens ab. (GLIKIN 1907)

Bei sehr schweren Nervenerkrankungen fanden Forscher einen völligen Lezithinschwund. Ebenso zeigten Neurasthenie, Viruserkrankungen, wie Poliomyelitis (die Viren leben in der Zelle und müssen die Zellwände passieren können) und die Virusgrippe einen erheblichen Lezithinmangel.

P. G. SEEGER setzte Lezithin obligatorisch bei seinen Krebspatienten ein, um die durchlässigen Zellwände der Krebszellen wieder zu stabilisieren und um geschwächte gesunde Zellen zu stärken und somit vor Verkrebsung zu bewahren.

Lezithin zeigt folgende Wirkungen:

° es ist nach SEEGER ein Verjüngungsmittel für alle Zellen
° eine entgiftende Wirkung bei Alkohol, Coffein- und Nikotinvergiftungen
° eine entgiftende Wirkung bei Morphium- und Strychnin-Vergiftungen
° Lezithin steigert die Aktivtät der Abwehrzellen
   (Leukozyten, Lymphozyten, Phagozyten)
° schützt vor Infektionskrankheiten durch Erhöhung der Gammaglobuline
° auch Tuberkulose wurde erfolgreich mit Lezithin behandelt
° Lezithin verbessert als Antagonist des Cholesterins die Arteriosklerose

° fördert die Knochen- und Blutbildung
° steigert die Leistung der Muskeln, insbesondere des Herzmuskels
° es regeneriert die Nervensubstanz und normalisiert den Nervenstoffwechsel
° stärkt die Lebertätigkeit und wirkt der Leberverfettung entgegen
° senkt sofort einen zu hohen Cholesterinspiegel
° hat eine tumorhemmende Wirkung

Aus den beschriebenen Wirkungen geht hervor, daß wir Lezithin auch als Antioxidans zur Eliminierung der uns heute verstärkt treffenden Noxen und Strahlen ansehen können.

Der Tagesbedarf eines Gesunden an Lezithin liegt bei 5 - 6 Gramm täglich, Geschwächte und Krebspatienten benötigen entsprechend mehr.

Ein erstklassiges Lecithin-Granulat, wie auch sehr wohlschmeckende Lecithin-Taler (mit Vitamin C) liefert die Firma Biogenia. (Adresse im Anhang)

Es gibt gekörnte Lezithinpräparate aus Soja-Lezithin. Für Verdauungsschwache günstig: „Buerlezithin flüssig". BUER gelang es 1956 eine stabile Lezithinemulsion von hoher Konzentration herzustellen, die infolge der feindispersen Verteilung des Lezithins eine ungehinderte und schnelle Resorption durch die Darmwand gewährleistet. Diese Zubereitung scheint sehr gut zu wirken.

Bindegewebsentgiftung mit kolloidaler Kieselsäure

Den Forschungen P.G. SEEGERS haben wir noch das Wissen um ein zweite Waffe gegen Bindegewebsschäden (Zellschäden) zu verdanken. Es handelt sich um die kolloidale Kieselsäure, die aufgrund ihrer Entgiftungskraft auch als täglich einzusetzendes Antioxidans berücksichtigt werden sollte.

Kieselsäure entfaltet ihre Hauptwirkung beim Aufbau und der Funktion des Bindegewebes. Sie wirkt dadurch, daß sie den optimalen kolloidphysikalischen Zustand der Gewebe wieder herstellt, der einen normalen biologischen Ablauf der Stoffwechselprozesse in den Zellen garantiert.

P.G. SEEGER empfiehlt Kieselsäure in Gelform, Sikapur, das zu 2/3 ungesättigt ist und dadurch viel Gifte binden kann. Sikapur hat eine hohe Entgiftungskraft für Toxine, Bakterien etc., wie auch für das Malignolipoid, das im Serum Krebskranker zu finden ist. (Dieses Kiesel-Gel ist in gleicher Qualität als „*Original Silicea Balsam*" im Reformhaus erhältlich.)

Die Wirkungen der kolloidalen Kieselsäure, sie:
° verjüngt das elastische Bindegewebe der Arterien
° wirkt allgemein gewebeverjüngend
° hat eine sehr hohe Entgiftungskraft für Toxine und Erreger
° aktiviert die Phagozytosetätigkeit der Lymphozyten, Plasmazellen, Mastzellen
° steigert die Chlorophyll- und Gesamteiweißsynthese
° beseitigt die arteriosklerotischen Entquellungsvorgänge

Krebs als die Endstation der Endobiose (Stausucht nach Enderlein) ist auch ein Zeichen dafür, daß wir als ein zu etwa 70 Prozent aus Wasser bestehendes Wesen in diesem Körperwasser extrem geschädigt sind. Würden wir nur energiereiches lebendiges Quellwasser trinken, könnten sich negative Entwicklungsformen vermutlich in uns gar nicht zeigen. Da wir durch Leitungswasser und kohlensäurehaltiges oder ozoniertes Mineralwasser überwiegend nur totes Wasser zu uns nehmen, das uns nicht mehr die notwendigen lebendigen Schöpfungsenergien (Biophotonen, Informationen als elektromagnetische Schwingungen) übermittelt, geraten wir in einen Zustand, des Nicht-mehr-Reagieren-Könnens, des Sich-nicht-mehr-Wehren-Könnens. In unserem unlebendigen Körperwasser entwickeln sich dann - je nach Schwere der Milieuveränderung - über viele Jahre Entartungsformen bis hin zum Krebserreger (Leptotrichia buccalis). Der Sumpf zieht die Frösche an bzw. läßt sie entstehen.

So ist es als Krebsvorbeugung und besonders auch beim akuten Krebs dringend notwendig, dem Körper wieder zu einer lebendigen Wasserstruktur zu verhelfen, welche Blockaden, Staus und Vergiftungen entgegenarbeitet. Dazu sollte alles getan werden, um die immer mehr fehlenden natürlichen elektromagnetischen Schwingungen bereitzustellen, die unsere Zellen für ihre gesunde Funktion benötigen. Hier hat sich die Infrarotwärmekabine und die QRS-Magnetmatte zur täglichen Anwendung bestens bewährt. (Beide siehe Teil 2, 4)

Präcancerose- bzw. Krebsbehandlung

(nach Christine Heideklang)

Wir legen hier unsere Erfahrungen mit diesem ernsten Thema vor, wobei ich (Christine Heideklang) bisher mehr mit Krebsgeschehen im Vorfeld (Präcancerose) zu tun hatte, die ich mit der Ampulle Carcinominum D 4 oder den entsprechenden Organ-Degenerations-(Krebs)ampullen in der D 4 (Staufen-Pharma) nach Schweregrad mit der Neuralkinesiologie nach Dietrich Klinghardt austeste.

Dieser Test wird durch die mehrtägige sorgfältige Blutbeobachtung im Dunkelfeld bzw. den Carcinochrom-Harntest (Gutschmidt GmbH) erhärtet.

Je stärker die Präcancerose, um so früher und um so zahlreicher erscheinen wurmähnliche Gebilde (Leptotrichia buccalis) die aus den Erythrozyten herauskommen.

Von Brehmer fand das Krebsstäbchen besonders zahlreich in faulendem Milieu, wie zum Beispiel in Zahngranulomen oder sonstigen Herden und Mülldeponien. So ist die Herdsuche und -eliminierung das A und O einer Krebsbehandlung. Mit den Zahnampullen, zum Beispiel Gangrän Granulom, Parulis Staph. aureus bzw. Parulis Strept. muc. in D 3 und D 4 der Firma Staufen-Pharma sind mit der Klinghardt-Neuralkinesiologie solche Herde sehr gut festzustellen. Je tiefer die Potenz, die testet - eine oder zwei Ampullen D 3 -, um so akuter ist das Herdgeschehen, das dringend durch den Zahnarzt bereinigt werden sollte.

Der Odonton-Komplex (Weber) als Entgiftungstropfen für den gesamten Mund- und Nasennebenhöhlenbereich testet auch häufig, um ein belastetes Kiefermilieu zu verbessern.

Gefährlich wird es, wenn die Leptotrichia buccalis ins Gewebe auswandert und dort einen ihr zusagenden „stehenden Sumpf" vorfindet. Ein Sumpf entsteht nur da, wo es zu einem Stau kommt. Stauungen werden im Körper durch gestörte Narben und/oder USK's (unerledigte seelische Konflikte nach Dietrich Klinghardt) aufgebaut.

So steht am Anfang des Krebsschutzes oder der Krebsbehandlung die Lösung dieser Blockaden, damit die in dem blockierten Gebiet angesammelten Schwermetalle, Pilzgifte, Chemiegifte u. a., die den Sumpf für das sogenannte Krebsstäbchen vorbereiten, abtransportiert werden können.

Unter Beachtung dieses Vorgehens wie auch mit dem Abbau der Erreger durch eine am Patienten ausgetestete Sanumtherapie geht die ausgetestete Belastung, zum Beispiel 5 Ampullen Carcinominum D 4, Schritt für Schritt zurück. Ich teste immer weniger Ampullen, bis dann nur noch die D 5, später die D 6 oder D 8 testet, die anzeigt, daß die akute Gefahr vorüber ist. Das A und das O bilden jedoch die energetisch unterversorgten Gebiete. Mit der Psychokinesiologie sind solche Staus sehr leicht zu entdecken und aufzuheben.

Zum Abtransport der Schlacken hat sich besonders die St. Leonhardsquelle bewährt, die durch ihre starke Energie, sprich Lebenskraft, erheblich mit dazubeiträgt, den Sumpf nach und nach zu bereinigen. Alles, was Lebenskraft vermittelt, verändert das innere Milieu zum Gesunden hin, so daß den Entartungsformen ihr Lebensraum entzogen wird. Je stärker der Blutbefall, um so vorsichtiger sollte auch mit der Zufuhr von Lebenskraft (ganz gleich, ob über lebendiges Wasser, Kristallsalz, Infrarot-Wärmekabine, Orgonenergie etc. vermittelt) gearbeitet werden, damit nicht zu viele Erregerformen auf einmal aufgelöst werden.

Wie P. G. SEEGER ausführt, entwickelt sich das Krebsgeschehen aus kleinsten Anfängen im Rhythmus der natürlichen Zellteilungsrate des jeweils betroffenen Gebietes meist über viele Jahre.

Ein Beispiel aus dem Buch *Krebsverhütung*, Buchdienst Wissen und Leben, Langenfeld:

Eine Lungentumorzelle verdoppelt sich in zwei Krebszellen. Diese verdoppeln sich in 4, dann in 8 usw. Bei 10 Verdoppelungen haben wir bereits 1.024 Krebszellen, wozu der Körper beim Lungentumor 3,6 Jahre Zeit benötigt. Nach 7,2 Jahren bei 20 Verdoppelungen sind es bereits 1 Millionen Zellen, bei 30 Verdoppelungen all dieser Zellen sind es 1 Milliarde Zellen etc.

Erst nach Ablauf von 10,8 Jahren bei 30 Verdopplungen - es sind jetzt ca. 1 Milliarde Krebszellen vorhanden - können wir ein kleines Tumorknötchen von 1 cm Durchmesser fühlen oder sehen. In dieser Zeit sind bereits Dreiviertel ! des Krebsgeschehens unbemerkt abgelaufen.

Diese klinisch stumme Phase können wir mit dem vorbeschriebenen Vorgehen am Patienten testen bzw. im Dunkelfeld erkennen und entsprechend gezielt gegen das zuerst noch im Kleinen ablaufende Krebsgeschehen vorgehen.

Zur Krebsfrüherkennung empfiehlt P. G. SEEGER auch den einfach durchzuführenden Carcinochrom-Test (Gutschmidt GmbH, Bad Feilnbach), bei dem Harn eingesandt wird, der auf Ausscheidungsstoffe von Krebszellen hin untersucht wird. Alle Zellen erneuern sich in einem bestimmten Rhythmus, so daß auch Krebszellen, wenn diese vorhanden sind, ständig zugrundegehen und ihre entsprechenden Bausteine freisetzen.

Als A und O der Krebsvorbeugung hat sich eine physiologische Darmflora gezeigt. Nach SEEGER bilden entartete Darmbakterien mit ihrer Säure- und Giftproduktion in erster Linie den Grund dafür, daß es überhaupt zum Krebsgeschehen kommen kann. Hier, an diesem Punkt, sollte die Therapie zu allererst ansetzen, um den täglichen Nachschub schwerer Belastungsstoffe zu vermindern.

Ebenfalls sehr wichtig ist es, die Schwermetalle im gesamten Körper und später auch die innerhalb der Hirnzellen eingeschlossenen mit der in Teil 2, 8 beschriebenen *Schwermetallausleitung* herauszubringen.

Wichtig ist dabei auch, den Wasserhaushalt auf ein möglichst hochwertiges, unzerstörtes Quellwasser umzustellen. Je höher die Kristallstruktur des Wassers, um so leichter ist die Blutentartung zurückzudrängen. (Siehe Teil 2, 1: *Wasser unser Lebensmittel Nr. 1*)

Am besten stellt man sich einen Testkasten der Firma Sanum zusammen und testet die wichtigsten Ampullen auf der Leber durch:
Mucokehl D 5, D 6 bzw. D 7 und Nigersan D 5, D 6 oder D 7.

Wir führen mit Mucokehl und Nigersan die Kleinstformen (Symbionten) der jeweiligen Entwicklungsreihe zu, die in der Lage sind, höhere parasitäre Wuchsformen bis zur Leptotrichia buccalis schonend wieder zurückzubilden. Werden die Tropfen oral genommen, so genügt es am 7. einnahmefreien Tag (zum Beispiel am Sonntag) die entsprechenden Atox-Mittel mit jeweils 10 Tropfen dazuzunehmen. Atox ist in der Lage, die durch die Auflösung bzw. Umwandlung anfallenden Pilzgifte schonend auszuleiten. (Mucokehl- bzw. Nigersan-Atox von Holomed, Nederlande)

Mucedokehl D5 (Diese Schimmelpilzvariante befällt besonders das Nervensystem, testet häufig bei Borreliose)

Fortakehl D 5 (aus Penecillium roqueforti, also penicillinähnlich, ohne dessen Schadwirkungen) gegen Entzündungserreger und, wie wir es erleben, auch gegen Borrelien

Quentakehl D 5 (gegen Viren) = ein sehr gutes Mittel!

Pefrakehl D 5, Holomed/Nederlande (gegen Candida parapsilosis)

Notakehl D 5: Notakehl ist gegen Entzündungserreger (Streptokokken, Staphylokoccen) gerichtet und bereinigt sehr gut ein stark versumpftes Milieu. Bei Krebsverdacht oder akutem Krebs kann längere Zeit 1x täglich ein Zäpfchen gegeben werden. Es reinigt wunderbar das Milieu und hat bei einer Bekannten, wo Schilddrüsenkrebs diagnostiziert war und operiert werden sollte, in den zwei Monaten vor der Operation durch tägliche Zäpfchenzufuhr die Schilddrüse so verbessert, das nichts Bösartiges mehr gefunden wurde.

Grundsätzlich sollten die vier erstklassigen nachfolgend aufgeführten Immunstimulantien (lebendige Gesundheitsbakterien) von Sanum ausgetestet und begleitend eingesetzt werden. Es handelt sich dabei um:

Latensin stark,-Kapseln (1 Kapsel pro Woche)

Utilin stark,-Kapseln (1 Kapsel pro Woche)

Recarcin-Kapseln (alle 4 -7 Tage 1 Kapsel)
(Auch generell gut zur Stärkung älterer Menschen. Besonders ist es bei Schleimhauterkrankungen angezeigt, wie Mb. Crohn, Colitis ulcerosa, Ulcera aller Art. Selbst hartnäckige Magen-Darmgeschwüre heilen schnell ab.)

Utilin S schwach oder stark als Kapseln

haben sich beim Krebsgeschehen sehr gut bewährt. Es scheint den Körper gegen entartete Endobionten enorm zu stärken und besonders auch das Immunsystem schlagkräftig aufzubauen. Wir können Utilin S als eines unseres besten immunstärkenden Mittel bei Krebs ansehen.

Utilin S sollte bei sehr schwachen Patienten zuerst in längerem Abstand von zuerst 3 Wochen gegeben werden. Diese Gesundheitsbakterien leben ca. 3 Wochen und räumen besonders gut mit Herd- und Tuberkuloseerbgiften auf.

Bei Krebspatienten werden sie einschleichend, später auch mit 1 bis 2 Mal in der Woche, mit Erfolg als Immunstimulans eingesetzt. Bei sehr geschwächten Patienten sollte mit Utilin S schwach alle 3 Wochen, später all 2 Wochen, begonnen werden.

Utilin S bereinigt hervorragend die unterschwellige Tb-Erbbelastung, die den Körper von Natur aus mehr ins Saure und damit auch in die Krebsschiene bringt. Eine verstärkte Tuberkulose-Erbbelastung legt den Grund für eine Veranlagung von Säurekrankheiten, wie Rheuma, Ekzeme, Heuschnupfen, Asthma, Bechterew, Mb. Crohn, Krebs etc.

Unter Utilin S können kurzzeitig Schweiß oder Schüttelfrost auftreten, die anzeigen, daß recht viele Tb-Erbgifte bereinigt werden. Das ist eine positive Reaktion, die schnell vorübergeht.

Gleichzeitig sollte alles daran gesetzt werden, die karzinogenen Noxen im Körper zu verringern. Wir haben einmal den Darm mit seinen entarteten Bakterien als den größten Herd, dann Zahn- oder andere Herde und nicht zuletzt die Schwermetallbelastung (besonders Quecksilber) durch Zahnfüllungen. (Auch wenn Amalgam schon vor Jahren entfernt wurde, sitzt das Quecksilber noch im Körper fest.)

Zur Darmfloraregenerierung hat sich die Zufuhr des milchsauren *Vita Biosa*-Getränkes als sehr effektiv erwiesen. Es sind die Stoffwechselausscheidungen von Gesundheitsbakterien, mit Heilkräutern milchsauer vergoren, wie sie sehr ähnlich in einem gesunden Darm vorhanden sind. In Dänemark sind z. B. durch *Vita Biosa* bereits über 500 Mb. Crohn-Fälle innerhalb von 14 Tagen von ihrem Leiden befreit worden. Darmanfälligen und sehr stark Belasteten ist anzuraten, dieses Gesundheitsgetränk längere Zeit zuzuführen. (Siehe ergänzend Teil 2, 5: *Der Darm - die Wiege der Gesundheit*)

Die Antioxidantienzufuhr sollte sichergestellt sein

In meinen Büchern *Mykosen* und *Pilzerkrankungen* gebe ich vielseitige Aufklärung über die Notwendigeit entgiftender Stoffe. Dr. Klinghardt warnt z.B. davor, anorganisches (metallisches) Selen und Zink isoliert als Medikament zu geben.

Selen an Nahrungsmittel gebunden, sollte dagegen begleitend reichlich zugeführt werden, wie: Kokosraspeln, Kokosmilch, Sesamsaat (beide liefern jeweils 800 Mikrogramm Selen auf 100 g), Bierhefe (flüssig oder getrocknet) oder die selenreiche Spirulinaalge Selen hefefrei von Hau. (Siehe die Selentabelle auf S. 72 im Buch *Mykosen*)

Zink ist reichlich in Kürbiskernen enthalten, in Speisemohn, Weizenkeimlingen, Sonnenblumenkernen oder in der Spirulinaalge Zink hefefrei, Hau. (Siehe die Zinktabelle S. 256 im Buch *Mykosen*)

Vitamin C ist besonders wichtig

Es ist eines unserer wichtigsten Antioxidantien, das reichlich in Petersilie vorhanden ist. Natürliches Vitamin C scheint besser zu wirken, z.B. das preisgünstige Amazonas-Acerola-Pulver bester Qualität der Firma AMAZONAS GmbH, D-68723, Schwetzingen, 2 x 1 Teelöffel. Wer saures Vitamin C nicht verträgt, kann gepuffertes Vitamin C als Calcium Ascorbat wählen (2 x ein Teelöffel). Vitamin C wirkt als Aktivator des Zellstoffwechsels, insbesondere als Regenerator der Zellatmung von Krebszellen. Krebskranke haben ein enormes Vitamin-C-Defizit. (Beide Vit. C: Elsbeth Haußmann)
Sehr effektiv sind die Acerola Vitamin C-Komplex Lutschtabletten von Biogenia. Sie enthalten 225 mg reinstes Vitamin C aus der frischen Acerola-Kirsche, den wichtigen Vitamin B-Komplex plus Folsäure aus Natursauerteig sowie Vitamin E aus Sanddorn. (Bezug Biogenia)

Vitamin E-Gaben auf natürlicher Basis

Prof. LINUS PAULING bezeichnete Vitamin E als Antikrebsvitamin. Es verhindert die Oxidation stark ungesättigter Stoffe, besonders die Peroxydbildung hochungesättigter Fettsäuren; das heißt, das Ranzigwerden von Fetten als Kettenreaktion beim Fehlen von Antioxidantien.
Vitamin E ist enthalten in Weizenkeimen, Weizenkeimölkapseln, Lezithin, Petersilie, Butter etc.

Vitamin A bzw. Beta-Carotin

Nach Vitamin-A-Gaben vergrößert sich die Thymusdrüse und die Milz. Die Menge der Lymphozyten und Plasmazellen nimmt erheblich zu. Dieses Vitamin stimuliert sehr stark das Abwehrsystem. Besonders viel Vitamin A und Beta-Carotin sind in den Chlorella- und Spirulina-Grünalgen enthalten. Am besten immer etwas Sahne oder Olivenöl dazugeben.

Auch **Ringelblütentee**, in Ziegenmilch(pulver) gekocht, hat sich (nach Grete Flach) sehr gut beim Krebsgeschehen bewährt.
(2 Eßlöffel in 1/2 Liter Ziegenmilch, 10 Minuten gekocht, über den Tag verteilt trinken)

Rote-Bete-Konzentrat, wie das von P. G. SEEGER entwickelte Anthozym-Petrasch (Reith und Petrasch). Die Anthozyane der Roten Bete vermehren nach P. G. SEEGER die Atmungsfermente der Zelle um 400 Prozent. Auch milchsaurer Rote-Bete-Most, ca. 1/2 - 3/4 Liter pro Tag, aus dem Reformhaus oder Bioladen wirkt sehr gut.

Rechtsdrehende Milchsäure

Die Abpufferung (Entsäuerung) mit rechtsdrehender (L)+Milchsäure sollte beim Krebskranken ständig vorgenommen werden, da die Krebszellen durch ihren Gärungsstoffwechsel zum Produzenten der toxischen Links-Milchsäure geworden sind, die durch die Rechtsmilchsäure unschädlich gemacht wird.

Kombucha als Krebsschutz nach Dr. Sklenar

Wie bereits erwähnt, hat sich der deutsche Arzt Rudolf Sklenar sehr um die Kombuchaforschung verdient gemacht.

In seiner Praxis wurden auffallend viele Krebsheilungen verzeichnet. Rudolf Sklenar fand bei allen ernsthaft Erkrankten und besonders auch bei seinen Krebspatienten eine erheblich gestörte Darmflora. So war es sein Ziel, den Darm als die Wurzel des Menschen wieder herzustellen. Für ihn war der Darm die Zentrale, der die Weichen für Gesundsein oder Kranksein stellt. Aus seiner langjährigen Erfahrung wußte er, daß Kombucha sehr gut die so sehr wichtigen positiven Darmbakterien regeneriert. Auch war er durch seine Erfahrungen von der allgemein stoffwechselanregenden und besonders auch der antibiotischen und entgiftenden Wirkung von Kombucha überzeugt.

Er blieb seinem einfachen Rezept gegen den Krebs treu, das im Grunde aus dem Kombucha-Getränk (2-3 Weingläser pro Tag), dem Preßsaft aus dem Kombuchapilz (3 x 15 Tropfen), welcher zur Hälfte mit 70%igem Weingeist haltbar gemacht wurde, der Zufuhr von Kolibakterien (Mutaflor, 100 mg, 2 Kapseln täglich) und deren Stoffwechselausscheidungen (Colibiogen) bestand, wie auch den Gelum-Tropfen (rechtsdrehende Milchsäure!) zur Sauerstoffanreicherung des Blutes.

Dr. Sklenar konnte mit der von ihm angewandten Therapie die schrittweise Gesundung des Blutes genau verfolgen. Die bakteriellen Kleinstformen, die die Blutkörperchen von innen her aushöhlten, wurden gleichlaufend mit der Verbesserung der Darmflora Schritt für Schritt zurückgedrängt. (Kombuchapilze und Zubehör: Inke Barysch)

Noni-Saft von Morinda

Durch seinen Vitalstoff- und besonders Enzymreichtum macht dieser Saft inzwischen weltweit von sich reden. Besonders hilft er Schmerz- und Entzündungszustände zu verringern. (Schmerzpatienten berichten z.B. zu 88% über das Verschwinden ihrer Schmerzen.) Auch als Blutdrucksenker, bei Depressionen und u.a. in der Krebstherapie hat sich Noni einen Namen gemacht. Der Saft aktiviert sehr gut die Entgiftung und hilft allgemein, gesundes Blut und Körperzellen zu bilden. Die beste Qualität auf dem Markt soll die Firma Morinda liefern, die nur ausgesuchte vollreife, gesunde Früchte verwendet.

13. Darmflora-Sanierung

So ist, um gesund zu sein, die Sanierung des Darmes das oberste Gebot. Zuerst sollten, die oft jahre- oder jahrzehntelang angesammelten Schlacken aus dem Darm entfernt werden. Entweder mit einer Mayr- bzw. Flohsamenschalen-Kur oder durch eine Serie von Darmspülungen (Colon-Hydrotherapie). Auch die Gray-Kur bringt gute Ergebnisse. Zur Eliminierung von Candida und anderen negativen Darmkeimen kann die in Teil 2, 5 beschriebene Knoblauchtee-Kur oder die längere Zufuhr von Sulfredox eingesetzt werden. Auch die Darmmykose-Kapselkur, wie in Teil 3, 7, beschrieben, drängt den Candida-Befall des Darmes gut zurück.

Nach dieser Vorbereitung können die zugeführten Darmsymbionten leichter Fuß fassen. (Am besten alles einzeln am Patienten austesten, um zu sehen, was ihn am meisten stärkt.)

Symbioflor I und II
Substitution der Kurz-Ketten-Kokken-Kulturen zur Regenerierung der Mundflora. Besonders infektanfällige Kinder reagieren sehr gut auf Symbioflor I, mehrere Monate lang gegeben.

Omniflora
nach SEEGER eines der besten Präparate für die Normalisierung der Darmflora. Es besteht aus lyophilisierten Acidophilus, Bifidus- und Kolibakterien, welches auch bei Antibiotika- und Strahlenschäden angezeigt ist.

Colibiogen, 100 ml, Laves (Stoffwechselprodukte von Kolibakterien)

Mutaflor 100 mg (Stamm NISSLE, Lebendkeime von Kolibakterien)
oder andere Kolibakterienpräparate

Colivit
1 Billion aktive Zellen von L. Bifidus,
2,5 Billionen von anderen Lactobazillen
einschließlich L. acidophilus und Rhamnosus
(Bezug Ursula Schaller)

Darmflorastärkung mit *Vita Biosa*
Ideal zur Darmflorasanierung erweist sich das milchsaure *Vita Biosa*-Getränk, eine Kombination der Stoffwechselausscheidungen von Gesundheitsbakterien (EM = effektive Mikroorganismen), das mit einer erprobten Heilkräutermischung milchsauer vergoren wurde. Dieses Präparat, einschließlich des dazugehörenden Helios-Korallalgenkalks, hat eine rundum regenerierende Wirkung auf die Darmflora. Das Zurückgehen belastender Darmsymptome ist meist sehr bald zu bemerken.

Über 500 Mb. Crohn-Patienten in Dänemark haben nach 14 Tagen Zufuhr von *Vita Biosa* ihre entzündlichen Symptome und ihre Durchfallneigung verloren. (Diese Erkrankung gilt allgemein als nicht heilbar, eben weil man sich bisher nicht genügend um die Erforschung und Regenerierung einer gesunden Darmflora gekümmert hat, die das A und O unserer Gesundheit darstellt.)

Vita Biosa ist ein milchsaures Getränk auf Zuckerrohrmelassebasis, von Mikroorganismen vergoren (Milchsäurebakterien, Hefen etc. - einen Teil davon finden wir im Kombuchagetränk wieder), wie sie sehr ähnlich physiologisch im menschlichen Darm anzutreffen sind. Zwecks intensiver Pflege der Darmflora wurden Nordmeeralgen und Weintraubenkerne (gelten als Antioxidantien = Giftfänger) sowie folgende Heilkräuter mitvergoren: Pfefferminze, Petersilie, Oregano, Dill, Süßholz, Brennessel, Rosmarin und Hagebutten.

Wie wir es in der Praxis erleben, „dreht" dieses Getränk sehr schnell eine entartete Darmflora „um" und aktiviert damit die Kräfte, die unsere Gesundheit schützen. Ca. 80 Prozent des Immunsystems sind im Darmbereich angesiedelt, so daß eine Verbesserung des Darmmilieus besonders auch unser Immunsystem stärkt.

Vita Biosa kann pur oder verdünnt getrunken werden. (Eine Woche lang 2 x 1 Verschlußkappe, danach steigern auf die doppelte Menge.) Dabei sollte 2mal täglich 1/4 - 1/2 Teelöffel Helios-Korallalgenkalk begleitend - getrennt von *Vita Biosa* - gegeben werden.

Laut dem Darmspezialisten ROBERT GRAY fördert die Calciumzufuhr den Aufbau positiver Darmkeime. Allerdings hat sich bisher nur dieser natürliche (organische) Kalk (ca. 80 Prozent Calciumcarbonat, 13 Prozent Magnesiumcarbonat und 63 Spurenelemente, darunter Zink, Selen, Jod, Schwefel etc.) als optimal erwiesen. Bei Schilddrüsenproblemen sollte der Kalk sehr langsam, wie vertragen, gesteigert werden.

Der Gebrauch von *Vita Biosa* kann so viele Basen binden, daß die Neigung zu Muskelkrämpfen entstehen kann. Dann mehr Korallalgenkalk und bei Wadenkrämpfen extra Magnesium zuführen. Generell ist gerade dieser organische Helios-Korallalgenkalk ein leicht aufnehmbarer optimaler Calciumspender, der auch bei Osteoporose sehr günstig ist.

Die negative Keime zurückdrängende rechtsdrehende Milchsäure, wie auch die vielseitigen positiven Stoffwechselausscheidungen der Mikroorganismen (Vitamine, Aminosäuren, Enzyme, vielseitige organische Säuren etc.), wie sie ähnlich auch eine gesunde Darmflora herstellt, fördert, wie es die Praxis zeigt, das Milieu im Darm sehr schnell zum Gesunden hin, so daß sich die physiologische Darmflora wieder entwickeln kann. (Wir können davon ausgehen, daß jeder, der einmal in seinem Leben Antibiotika bekommen hat, eine entartete Darmflora aufweist.

Durch die ständige Zufuhr von *Vita Biosa*, Kristallsalzsole, gutem Wasser und ausreichend Antioxidantien kann die häufig sich selbst auferlegte strenge Diät bei stärkerem Candida-Befall mit der Zeit gelockert werden. In dem gesundenden Milieu können negative Darmbakterien und Pilze (Candida!) sich nicht mehr behaupten. So kann auch der Speiseplan wieder reichhaltiger werden, da sich auch die Verdauungsdrüsen (Bauchspeicheldrüse, Leber, Darmdrüsen) mit der Zeit regenerieren. Die Auswirkungen des gesünderen Darmmilieus sind auch sehr bald im verbesserten Blut (Dunkelfeld) zu bemerken. Also rundum Gesundung, nur weil wir an der wohl wesentlichsten körperlichen Ursache anpacken.

Am besten teilt man die Einliterflasche sofort auf einige kleinere saubere Glasflaschen auf, füllt diese randvoll und stellt sie dunkel und kühl. So sind sie sehr lange haltbar. Eine angebrochene Flasche sollte in einem Monat verbraucht sein.

(Lieferant: Dr. rer. nat. Gotthard Stielow)

Auf dem Ernährungssektor können folgende Produkte zugeführt werden, wenn Kuhmilch generell toleriert wird. Am besten jeweils austesten. Durch die Elektrosmog-Verstrahlung und unnatürliche Behandlung haben auch die Tiere mit zunehmenden Entartungsformen im Blut zu kämpfen, so daß auch die Milch der Kühe immer mehr Belastungsstoffe enthält. Wir wissen zum Beispiel, daß Kühe bei Silofutterfütterung - eine unnatürliche „Joghurt"-Ernährung für einen Wiederkäuer - mehr Milch geben, eben weil sie die für sie unnatürliche Säure schnellstmöglich aus ihrem Körper herausbringen wollen. Aufgrund dieser sauren Stoffwechsellage werden auch die Silofutterkühe immer mehr mit Candidabefall im Blut zu tun haben. Rohe Milch von Silo gefütterten Kühen wird zum Beispiel nicht mehr auf natürliche Weise zu Dickmilch. Sie beginnt zu faulen. Hier wären Forschungen dringend nötig.

(Über den ansteigenden Pilzbefall auch im Blut der Kühe siehe *Pilze auch im Blut der Kühe*? Seite 150 im Buch *Mykosen*)

Der Darmspezialist Robert Gray warnte generell vor Joghurt, da er sehr schnell zu sauer wird und dann auch unsere eigenen Milchsäurebakterien vernichtet. (Das Gleiche gilt übrigens für Sauerkraut, was im Test fast immer negativ anzeigt.) Nach Grays Erfahrungen ist nur ein frischer Joghurt am ersten Tag der Herstellung für den menschlichen Verzehr geeignet.

Sanoghurt von Heirler (Reformhaus)

Erzeugung von mind. 95 Prozent Rechtsmilchsäure durch Streptococcus lactis und cremoris

Bioghurt

Lactobacillus acidophilus und Streptococcus termophilus. Untersuchungen gemäß, steigt nach Bioghurt-Genuß die Zahl der physiologischen Darmbakterien (bes. Lactobacillus acidophilus) an.

Biogharde

Kombination von Lactobacillus acidophilus und Bifidus. Hiernach steigt die Zahl der physiologischen Kolibakterien an, und es wurden recht gute Erfolge bei verschiedenen Krankheiten erzielt.

Vorsicht mit anderem Joghurt:

Joghurt-Präparate, welche das unphysiologische Bact. bulgaricus aufweisen, sollten von Krebskranken - und solche, die es nicht werden wollen - nach SEEGER nicht verzehrt werden, da Joghurt das Dickdarmmilieu stark versäuert und die Kolibakterien sich in diesem stark sauren Milieu zu Parakoli verändern.

14. Wie helfe ich mir bei Schmerzen?

Immer mehr Menschen haben mit Schmerzen zu kämpfen. Der Schmerz ist eine Anzeige dafür, daß ein Gebiet zu wenig Energie hat und daß sich aufgrund dieses Energiemangels Stoffwechselschlacken, Gifte aller Art, Schwermetalle und Säuren verstärkt einlagern konnten. Es geht nicht vor und zurück. In diesem gestauten Gebiet bilden sich mit der Zeit Erreger aller Art, die die Schmerzen und den Stau weiter erhöhen.

Wir hörten in Teil 2, 1 über das lebendige Wasser und Kristallsalz, wie sehr uns heute die elektromagnetischen Schwingungen aus der Natur mangeln, die alle Lebensprozesse steuern.

Was können wir tun, um diesen Stau aufzuheben?

Einmal bringt die QRS-Magnetfeldmatte uns genau die elektromagnetischen Impulse, die unsere Zellen wieder normal arbeiten lassen. Bei Schmerzzuständen wird mit der kleinen Matte gearbeitet. Ein Bechterew-Patient mit unerträglichen Dauerschmerzen hat damit sehr schnell seine Schmerzen verloren. Nebenbei bringt die QRS-Therapie auch Kalkablagerungen wieder in die Ionisation. (Näheres siehe Teil 2, 4)

Chronische Schmerzen oder auch eine chronisch festsitzende schmerzende Bronchitis reagieren meist sehr positiv auf Wärme. So können wir uns eine Wärmflasche mit heißem Wasser füllen - das Wasser sollte nicht kochend heiß sein - und in das Wasser 1 Eßl. Kristallsalzsole geben. (Kristallsalzsole siehe Teil 2, 1) Ist das Wasser zu heiß, kann sich die Kristallgitterstruktur nicht aufbauen.

Durch das Kristallsalz entstehen die dringend benötigten elektromagnetische Schwingungen, die gestaute Energien wieder zum Fließen bringen.

Eine noch stärkere Energieübermittlung erleben wir mit erhitztem Kristallsalz. Es gibt bei der Firma Landkaufhaus Mayer, Siegsdorf, Kristallsalz zum Baden, das aus feinen Körnern besteht. Es wird in einem länglichen oder quadratischen Baumwollbeutel geliefert. Diesen Beutel kann man zum Beispiel auf den Kachelofen oder eine sehr heiße Wärmflasche legen (hier darf es kochendes Wasser sein) und gut heiß werden lassen. Dann können wir das Säckchen auf schmerzende Gebiete legen oder zur allgemeinen Belebung einfach beide Füße daraufstellen. Zuerst sollte diese Anwendung nicht länger als eine halbe Stunde am Tag vorgenommen werden.

Wer an Kristallsalz nicht herankommt, kann auch das Salz vom Toten Meer nehmen. Zur Not geht auch Meersand, im Beutel im Backofen bei 80° aufgeheizt.

Auch das besonnte Mohnblütenöl (ARKANUM Wahre Naturwaren, Bremen), dick auf ein Leinenläppchen aufgetragen, und auf schmerzende Stellen gelegt, hat - ebenfalls durch die Vermittlung von gespeicherter Sonnenergie (Biophotonen) - schon häufig bei Schmerzzuständen geholfen.

IV. Teil - Die Psyche nicht vergessen!

Die seelische Haltung

Wie wir gerade beim Candidabefall erleben, ist die materielle Nahrung, die wir uns zuführen, von besonderer Wichtigkeit. Doch es ist nicht nur von Bedeutung, „was in den Mund hineinkommt", ebenso wichtig oder noch wichtiger ist, „was aus dem Munde herauskommt", das, was wir auf der seelischen Ebene von uns geben bzw. in uns hineinlassen. Unfriede und Streit, negative, aggressive, verletzende Gedanken und Worte, die wir aussenden, prägen unser Leben viel tiefer, als wir es ahnen. Wie im materiellen, so gelten auch im geistigen Bereich die Prinzipien von Ursache und Wirkung als wesentliche Gestalter nicht nur unseres Schicksals, sondern auch unserer Gesundheit oder Nichtgesundheit. Diese wichtigen Gesetze des Lebens sollten wir kennen, um nicht unnötig zu leiden, denn alles, was wir aussenden, fällt auf uns zurück.

Darüberhinaus erzeugen Kummer, Aufregungen, Gereiztheit oder Angst in uns eine stark saure Stoffwechsellage, was unser Immunsystem schwächt und mit der Zeit Krankheiten den Boden bereitet, so daß wir uns immer elender fühlen.

Jeder Mensch sehnt sich nach Frieden, nach Angenommen- und Anerkanntsein, nach wahrer Liebe und Verständnis. Wird es ihm nicht gegeben, reagiert er enttäuscht und wird immer empfindlicher für die kleinen oder großen Verletzungen der Umwelt. Durch diese Haltung versinkt der Betreffende in eine tiefe Traurigkeit seiner Seele und je nach Temperament zieht er sich leidend depressiv zurück oder wehrt sich mit Aggressionen. Sehen wir tiefer, erkennen wir den Schrei nach Liebe, erkennen wir die Spannungen, die innere Not und Einsamkeit der Seelen.

Das Geheimnis, um froh und glücklich zu sein, liegt in der Erkenntnis, daß ich das, was ich ersehne, zuerst, und zwar bedingunglos, meiner Umwelt zu geben habe. Erst wenn wir aufhören, von anderen Liebe und Anerkennung, Verständnis und Mitgefühl zu erwarten, und damit beginnen, das, was wir uns so sehr ersehnen, mit vollen Händen an alle, ob sie uns angenehm sind oder nicht, auszuteilen, verändert sich unser Leben und unsere Umwelt. Denn nur dieser selbstlos sich verströmenden Liebe wohnt die Kraft der Veränderung inne. Warum dieses so ist? Weil diese Liebe nicht aus dem irdisch-menschlichen Bereich stammt. Die menschliche Liebe, wenn sie gibt, erwartet immer etwas dafür: Anerkennung, Liebe, Dankbarkeit, Treue, Versorgung. Die Seele des anderen spürt diese Ego-Erwartung und zieht sich zurück. Es ist wie ein Tauschgeschäft, das mit wahrer Liebe nichts zu tun hat. Wahre Liebe - und nur diese macht uns selbst und andere glücklich - ist vollkommen frei von Erwartungen. Sie gibt und verschenkt sich an alle, wie das Sonnenlicht, das nicht fragt, ob der andere es verdient. Wenn wir es schaffen, immer wieder und wieder zu geben, ohne etwas dafür zu erwarten, haben wir es geschafft. Dann geschehen die Wunder, daß Menschen und Umstände, unter denen wir leiden, sich immer mehr zum Guten hin verändern.

Wir alle tragen den göttlichen Funken, das ewige Licht, das uns alle nährt, in uns; wir alle sind an den Strom der göttlichen Liebe angeschlossen. Wie jeder diese innere höchste Instanz nennt, ob Gott, Christus, die göttliche Kraft etc. spielt dabei keine Rolle. Alles, was existiert, ist aus Gott hervorgegangen, ist aus Seiner Substanz gemacht und wird von Seinem Geist durchweht. Goethe sagte es einmal sehr schön: „Jeder Mensch trägt einen Funken der göttlichen Liebe in sich. Diesen Funken zur Flamme werden zu lassen, ist unsere höchste Pflicht. Dieser göttliche Funke kann nur wachsen durch das Erleben wahrer Liebe.

In dieser Erkenntnis liegt wahrhaft ein ganz großes Geheimnis. Nicht zurückschlagen, nicht auf die Verletzungen und Fehler schauen und diese riesengroß werden lassen, sondern sofort versuchen, die Beweggründe des anderen zu verstehen, sich in sein „Seelenhaus" hineinzufühlen. Denn es hat einen Grund, warum er so etwas macht.

Negative Gedanken anderer schwächen uns

Inzwischen können wir es unseren Patienten beweisen, wie sehr die Gedanken eines anderen Menschen Unheil anrichten oder - entsprechend der Qualität der Gedanken - auch zum Segen werden können.

Ein Beispiel, das ich öfter meinen Patienten vorführe:

Der Patient steht vor mir und ich lasse ihn den einen Arm waagerecht ausstrecken, um einen einfachen Muskeltest zu machen. Ich erkläre ihm: „Sie machen bei dem Wort 'Halten' bitte einen ganz festen Arm. Wir machen jetzt eine Kraftprobe." Dann drücke ich kurz auf seinen Arm. Wir beide erleben, daß der Arm ganz stark ist. Jetzt gehe ich einige Schritte zurück und denke nur: „Dein Arm ist jetzt schwach." Bei Wiederholung des Armtestes zeigt sich, daß der vorher starke Arm jetzt schwach testet.

Nun hatte ich eine Patientin, bei der ich in einer Psychokinesiologie-Sitzung eine negative Beeinflussung durch einen noch lebenden Menschen feststellte. Der weitere Test ergab, daß es sich dabei um eine ältere Kollegin handelte, die ihr nicht gut gesonnen war. Diese Kollegin meinte, sie sei zu langsam und hegte gegen sie abwertende, negative Gedanken. Nach Beendigung der normalen Psychokinesiologiesitzung kam ich auf folgende Idee. Ich stellte die Patientin vor mich hin und machte, wie beschrieben, den Armtest. Ihr Arm war stark. Nun dachte ich negative Gedanken wie: „Du bist viel zu langsam, Du arbeitest nicht gut. Ich kann viel mehr als Du". Bei diesen negativen Gedanken wurde ihr Arm ebenso schwach wie bei dem gedanklichen Befehl: „Du hast jetzt einen schwachen Arm."

Was will uns dieses sagen? Unsere Gedanken sind große, schöpferische Kräfte, mit denen wir unser Leben zum Guten oder Schlechten hin beeinflussen können, je nach der

Qualität unserer Gedanken. Die Gedanken sind nicht „zollfrei", wie wir bisher meinten, sondern legen die Grundlage für Glück und Unglück, für Krankheit und Gesundheit in unserem Leben.

Ich sagte dieser Patientin, daß sie versuchen solle, ein positives Verhältnis zu der älteren Kollegin zu bekommen. Sie solle ihr immer wieder liebevoll segnende Gedanken schicken und ihr in Gedanken und auch persönlich sagen, daß sie sie und ihre Arbeit anerkenne. Diese Frau hat keine Familie, für sie ist der Beruf der einzige Lebensinhalt und sie wehrt sich gegen eine jüngere Kollegin als Konkurrentin. Sie solle versuchen, ihr diese Angst zu nehmen, und, ganz gleich ob es fruchtet oder nicht, dieser Frau bewußt positive, mitfühlende Gedanken senden. Wenn sie das schafft, dann würden die negativen Gedanken der anderen an ihr abprallen und ihr nicht mehr schaden. Da die Liebe jedoch die stärkste Kraft ist, wird es mit der Zeit - wie ich es schon oft erlebt habe - zu einem inneren Wandel bei der Kollegin kommen, die aus einer unbewußten Angst heraus handelt.

Die Seele des anderen ist ein feiner Empfänger. Sie spürt ganz genau die Qualität unserer Gedanken und Gefühle. Wenn wir es schaffen, den anderen mit echtem Verständnis und Mitgefühl zu sehen, so spürt der Betroffene dieses sofort und kann seine innere Abwehrhaltung aufgeben.

Nach Bert Hellinger gibt es eine Rangordnung in der Familie wie auch im Beruf. Die Kollegen (oder Geschwister), die schon vorher da waren, sind die Älteren, die der Jüngere zu akzeptieren hat. Wenn wir uns an die Spielregeln halten und die, die schon lange da sind, auch wenn sie vielleicht keine so gute Ausbildung, wie wir selbst haben, um ihren Rat fragen und sie nicht übergehen, dann beachten wir die Rangordnung, woraus sich dann mit ziemlicher Sicherheit ein gutes Verhältnis zu den älteren Kollegen entwickeln wird.

Dr. Dietrich Klinghardt erwähnte in seinem Stuttgarter Eröffnungsvortrag im April 1997, daß sich der Placebo-Effekt im Laufe der Zeit verändert hat. Als er Medizin studierte, zeigte der Erfolg eines Placebomittels nur 7 Prozent. 1986 lag der Placeboeffekt bereits bei 35 Prozent. Man hatte Krebskranken offiziell eine Chemotherapie verabreicht und bei 35 Prozent der Probanden, die anstatt der harten Chemo nur eine ungefährliche Infusion erhielten, gingen, weil sie diese Wirkung aufgrund der Chemotherapie erwarteten, ebenfalls die Haare aus. Die letzte ernsthafte Studie, die zu Beginn des Jahres 1996 gemacht wurde, zeigte bereits einen Placeboeffekt von 62 Prozent ! Die Kraft unserer Gedanken nimmt also ständig zu, was man sich so erklären kann, daß unser geistiges Bewußtsein überhaupt zunimmt.

Dr. Dietrich Klinghardt schreibt in seinem Buch darüber, daß das Gehirn (die Seele) als übergeordneter Koordinator in der Lage ist, jede Krankheit zu heilen. Während die Schulmedizin abwertend sagt: „Das ist ja nur ein Placeboeffekt", ist für ihn die Stimulierung der Selbstheilkräfte eines Menschen, das Großartigste überhaupt, was es gibt, und „am nächsten bei Gott."

Und so sollten wir auch vorsichtig sein mit unseren Gedanken, die uns selbst betreffen. Negative Gedanken, wie, ich werde eben alt, es wird alles schlechter, oder Zweifel und Befürchtungen aller Art beim Auftreten von Beschwerden behindern unseren inneren Arzt bei seinen Aufgaben. Das Unterbewußtsein braucht klare, positive, ganz stark auf Heilung ausgerichtete Bilder vom Bewußtsein. Dann kann es - wie die Placeboeffekte zeigen - alle Hebel in Richtung Heilung in Bewegung setzen.

Wenn ich eine neue Therapie beginne, von der ich im Grunde überzeugt bin und zum Schluß noch den Satz dranhänge: „Aber ob es auch mir helfen wird?", dann lähme ich meine Selbstheilungskräfte. Das Unterbewußtsein hört diesen Zweifel und sagt sich: „Es hilft ja doch nicht. Ich brauche mich nicht erst anzustrengen." Dieses Wissen, wie sehr unsere Gedanken und inneren Bilder für die Heilung ausschlaggebend sind, sollten wir unbedingt auch unseren Patienten vermitteln. Der Muskeltest mit dem vom Therapeuten gedachten Satz: „Du fühlst dich schwach und elend" und danach zum Vergleich: „Du fühlst dich kraftvoll und stark," liefert den schlagenden Beweis.

Die Kraft der Gedanken - wissenschaftlich bewiesen

Für das vorgenannte Phänomen bekommen wir Schützenhilfe von der Wissenschaft. Der Japaner Masaru Emoto entdeckte etwas ganz Großartiges: Wasser reagiert mit seiner Kristallstrukturbildung auf Gedanken. (Siehe „The message from water" mit deutscher Übersetzung DM 58,90, Ehlers-Verlag, wie auch in raum & zeit Nr. 107) Er stellte destilliertes Wasser als neutrales Ausgangsmedium zwischen zwei Lautsprecher und spielte ein Musikstück. Anschließend fror er das Wasser ein und untersuchte die Kristallstruktur. Er erlebte, daß verschiedene Musikstücke das Wasser jeweils auf eine andere - reproduzierbare - Weise beeinflussen. Eine andere Musik brachte je nach ihrer Qualität harmonische Kristallbildungen oder disharmonische Bilder hervor. Während seiner 12jährigen Forschung ging er so weit zu untersuchen, inwieweit Wasser auf reine Gedankenkraft reagiert. Und das Faszinierende zeigte sich: Entsprechend der Qualität der ausgesandten Gedanken, bildeten sich die Kristallisationsbilder. Später klebte er nur Zettel an die Flaschen, auf denen Worte standen wie: „Du Narr" oder „Teufel" - es zeigten sich disharmonische geschwürartige Bilder. Das negativste Bild erzeugt die Strahlung eines Handys. Der Befehl „Tu es" erzeugte ein eher mittelgutes Bild, während der Satz: „Wir tun es gemeinsam" oder „Danke", „Liebe", „Engel" wunderschöne Kristallsterne ergab.

Eine Patientin, deren Leitungswasser nicht gut schmeckte, füllte dieses in Flaschen ab und klebte einen Zettel mit „Danke" auf die Flaschen. Nach zwei Tagen schmeckte das Wasser wesentlich besser.

Dann ließ Masaru Emoto eine Portion gekochten Reis jeden Tag von einer Schulklasse mit „Danke" ansprechen und eine andere Portion mit „Du Narr." Der mit „Danke" angesprochene Reis fermentierte auf wohlriechende Weise und der Reis, der beschimpft wurde, verfaulte im Glas, wurde schwarz und stank ekelig. Es sieht so aus, daß sich auch die Mikroben, die ja auch Wasser enthalten, durch unsere Gedanken beeinflussen lassen. Welche Erkenntnissse tun sich für uns hier auf?

Diese Forschungen bestätigen, was die Biophysiker über die Informationsspeicherkraft des intelligenten heilen (heiligen) Wassers herausgefunden haben. Das Bild rundet sich. Unsere Gedanken als etwas Geistiges sind die größten Kräfte überhaupt, die wir einsetzen können.

Mir erklärt sich so auch folgendes. Eine Patientin kam mit ihrem Leitungswasser, das ich testen sollte. Wir machten den kinesiologischen Test und der Arm wurde schwach. Das Wasser war nicht gut. Daraufhin bat ich die Patientin, das Wasser zu segnen. Sie hielt ihre Hände über die Flasche und vertiefte sich einen kurzen Moment. Danach testete das Wasser ganz stark. Die guten segnenden Gedanken und die Verbindung mit der göttlichen geistigen Kraft, die hinter all diesen Wundern steht, brachten das Wasser in eine bessere Struktur. Dr. Wolfgang Ludwig, Institut für Biophysik, sagte einmal in einer Fliege-Fernsehsendung, daß Weihwasser im Vergleich zu ungeweihtem Wasser (beide kamen aus derselben Wasserleitung) eine biophysikalisch meßbar höhere Energie hat. Was religiös empfindende Menschen schon lange wußten, beweist uns jetzt die Wissenschaft.

Diese Forschungen zeigen uns die Kraft der Gedanken und lassen uns erkennen, daß wir in erster Linie geistige Wesen und nicht vorrangig Materie sind. Und weiter zeigt es uns, daß alles in der Natur nicht zufällig entstanden ist ohne Sinn und Zusammenhang, sondern daß hinter allem ein höherer Geist waltet, dessen Prinzip die Liebe und das gegenseitige Wohltun ist. Liebevoll segnenden, auf das Gemeinwohl bedachten Gedanken wohnt eine große Kraft inne, die verwandeln kann. Wir sollten sie noch viel mehr einsetzen.

Wenn wir negative Gedanken aussenden, schaden wir nicht nur anderen Menschen oder Wesen, sondern in erster Linie uns selbst. So führen Unzufriedenheit, Gereiztheit, Ärgerlichsein, Feindschaft, Nicht-Vergeben-können, Neid, Ängste usw. uns mit der Zeit in Krankheiten. Um auch körperlich gesund zu sein, sollten wir lernen, unsere Gedanken zu beobachten und nur aufbauende, gute Gedanken zuzulassen. Hierin liegt das Geheimnis des Gesundseins in einem hohen Maße.

Das ist zunächst leichter gesagt als getan. Allein die immense Auswirkung auf Glück und Unglück, Krankheit oder Gesundheit in unserem Leben sollte in uns alle Kräfte stärken, das hohe Ziel der inneren Harmonie anzusteuern. Zumal, wenn wir jetzt immer mehr erkennen dürfen, daß wir nicht allein gelassen sind, daß es da noch jemanden gibt, der hinter allem steht und alles in Händen hält und der anscheinend nur darauf wartet, daß wir Ihn erkennen und Seine Hand ergreifen.

Das materialistische Zeitalter der Ausbeutung der Erde und der vielen Kriege geht seinem Ende zu; das Zeitalter des tieferen geistigen Verständnisses und der gegenseitigen Achtung bricht an. Und es sind gerade Wissenschaftler, die uns jetzt die Augen für das Wesentliche, das hinter allem steht, öffnen.

So sagte Max Planck (1858-1947):

> *„ Und so sage ich nach meinen Forschungen des Atoms folgendes:*
> *Es gibt keine Materie an sich!*
> *Alle Materie entsteht nur durch eine Kraft, welche die Atomteilchen in Schwingung bringt und sie zum winzigsten Sonnensystem des Atoms zusammenhält. Da es im ganzen Weltall weder eine intelligente noch eine ewige Kraft (aus sich selbst heraus) gibt, so müssen wir hinter der Kraft einen bewußten intelligenten Geist annehmen. Dieser Geist ist der Urgrund aller Materie. Da es aber Geist an sich nicht geben kann, und jeder Geist einem Wesen angehört, so müssen wir zwingend Geistwesen annehmen. Da aber auch Geistwesen nicht aus sich selbst sein können, sondern geschaffen worden sein müssen, so scheue ich mich nicht, diesen geheimnisvollen Schöpfer ebenso zu nennen, wie ihn alle alten Kulturvölker der Erde genannt haben:*
>
> ## *Gott"*

Wir leiden heute weltweit darunter, daß wir diesen großen Geist, daß wir Gott, der hinter allem steht und mit seiner Energie die Materie und somit auch uns selbst im Sein erhält, aus unserem Leben und unserem Weltverständnis ausgeklammert haben. Die Früchte des allgemeinen Niedergangs sehen wir weltweit. Als geistige Wesen, von Ihm geschaffen, benötigen wir jedoch seine Energie, die Er uns reichlich über materielle Träger, wie die Sonne, natürlich gewachsene Nahrung, lebendiges Wasser, die elektromagnetischen Schwingungen einer gesunden Natur oder Quarzkristalle vermittelt. Doch wir können uns auch direkt mit dem göttlichen Strom der Lebensenergie, mit seinem Heilstrom in Verbindung setzen, wie wir es im echten innigen Gebet erleben oder wie es zum Beispiel in den Bruno-Gröning-Freundeskreisen geschieht. Dort wird die göttliche Kraft inzwischen von Menschen verschiedenster religiöser Ausrichtung weltweit erfahren und besonders Ärzte berichten von Aufsehen erregenden Heilungen von Menschen, denen menschlicherseits nicht mehr geholfen werden konnte.

Die Aufnahme des göttlichen Kraftstroms ist die direkteste Aufnahme der so notwendigen Lebensenergie, und jeder kann ihn in stiller innerer Sammlung und dankbarer Ausrichtung auf den Schöpfer und Erhalter allen Lebens empfangen.

Bei den vorerwähnten Wasserversuchen brachten die Gedanken bzw. aufgeklebten Worte „Liebe" oder „Engel" sehr schöne Kristallbildungen hervor. Wieviel mehr Stärkung und Kristallbildung für unser Körperwasser werden wir empfangen, wenn wir uns gleich an die höchste Instanz wenden: Gott Selbst?

Selbsterkenntnis durch das Enneagramm

Um mit seiner Umwelt in Harmonie zu leben, ist es wichtig zu erkennen, daß wir in unserer Seelenstruktur nicht alle gleich sind. Das uralte Wissen des Enneagramms über die 9 verschiedenen „Gesichter" der Seele öffnet uns hierfür die Augen. Es gibt 9 verschiedene Grundtypen menschlichen Verhaltens. Jeder Mensch auf dieser Erde gehört einem bestimmten Seelengesicht, einem bestimmten Typus an und verhält sich in wesentlichen Charaktereigenschaften diesem Seelengesicht entsprechend. Die sehr lebendigen Seminare und der Videofilm von Inke Barysch (Anschrift im Anhang) haben mir darüber die Augen geöffnet und mich vieles an anderen und mir selbst erkennen lassen, was ich vorher nicht einordnen konnte.

Die Grundfrage des Enneagramms lautet: „Wie hat Gott mich gemeint?" und zeigt die verschiedenen Seelengesichter im unerlösten, noch egoistischen, wie auch im erlösten Zustand, der auf der wahren gebenden Liebe gründet.

Wenn wir uns in dieses Wissen vertiefen, dann verstehen wir plötzlich, daß die Verschiedenartigkeit der Seelen, die Verschiedenartigkeit ihrer Bedürfnisse und Erwartungen zu Disharmonien und Enttäuschungen beiträgt. Jemand, der hiervon nichts weiß, kann nur sich selbst als Maßstab dafür, wie man sich verhalten soll, anlegen und kann deshalb dem anderen, der zum Teil ganz anders fühlt und denkt, nicht gerecht werden. Wir sind oft zu sehr auf uns selbst fixiert und leben an den Bedürfnissen der anderen vorbei, was zu zwischenmenschlichen Spannungen führen muß.

Seelenstärkung durch die Heilkraft der Sonne

Erlebt es nicht jeder, wie sehr strahlend schönes Wetter das Gemüt hebt und die Seele mit Dankbarkeit und Freude erfüllt? Durch Sonnenlicht entsteht Leben und wird Leben in kraftvoller, gesunder Form erhalten.

Alle Materie ist durch Licht entstanden. Während Pflanzen durch Photosynthese Sonnenlicht speichern und je nach ihrer Art spezifische Heilkräfte ausbilden - denken wir an die Bachblüten -, gibt es jetzt auch die Möglichkeit, das ganze Sonnenlichtspektrum für die Rundumstärkung von Körper und Seele zu nutzen. Ich denke da an die besonnten Mittel nach Jakob Lorber, die uns, genau wie die Hildegard-Medizin, durch göttliche Offenbarung zuteil wurden (Siehe ausführlich im Buch *Pilzerkrankungen*).

In der heißesten Jahreszeit werden Milchzuckerkügelchen in lila Glasschälchen in der Mittagszeit einige Stunden der Sonne ausgesetzt. Durch dieses besondere Verfahren, bindet sich die heilende Sonnenenergie (Biophotonen) in großem Maße an die Kügelchen. Wie biophysikalische Untersuchungen zeigten, strahlen diese Kügelchen tatsächlich eine enorme Lichtkraft ab, die, wenn sie in lila Gläsern aufbewahrt werden, auch bei langer Lagerung nichts von ihrer Kraft verlieren

Wie hellsichtige Menschen uns beschreiben, umgibt uns die Seele als ein weit ausstrahlender feiner Energiekörper. Wenn, durch ungünstige Lebensbedingungen unser Seelenkörper an Lichtkraft und damit Energie verliert, fühlt sich der Mensch depressiv, mutlos und schwach. Nicht nur unser Körper, auch unsere Seele braucht die richtige Nahrung auf verschiedenen Ebenen. Eine Ebene ist das Sonnenlicht, wie dieses gerade depressive Menschen so wohltuend erleben. Da leider nicht immer die Sonne scheint und durch das Ozonloch die Sonne für uns auch häufig problematisch geworden ist, haben wir in den besonnten Mitteln eine große Hilfe, uns das fehlende Sonnenlicht als eingefangene Biophotonen wahlweise zuzuführen.

In dem Buch von Y. Kraushaar *Sonnenmedizin - Herstellung und Anwendung* wird alles Notwendige genau beschrieben

Sehr positive Wirkungen habe ich zum Beispiel mit folgendem Vorgehen erlebt: Man gibt 7 Sonnenglobuli in 100 ml bestes lebendiges Wasser - am besten auch in einer lila Flasche - und nimmt täglich ein oder mehrmals einen Teelöffel davon. Einer Patientin mit Angstzuständen wurde dadurch sehr geholfen (neben einer guten Amalgamsanierung.)

(Bezug des Buches, der besonnten Mittel, lila Glasgefäße: ARKANUM Wahre Naturwaren)

Was ist Psychokinesiologie nach Dr. Dietrich Klinghardt?

(Christine Heideklang)

Die Psychokinesiologie (PK) setzt an der höchsten Ebene des Krankheitsgeschehens an, und zwar im Unterbewußtsein. Unerledigte seelische Konflikte, die zum Teil bis in die vorgeburtliche Zeit zurückgehen, können die Ursache für körperliche und seelische Störungen sein. Ähnlich wie bei einer Narbe wird durch einen unerlösten seelischen Konflikt (abgekürzt USK) ein Gebiet im Körper lahmgelegt, so daß dieses die täglich anlandenden Schlacken und Säuren nicht abbauen kann. Mit der Zeit wird so ein energetisch unterversorgtes Gebiet zur Mülldeponie, bis sich Schmerzen und Fehlregulationen zeigen oder durch Zunahme der Toxine ein Krebsgeschehen in Gang gesetzt wird. Ich habe bisher auf jedem Präcancerosegeschehen einen oder mehrere USK's gefunden. Nach Löschung dieser Konflikte testete das vorher energetisch geschwächte Gebiet stark. Erst mit der Wiederherstellung der ordnungsgemäßen energetischen Versorgung eines Gebietes kann es zur Reinigung und damit auch zur Besserung bzw. Heilung kommen.

Jede Erkrankung hat ihren Ursprung im Unterbewußtsein, wo alle Kindheitserfahrungen gespeichert sind. War die Seele des Kindes damals noch nicht in der Lage, die starke Belastung ordnungsgemäß zu verarbeiten, so ist ein unerledigter seelischer Konflikt entstanden, der, wie Sand im Getriebe, den Betroffenen stört und schwächt. Jeder Mensch hat mehrere dieser USK's. Zwischen dem Zeitpunkt des Konfliktes und dem Ausbruch eines Krankheitsgeschehens seelischer oder körperlicher Art können viele Jahre, ja Jahrzehnte vergehen. Mit Hilfe der Psychokinesiologie können wir diese USK's aufspüren und wieder in das Bewußtsein des Betroffenen bringen. Der Patient erlebt das Geschehen in seinem heutigen, reiferen Zustand noch einmal, und mit den erprobten Methoden der Psychokinesiologie kann der Konflikt - meist sehr schnell - endgültig gelöscht werden.

Auch wenn sich noch keine ernsten Erkrankungen zeigen, ist es ratsam, sich einige PK-Behandlungen machen zu lassen. Es ist ganz erstaunlich, wie sehr sich Menschen häufig dadurch verändern und selbstbewußter, froher und freier werden.

Bei der PK wird das eigene Unterbewußtsein gefragt, ob und welchen USK wir bearbeiten sollen. Nur das, was reif ist und zur Lösung ansteht, zeigt sich. Meist handelt es sich um unbewußte Dinge, wie Angst, niederes Selbstwertgefühl, Freudlosigkeit, sich verloren und einsam fühlen, unerfüllte Liebessehnsucht, enttäuscht, kein Recht auf Selbstausdruck und Erfolg etc., die unsere innere Kraft lähmen und auch für Depressionen den Weg bereiten. Werden diese USK's gelöscht, kann die göttliche Kraft in uns wieder freier fließen und uns mit Kraft und Freude erfüllen.

(Ausbildung durch das INK Institut für Neurobiologie (nach Dr. Dietrich Klinghardt), Stuttgart)

Wie wirkt die Psychokinesiologie?

Die Neural- und Psychokinesiologie nach Dr. Dietrich Klinghardt gehört zu den effektivsten und einfachsten Methoden, um herauszufinden, durch welche Belastungen materieller oder seelischer Art ein Krankheitsgeschehen unterhalten wird. Da diese Methode sehr vielseitig in alle Bereiche eingreift, seien hier einige Beispiele angeführt. Diese effektive Methode kann sehr leicht und schnell erlernt werden.

Eine Frau, Mitte fünfzig, kam zu mir mit einer schweren Amalgambelastung. Sie hatte noch 12 Amalgamfüllungen im Mund und 2 Goldzähne. Ich riet ihr, diese bei einem Spezialisten herausnehmen zu lassen, der beim Bohren zum Schutz vor den sehr starken, giftigen Dämpfen eine Atemmaske verwendet.
Sie klagte über Schmerzen im linken oberen Kopfbereich. Auf diesem Gebiet waren 8 Packungen Amalgam! zu testen, während auf der Leber nur 3 Packungen testeten. Das brachte mich auf die Idee, daß auf diesem Kopfgebiet eine Blockade sein müsse. Wir fanden einen unerlösten seelischen Konflikt (abgekürzt USK), den wir bearbeiteten.
Das Thema war: „Leben durch andere". Wir wurden auf die 9 Jahre ältere Schwester geführt, die sehr streng mit der damals Zweijährigen umging, so daß sie Angst vor ihr hatte und sich in allen nach der älteren Schwester richtete. Wir konnten den USK sehr schnell löschen. Danach testete das vorher geschwächte Kopfgebiet stark. Die dort gespeicherten Gifte können sich nun nach und nach durch die Schwermetallentgiftung und eine entsprechende Zahnsanierung lösen.
Auffallend war, daß bei der nächsten Konsultation die Patientin zum ersten Mal mit mir allein im Sprechzimmer blieb, ihre Fragen selbst stellte und auch die Rechnung selbst bezahlte, während vorher ihr Mann alles für sie geregelt und auch für sie gesprochen hatte. Ich war erstaunt, so schnell eine deutliche Veränderung bemerken zu können.

Ein weiterer Fall, ein Kind mit einem schweren Impfschaden:

Eine junge Mutter kam zu mir mit ihrem 4jährigen Kind. Es war bis zum zweiten Lebensjahr ein liebes, waches, munteres, gesundes Kind, das sich nach jeder der drei erfolgten Hepatitis-Impfungen auffallend veränderte. (Die Impfstoffe werden häufig mit Thiomersal, einer Schwefelquecksilberverbindung haltbar gemacht.) Nach der ersten Impfung entstand ein Strabismus, nach der 2. Impfung begann er zu stottern und spielte nicht mehr mit anderen Kindern. Nach der 3. Impfung erkannte er seinen Vater und andere Verwandte nicht mehr und verlor seine Sprache. Er bekam ein schwer gestörtes, sonderbares Verhalten. Durch gute homöopatische Behandlung besserte sich der Zustand ein wenig, so daß er wieder etwas sprechen konnte.
Nachdem in einer guten Naturklinik festgestellt wurde, daß das Kind eine sehr hohe

Quecksilberbelastung im Gehirn hat, die zuerst vorsichtshalber mit Acetylcystein und später mit verminderten Dimaval-Mengen ausgeleitet werden sollte, kam die Mutter zu mir. Sie wußte, daß Dimaval die Hirnschranke nicht passieren und somit nur den Körper (das Bindegewebe) von Quecksilber reinigen kann.

Wir testen auf den Kopf des Kindes 8 Packungen Amalgam, das ja zur Hälfte aus Quecksilber besteht. Das Dimaval testete sehr gut, ebenso die Korianandertropfen, die erst nach dem Dimaval eingesetzt werden sollten mit zuerst 1 Tropfen pro Woche. Eigenartigerweise schlugen die Chlorella-Algen oder andere Grünalgen nicht an. Zur Entgiftung testeten wir Phönix Phöno Hepan, Phönix Antitox und die Tabletten Hanotoxin von Hanosan. Des weiteren ein gutes Selen-Präparat aus Amerika und etwas für den Aufbau der Darmflora. (Colovit von Natur Vital - Ursula Schaller) Der kleine Tom litt seit seiner Geburt an Verstopfung, was ja immer ein Hinweis auf fehlende gesunde Darmbakterien ist.

Ich vermutete einen USK, der ein Hirngebiet lahmlegte, so daß sich der hohe Quecksilberspiegel dort ansammeln konnte. Und tatsächlich. Es zeigten sich zwei USK's, die ich an der Mutter, die das Kind berührte, austestete. Wir durften beide USK's mit der Klopf-Akupressur löschen. Das erste Thema war „Angst vor Verletzung", bei der Geburt entstanden. Die Geburt fand durch Kaiserschnitt statt. Der zweite USK, der auf dem vergifteten Hirnteil lag, zeigte das Thema „sich verletzt fühlen", und hatte ebenfalls mit der Geburt zu tun. Dieses Kind hatte also ein schweres Geburtstrauma, das einen bestimmten Teil im Gehirn lahmlegte, so daß die Gifte aus diesem Gebiet nicht mehr ausgeschieden werden konnten.

Beim nächsten Termin fragte ich das Unterbewußtsein, ob noch ein dringender USK zu lösen sei. Es zeigte sich „am Rande des Zusammenbruchs". Dieses Gefühl hatte auch etwas mit der gefährlichen Geburt zu tun. Danach zeigte sich noch das Thema „Wut", das ebenfalls mit dem Geburtsgeschehen zusammenhing. Danach war kein weiterer Konflikt zu bearbeiten. Nach Löschung dieser Konflikte wird nun das Hirngebiet energetisch wieder ordnungsgemäß versorgt, und das störende Quecksilber aus dem Hepatitis-Impfstoff kann jetzt mit einer entsprechend vorsichtigen und guten Behandlung das Gehirn des kleinen Tom verlassen.

Ein weiterer Fall:

Ein Mann kam zu mir, der mit Krücken kaum noch gehen konnte. Beide Knie taten ihm sehr weh und besonders das linke war dick geschwollen. Wir fanden ein schweres Zahnherdgeschehen, das später vom Zahnarzt ausgeräumt wurde. Auf dem linken Knie testen 5 Pack. Amalgam, 4 Pack. Albicansan D 5 und 2 Pack. Palladium. Beide Kniee wurden durch einen USK lahmgelegt.

Der USK lautete: „sich zweitrangig fühlen". Er entstand im 11. Lebensjahr durch die Bevorzugung der älteren Schwester durch den Vater. Überhaupt litt der Patient darunter, daß sein Vater ihn immer wieder mit Nichtachtung strafte und für ihn nur die ältere Tochter existierte.

Wir löschten diesen Komplex. Danach testeten die Kniee stark.

Nach einer Woche zeigte sich dieser Komplex jedoch wieder. Wir konnten ihn während dieser Behandlung zuerst nicht löschen. Ich erfuhr durch den Armtest, daß noch etwas fehle. Es stellte sich heraus, daß der Patient zuerst seinem inzwischen verstorbenen Vater vergeben müsse. Ich erzählte ihm, daß - so wie es die Wiederbelebten berichten und wie ich es auf meiner Kassette *Sterben ist Leben* zum Trost für Hinterbliebene zusammengetragen habe - sein verstorbener Vater in seinem beim Tode ablaufenden Lebensfilm erleben mußte, wie sehr er seinem Sohn weh getan hat und daß er dieses jetzt sicherlich bereut. Der Vater könne in seiner geistigen Entwicklung im Jenseits nicht weiterschreiten, bevor er nicht die echte Vergebung seines Sohnes erhalten hätte.

Der Vater des Patienten war ein sehr mutiger, kämpferischer Mann, dem das Wesen seines empfindsamen, schüchternen Sohnes fremd war. Andererseits war er (der Patient) der Liebling der Mutter, so daß er Liebe in seiner Kindheit bekam.

Die Löschung dieses Komplexes dauerte sehr lange. Ganz zum Schluß, als ich schon aufgeben wollte, sagte ich ihm, ich würde ihn jetzt eine Zeitlang alleine lassen. Er möge jetzt zu Gott in seinem Herzen gehen, der als Gottesfunken in jedem Menschen anwesend ist, und ihn aus ganzem Herzen bitten, ihm zu helfen, daß er seinem Vater vergeben kann. Die Verletzungen waren zu tief. Ich versuchte dem Patienten zu erklären, daß sein Vater durch sein Wesen sehr mit der ihm ähnlichen Tochter harmonierte, während seine Mutter für ihn da war. Er möge seinem Vater von Herzen verzeihen. Er selbst hätte doch auch Menschen in seiner Nähe, die ihm mehr liegen als andere.

Als ich nach längerer Zeit wiederkam, konnten wir diesen hartnäckigen Komplex löschen. Seitdem geht es mit den Knieen stetig aufwärts.

Wir stellten noch ein beginnendes Krebsgeschehen fest. (4 Amp. Carc. D 4 auf der Leber - vor 2 Jahren lief bereits ein Prostata-Krebsgeschehen, das durch biologische Therapie in Ordnung kam). Der USK hierfür war: „Dogmatisches Denken", der am Anfang der Schulzeit entstanden war. Dieser Patient gab zu, sehr genau und pingelig zu sein und daß er sich ärgern würde, wenn nicht alles so ordentlich und exakt gemacht würde, wie er sich es vorstellt. Ich sagte ihm, daß er sich damit eine Zwangsjacke angelegt hätte und vermutlich sein „Sich-zweitrangig-Fühlen" damit wettmachen wollte.

Wir konnten den Komplex „Dogmatisches Denken" löschen und der Patient nahm sich vor, nicht mehr alles so eng zu sehen. Später entdeckten wir noch den USK „anschuldigend", als eine weitere Ursache für das Krebsgeschehen, den wir löschen konnten.

Ein weiterer Fall:

Ein junges Mädchen von 20 Jahren leidet unter Depressionen. Leidenschaftlich gern ißt sie Süßes. Sie hat 2 Amalgamfüllungen im Mund und anscheinend viel Amalgamgifte von ihrer Mutter mitbekommen, da bei ihr mittels Neuralkinesiologie (Klinghardtkurs Nr. 1) 4 Packungen Amalgam auf der Leber zu testen waren, was eine höhere Belastung darstellt. An ihrem Blut (Testung der Armvene) konnte ich dann auch noch 5 Packungen Candida-Albicans (Albicansan D 5) testen. Candidapilze verstärken jedes schwere Geschehen ganz ungemein, da sie ständig Fuselalkohol, kampfgasähnliche und stocksaure, ätzende Gifte produzieren.

Der Körpertest zeigte also eine stärkere Amalgambelastung, einen sehr starken Candidabefall des Blutes sowie eine Tuberkuloseerbbelastung (Tuberculinum-Injeel forte, Heel) an.

Dazu wurde uns durch die Neuralkinesiologie gezeigt, daß die Bauchnabelnarbe die beiden Eierstöcke energetisch schwächt. Auf der Bauchnabelnarbe zeigte sich ein USK (unerledigter seelischer Konflikt). Ich ließ die Patientin eine Procain-Ampulle in den Bauchnabel halten und testete dann noch einmal die Eierstöcke. Mit der Pro-forma-Entstörung des Bauchnabels testete das Unterleibsgebiet jetzt stark. So zeigte sich mir der Zusammenhang von dem USK, der auf dem Bauchnabel saß, mit den Eierstöcken. Der vorher von mir durchgeführte allgemeine Krebstest hatte auf den Eierstöcken eine beginnende Präcancerose angezeigt. (Ich habe einen großen Beutel mit vielen Krebs-Nosoden-KUF-Reihen von Staufen.) Der Arm war vorher stark. Ich legte den Beutel auf. Danach testete der Arm schwach. Bei der Einzeltestung der verschiedenen Packungen zeigte sich nur die KUF-Reihe Deg. Nosode Ovarien, bei der der Testarm schwach wurde.

Um zu prüfen, ob es wirklich die Eierstöcke waren, machte ich den Gegentest. Ich bat die Patientin um einen starken Arm. Danach berührte ich mit Daumen und Zeigefinger die Eierstöcke. Der Testarm wurde schwach. Jetzt legte ich die KUF-Reihe von Staufen Deg. Nos. Ovarien auf. Der Arm wurde fest. Es mußte also in dem Testkasten eine Ampulle sein, die genau dem Geschehen auf den Eierstöcken entsprach. Die einzeln aufgelegten Ampullen zeigten dann, daß das Geschehen noch sehr am Anfang in der D 6 lief.

Wir fragten das Unterbewußtsein, ob wir den USK suchen und löschen dürften. Es kam ein „Ja". So suchte ich über den Organ-Check nach dem Organ, das die Emotion unseres USK's beinhaltete. Die Nieren zeigten sich. Ich las dem Unterbewußtsein die Emotionen vor, die der Niere zugeordnet sind. Gleich beim ersten Thema, dem Hauptthema der Nieren, „Angst", wurde der Arm schwach und meldete Streß. Ich fragte weiter, wann diese Angst entstanden ist. Es zeigte sich, daß sie ursächlich während der Geburt entstand. Es war ihr ureigenstes Gefühl. Später erzählte mir die Mutter der Patientin, daß sie die Nabelschnur zweimal um den Hals hatte und blau zur Welt kam.

Danach löschten wir mit der besonderen Klinghardtmethode das Thema Angst in der Seele der Patientin. Die Löschung erfolgt über mehrere Stationen, meist mit Farbbrille und Augenbewegungen, bis sich nichts mehr an Belastungen zeigt.

Zum Schluß, als wir fertig waren, sagte mir die junge Dame, indem sie ihre Hände genau auf das Gebiet der Eierstöcke legte: „Hier tut es mir jetzt richtig weh."

Die Eierstöcke zeigten sich also deutlich und untermauerten meine vorherige Testung und den Zusammenhang des USK's mit den Eierstöcken.

Die Seele der jungen Frau hatte durch die Geburt einen Schock („Angst") bekommen und dadurch einen USK aufgebaut. Dieser USK blockierte die energetische Versorgung der Eierstöcke, was bereits soweit gediehen war, daß ein Krebsgeschehen in Gang gekommen war. Ich machte ihr die Gnade Gottes klar, die ihr jetzt die Angst nahm und mich gleichzeitig auf das beginnende Krebsgeschehen aufmerksam machte. Sie war sehr berührt und wollte nun mit aller Kraft mit ihren Süßigkeiten aufhören.

Diese tiefsitzende Angst wird auch die Ursache der depressiven Neigung der jungen Dame gewesen sein.

Eine Woche später saß auf dem Bauchnabel ein neuer USK. Wir fanden das Thema „voller Schreck". Auch dieses entstand bei der Geburt.

Auf der Blinddarmnarbe saß dann noch „niederes Selbstwertgefühl". Wir durften beide Gefühle löschen. In den Tagen danach kamen sehr viele Gifte in Gang, so daß sie sich nicht so gut fühlte. Nach 14 Tagen war sie wieder bei mir. Die Depressionen hatten sich verstärkt und das frühere asthmatische Geschehen hatte sich erneut gemeldet.

Wir stellten fest, daß von den anfänglich 5 Packungen Albicansan (Candida Albicans), getestet an der Armvene, nur noch 2 Packungen testeten. Sie hatte mit den Süßigkeiten ganz aufgehört, so daß der Candidabefall - mit entsprechender sanft auflösender Sanum-Medikation (kein Nystatin!!!) - zurückgegangen war. Wir waren also trotz des sich scheinbar Schlechterfühlens einen großen Schritt vorwärts gekommen.

Erneut testete ein USK auf den Ovarien (Eierstöcken). Es meldete sich das Thema „machtlos", das ebenfalls mit der schweren Geburt zu tun hatte. Es war dann noch einen weiterer USK zu bearbeiten, der sich mit „chronischer Kummer" auf der Lunge zeigte und ursächlich auch durch die schwere Geburt gelegt war. Nachdem diese beiden USK's gelöscht waren, testeten Lunge und Ovarien fest. Die Weichen für eine Reinigung und Heilung dieser Gebiete sind nun gestellt.

Manchmal genügt eine Behandlung, um einen Konfikt zu bereinigen, manchmal benötigen wir mehrere Sitzungen. Wie ich hörte, geht es der Patientin jetzt gut. Sie sei viel aufgeschlossener und freier geworden.

Zum Thema Krebs:

Interessant in diesem Zusammenhang ist noch folgendes.

Bei einem Mann testete ich 5 Ampullen Carcinominum D 4 auf der Prostata. Wir machten die entsprechende Therapie und löschten den USK „dogmatisches Denken". Nach ca zwei Monaten stand dieser Mann bereits auf nur 3 Amp. Carc. D 4, d. h. er war ein ganzes Stück aus dem negativen Geschehen herausgekommen. (Drei Ampullen D4 ergeben eine tiefere Potenz, also die D 3. Je mehr zur D 1, um so akuter ist das Geschehen.) Als er mich nach einer längeren Pause (ca zwei Monate) erneut aufsuchte, testeten wieder 5 Ampullen Charinominum D 4. Es zeigte sich der USK „Unkontrolliertheit", der vor 1 1/2 Monaten entstanden war. Ich sagte ihm, daß ich das bei seiner Genauigkeit nicht verstehe. „Doch" sagte er, „ich weiß es. Ich habe wieder mit Kaffeetrinken angefangen, den ich nicht gut vertrage."

Auch bei einem anderen ähnlichen Fall wurde uns gezeigt, daß Kaffeetrinken ein Krebsgeschehen verschlechtert. Ich war immer gegen Kaffee, da dieser mit 5 pH sehr säuert und Calcium und Magnesium raubt, aber daß es uns sogar auf diese Weise gezeigt wurde, hat mich sehr berührt.

Bei einem anderen Patienten, bei dem eine lymphatische Leukose (lymphatische Leukämie) mit 2 Amp. D 4 lief, wurde uns gezeigt - auch durch den USK „Unkontrolliertheit"-, daß er mit seinem gelegentlichen Wein- und Biertrinken aufhören solle.

Ein anderes Mal wurde uns ebenfalls bei einem Krebsgeschehen, bei dem immer noch 5 Ampullen Carcinominum D 4 testeten und ein sehr hoher Candidabefall des Blutes vorlag, ebenfalls über „Unkontrolliertheit" gezeigt, daß das Apfelsafttrinken und Kuchenessen den Rückgang des Geschehens verhindere.

So, wie wir es in der Praxis erleben, sind diese ernsten Entgleisungen (Krebs, Leukämie) vorrangig durch den Candidabefall des Blutes ausgelöst, so daß alles, was Gärung (Obst, Säfte, Alkohol, saure Milchprodukte mit Getreide) erzeugt oder als leicht verdauliche Kohlehydrate schnell ins Blut gelangt (Weißmehl, Zucker, Süßigkeiten), das ungute Geschehen fördert.

Wie wir wissen, ist beim Krebsgeschehen die normale Sauerstoffoxidation der Zellatmung in die Zuckervergärung (Glykolyse) umgeschlagen. Deshalb benötigt die Krebszelle dringend Zucker für ihre Energiegewinnung. (Dr. SEEGER, Prof. ZABEL) So wie es aussieht, bereitet der Candidapilz als Gärungserreger einem Krebsgeschehen direkt den Boden.

Wichtige Adressen auf einen Blick:

Apostel-Kräuter GmbH, Dorfstr. 5, D-97839 Kredenbach,
Telefon 0 93 94 / 99 99 0
(Kräuter Öl-Shampoo)

Aquamedicus-Regenerationskonverter
Ingrid Merten, Am Schläglein 7, D-97828 Marktheidenfeld
Telefon 0 93 91 / 89 60 ab 16.00 Uhr
(Regenerationskonverter für Wasserbelebung)

ARKANUM Wahre Naturwaren,
Friedrich-Karl-Str. 65, D-28205 Bremen
Telefon 04 21 / 43 298-08, FAX -09
(besonnte Mittel der Firma Miron, lila Gefäße, Spirulina,
Blaugrün-Alge, Vitamin C, Grüne Tonerde u.a.)

Barysch, Inke, Auweg 3, D-97840 Hafenlohr, Telefon 0 93 91 / 90 50 10
(Kombuchaprodukte und Zubehör, Enneagrammberatung, Psychokinesiologie)

Bioaktiv Produkte GmbH & Co., Herbert u. Breves,
Am Neugraben 10, D 91598 Colmberg
Telefon 0 98 03 / 9 111-0, FAX 0 98 03 / 309
(Orgon-Strahler nach Arno Herbert)

Biogenia, Herbert Jung,
Landstraße 25, D-74585 Rot am See
Telefon 0 79 58 / 2 85, Fax 0 79 58 / 84 49

(Spirulina, Kokoswasser, Acerola-Taler, Matetee, Lecithin)

Bio Research, Troisdorf,
Telefon 0 22 41 / 00 183, FAX 0 22 41-45 975
(Pro-Combisan-Plus)

Bruce Copen Laboratorien Europa, Dipl. Ing. H. Raucr,
Frans-Hals-Str. 4, D-81479 München
Telefon 089 / 79 19 91 13, FAX 089 / 79 19 96 42
(Copen Radionic Computer)

Bürgerwelle e.V., Tirschenreuth, Siegfried Zwerenz
Dachverband der Bürger und Initiativen zum Schutz vor Elektrosmog
Internet www.buerger welle.de
(Dieser Dachverband betreut Bürgerinitiativen,
die sich gegen die Installation von Sendeanlagen wehren.)

Einhorn-Apotheke, Gräfenberger Str. 14, D-91054 Erlangen-Buckenhof
Telefon 0 91 31/59 404, FAX 0 91 31 / 51 94
(Ozonid-Rezepturen und Rohstoffe)

Ehlers-Verlag GmbH,
Geltinger Str. 14c, D-82515 Wolfratshausen
(raum und zeit)

GZM Internationale Gesellschaft für Ganzheitliche Zahn-Medizin e.V.,
Seckenheimer Hauptstr. 111, D-68239 Mannheim,
Telefon 06 21 / 47 64 00, vermittelt Adressen von Zahnärzten

Grander-Wasserbelebung, Info über U.V.O. Vertriebs GmbH,
Archstr. 15, D-82467 Garmisch-Partenkirchen
Telefon 0 88 21 / 94 77 10

GUT ZUM LEBEN GmbH, D-97828 Marktheidenfeld
Telefon 0 800 / 122 4000, www.LebeGesund.de
(iBi-Brotaufstriche, iBi-naise, ohne tierisches Eiweiß,
Kräuter, frisch oder in Öl, Bärlauch-Pesto)

Gutschmidt GmbH, Harndiagnostisches Labor,
D-83075 Bad Feilnbach, Telefon 0 80 66/81 81
(Carcinochromtest zur Krebsfrüherkennung)

Haußmann, E.,
Amselweg 13, D-89180 Berghülen, Telefon 0 73 44 / 78 69
(Clark-Produkte, Calciumascorbat = gepuffertes Vit. C)

Heideklang, Christine, HP
Auweg 3, D 97840 Hafenlohr
Telefon 0 93 91 / 91 45 99, ab Juli 2001 in Bad Reichenhall

IG-Dunkelfeld, Interessengemeinschaft für Dunkelfeldblutdiagnostik
HP Jörg Rinne, Weidstr. 10a, D-64560 Riedstadt-Goddelau
Telefon 0 61 58 / 91 66 49, Homepage www.pleomed.com
(Dunkelfeld-Ausbildung und Information)

INK Institut für Neurobiologie nach Dr. Klinghardt GmbH
Waldäckerstr. 27, D-70435 Stuttgart,
Telefon 07 11 / 80 60 87-0, FAX 07 11 / 80 60 87-13
(Koriander-Würze, Bärlauch-Würze, Energy Amplifier
als Strahlenschutz, Therapeutenliste der Psychokinesiologen)

Institute of Biophysical Research European Division - Germany
Mühwalten 2, D-83317 Teisendorf
(biophysikalische Wasseruntersuchungen)

Juice plus-Vertrieb:
Helga Bachmann, Bergstr. 22, D-63872 Heimbuchenthal,
Telefon 0 60 92 - 999 262, FAX 0 60 92 - 999 795

Lactoprahm, Heinz Prahm HP, Neuer Weg 38, D-26817 Rhauderfehn,
Telefon 049 52 / 80 89 36, FAX: 049 52 / 92 12 46
(Milchsäureblutgerinnungstest)

Landkaufhaus Mayer, Vachendorfer Str. 3, D-83313 Siegsdorf,
Telefon 0 86 62 / 49 34-0, FAX 0 86 62 / 49 34-30
(feines und grobes Kristallsalz, Salzkristall-Lampen)

MEHR WISSEN BUCH-DIENST
Postfach 1427, D-40739 Langenfeld, Telefon 0 21 73 / 78 705
(P.G. Seeger / J. Sachsse: Krebsverhütung durch biologische Vorsorgemaßnahmen)

QRS Vertrieb, Robert-Koch-Str. 9a, D-64331 Weiterstadt, Telefon 0 61 51 / 87 61 0
(QRS-Magnetfeldmatte oder Sessel)

Schaller, Ursula, „Naturgaben“,
Oberer Dertinger Grund 11, D-97855 Triefenstein
Telefon 0 93 95 / 85 78
(Colivit, Maronenpulver, Maronen-Chips, Kokosmilch, Lecithin, Neolith-Entstörgeräte)

Naturheilpraxis P. und E. Scheller bis Ende August 2001:
Hubenberg 27, D-91344 Waischenfeld, Telefon 0 92 02 / 94 12, FAX 0 92 02 / 94 14
Danach in Bad Reichenhall, Alte Saline 11 (Naturheilpraxis Scheller)
Privat: Schloß Gruttenstein
(Ausbildung von Therapeuten in der Dunkelfeld-Blutdiagnostik)

Spira Verde GbR, Postfach 1107, D-63544 Hammersbach,
Telefon 06 185 / 27 42, FAX 06 185 / 27 44
(Papaya-Granulat, Flohsamenschalen)

Steidl, Dr. rer. nat. Gerhard, Flurstraße 4, D-90584 Allersberg,
Telefon 0 91 76 / 73 97, FAX 0 91 76 / 55 33
(Ozonid-Rezepturen für die Apotheke sowie Hautpflegemittel bei
Juckreiz, Nagelpilzen, Neurodermitis, Schuppenflechte)

Stielow, Dr. rer. nat. Gotthard, Augustenstraße 2, D-29348 Eschede,
Telefon 051 42 / 9 21 40, FAX 051 42 / 9 21 41
(Vita Biosa, Helios-Korallalgenkalk, Humusforschung und -beratung)

St. Leonhardsquelle, Stephanskirchen bei Rosenheim
Telefon 080 31 / 70 408 - für Händleradressen

TERRASCOS -Entstörgeräte, All-One Products, M. J. Hartmann,
Friedrichstraße 51, D-33615 Bielefeld,
Telefon 05 21 / 17 27 09
(Handy-Entstörplakette, Personenschutz)

Vitatherm Infrarotcenter
K.J.G. Lohmann GmbH,
Robert-Bosch-Straße 66, D-61184 Karben,
Telefon 0 60 39 / 4 30 14
(Infrarotwärmekabinen und Wärmestrahler
zum Einbau in vorhandene Saunen)